書下ろし

ストレイドッグス

樋口明雄

祥伝社文庫

目次

ONCE UPON A TIME IN THE BASETOWN
昔々、基地の街で――

序章――平成七年　夏

汽車の夢を見ていた。

どこか遠くから汽笛の音が長く聞こえ、一直線に延びた線路の彼方から蒸気機関車が走ってくる。真っ黒な鋼鉄の塊。煙突から空に向かって勢いよく白い煙を噴き上げ、底力のある排気音を断続的に立てながらやってくると、重々しく鉄路を軋ませながら目の前を轟然と通過する。

あっという間に先頭の機関車が行きすぎ、重たげに牽引された列車が次々と走馬灯のように眼前を流れてゆく。最後尾の貨車が幻のように揺らぎながら、夢幻の彼方へと遠ざかってゆく。

ふと目を覚ました。

目尻が冷たかった。指を当てると濡れた痕があるのに気づいた。

夢を見ながら泣いていたらしい。

汽笛の残響がまだ耳にあった。それは幻聴となってずっと頭の中に残っている。高らかな慟哭のように放たれ、胸に深く訴えてくる。

その音がいつまでも意識から離れない。


久しぶりの車中泊だった。

中国自動車道の岩国インターを下りたのが真夜中で、ホテルも取れなかった。

だから河川敷にある市営駐車場を見つけて車を停め、そこで眠ることにしたのだった。

運転席のシートを後ろに倒し、長い時間を眠っていた。おかげで背中が痛い。首筋も何かが詰まったように重かった。狭い場所での窮屈な就寝はさすがにつらい。

車窓の外はすでに明るかった。

助手席から息遣いがしていた。

相棒のゴールデンレトリーバー――ルーシーと名付けた牝犬が、舌を垂らしながら私を見つめている。その柔らかな耳の付け根を撫でてやる。ルーシーが満足げに目を細める。

毛布代わりにジッパーを全開して広げていた羽毛の寝袋を脇にどけて、ドリンクホルダーに立てていたペットボトルの茶をとって飲んだ。

ずいぶんと喉が渇いていたらしく、ペットボトルに半分以上、残っていたのをすべて飲み干してから、空容器をホルダーに戻した。

そうしてまた車窓の外を見た。

青空の下、大河が滔々と流れていた。大小の石で覆われた広い河川敷の駐車場である。

サイドウインドウ越しに上流にかかった五連アーチの木橋が見えた。

山口県岩国市の名勝、錦帯橋が美しい曲線を描いている。朝、早いためか、まだ観光客の姿はない。土手道をコンビニのロゴマークをつけたトラックがゆっくりと走っているだけだ。

ふと夢のことを思い出した。

どうして蒸気機関車だったのか。それはゆうべ、眠りにつく前に、少年時代のあれこれを回想していたからだったに違いない。あの頃、まだ山陽本線もローカルの岩徳線や岩日線もディーゼルにすらなっておらず、汽車が煙を吐きながら走っていた。

汽笛の音を聞くと、矢も楯もたまらず家を飛び出し、線路際に立っていた。

猛然と煙を噴き上げ、目の前を通過していく列車を見ていたものだ。

走り去ろうとする汽車を追いかけたこともある。線路に入ると大人たちに叱られるので、線路沿いの道路を自転車をすっ飛ばし、どこまでも汽車を追った。

必死に追いつこうと懸命にペダルをこいで走り続けた。

追いつけるはずもないのに。

そして汽笛を長く残し、小さく消えて行く列車を見送っていた。

記憶の彼方にすっかり埋もれていたはずのあの頃の出来事が、どうして今になって鮮烈に夢の中によみがえってくるのか。それは久しぶりにたどり着いた、この故郷の土地のせいかもしれなかった。

ドアを開き、外に出た。

車は青いホンダ・シビック。中古で手に入れたものだった。

少し間を置いてから、ルーシーがのっそりと車内から出てくる。

私が伸びをすると、それを真似るかのように両前肢をまっすぐ突っ張り、背中を反らすようにしてレトリーバーが伸びをした。それを見て思わず笑う。

ルーシーは妻が連れてきた犬だった。その妻が病気で亡くなって二年。私たちはふたりだけになっていた。

ズボンのポケットの中から煙草を取りだした。ハイライトの青いパッケージの封を切って、一本取り出し、マッチを擦って火を点けた。

車のボディに背を預けながら、煙草を吸った。

足元に停座した愛犬が見上げている。

錦帯橋や、その向こうにある城山を眺めながら、しばし紫煙をくゆらせていた。やがて吸い殻を足元に落として靴底で踏み消した。ペチャンコにつぶれたそれを指先でつまみ、車のダッシュボードにある灰皿に入れて閉めた。

河川敷をルーシーとふたりでしばし歩き、糞を回収してから車に戻ってきた。犬を先に車内に入れて、私も運転席に座った。

シビックを出し、土手道に上がる急坂に向かうと、ちょうど河川敷の駐車場の係員らしい老人が、白いワゴン車から降りてきて立て看板を置いていた。その前に車を停めて、駐車料金はいくらになるかと声をかけた。

老人は振り向き、よく日焼けした顔で笑った。

「まだ時間前じゃけえ、払わんでもええよ」

懐かしい岩国弁に私は笑(え)みを返し、坂道を車で上った。

思ったほど、故郷は変わっていなかった。

再開発で山が崩され、大きな道路がいくつか作られていたし、それにともない交通量もずいぶん増えている気がする。かつて田畑だった場所に新しい家がたくさん建ち並び、景色がすっかり変わった場所もあったが、市内を蛇行(だこう)しながら流れる錦川(にしき)と、その左右の岸に広がる旧市街の様子は、なぜか昔のままのように見えた。

古い街並みから海側に向かい、米軍基地がある三角州(す)に渡った。

昔から〝基地前道路〟とかあるいは〝基地通り〟と呼ばれた、文字通り米軍基地正面ゲートに向かう直線道路。国道一八九号線。

その左右には米軍放出品を扱うサープラスショップや、小洒落(こじゃれ)た名前のバー、スナックなどの看板が並んでいたが、あの頃に比べるとずいぶん閑散としているようだ。

当時はやたらと目立っていた米兵たちやその家族の姿もなく、通り一帯は死んだように静かだった。

何よりもこの通りそのものが、色あせていて、矮小化されたようにせせこましく見えた。

子供の頃、この通りは私たちにとって世界のすべてだった。米兵や娼婦たちの喧騒。マリファナ煙草の独特の匂い。小便臭いアスファルト。ジャズやブルース、カントリー&ウエスタンの音色。

すべては過去にあった。

さまざまな情景が、事件が、いろんな思い出が脳裡にある。

しかしあらゆるものがセピア色にくすんでいて、はっきりと思い出せなかった。

まるで紗幕の向こうに隠されてしまったかのように、過去の幻影が明度を失ったまま心に憑いていた。

第一部

1

昨夜の雨が嘘(うそ)のように晴れ上がり、夏らしい蒸し暑い一日だった。

南の空に大きな入道雲がわき上がっている。さっきから、ジェット機がアフターバーナーをふかす轟音(ごうおん)が聞こえる。米軍海兵隊岩国基地の騒音である。

薄っぺらな学生鞄(かばん)を肩に載せ、片手をズボンのポケットに突っ込み、足早に街路を歩いているのは杉坂晃(すぎさかあきら)、川下(かわしも)高等学校一年。

アキラは身長が一七五センチあって、十五歳にしては長身だ。

放課後になり、下校の途中だった。

前方から嬌声(きょうせい)が聞こえた。

丈(たけ)が短く、派手な色柄のきわどいドレスを着た若い娘がふたり、道の反対側を並んで歩いていた。ひとりがアキラに向かって笑い、露骨に片目をつぶってみせた。

アキラは無視して歩いた。からかわれたとわかっているからだ。

ふたりとも明らかに街娼である。

ここらではパンスケあるいはパンパンと呼ばれている。特定のＧＩとくっついているのはオンリーさんといわれ、ハウスガールと呼ばれる〝現地妻〟になったり、運が良ければ相手と結婚して海外に行ったりしているが、不特定を相手にする娼婦たちはやや見下げられた存在だという。

ふいに、けたたましい排気音が聞こえて、白いヘルメットにＭ　Ｐと書いたふたりの米兵を乗せたジープが、すぐ傍をかすめるように走りすぎてゆく。ふたりの街娼に向かって口笛を飛ばす。女たちが大げさに手を上げて反応する。

寿通りに入ったとたん、同じ高校の生徒たちが数名、街角にたむろしているのが見えた。四人がひとりを小突きまわしている。体格からして上級生たちだった。

犠牲者は同じクラスの野田哲太だ。

肩や胸を突かれるたび、よろけている。寄ってたかって哲太に乱暴をはたらきながら、四人は笑っていた。そして、いたぶられている哲太自身も笑っていた。内心は恐怖に引きつっているにちがいないが、それを自分でごまかすように笑うしかないのだろう。

不良たちにとってみれば、哲太はいいカモらしい。

背が低く、小太りで、しかもしゃべると吃音になる。そのためだろうか、クラス内でもしょっちゅう虐めの対象となっていた。

いつしかアキラは足を止めていた。

ふいに四人のうちのひとりが、道路の反対側にいる彼を見た。

目が合った。たちまち相手の顔から笑みが消えて、険悪な表情が現れる。

「おぅ。なにぃ、こっち見とんじゃ、こら」

わざとらしく学生ズボンのポケットに両手を突っ込み、肩をいからせて振りながら、アキラに向かって歩いてくる。彼のすぐ前に向かい合わせに立ち止まり、顔を傾げてこういった。

「誰か思うたら、ハーフ野郎か」

不良にすごまれながらいわれたが、怖じることなくにらみ返した。

ハーフといわれる理由はアキラが日米混血だからだ。鼻筋が通っていて、髪がややブロンドがかっている。周囲の野暮ったい少年たちの中では、だんぜん浮いて見えた。そのため、からかわれることもあったが、女子たちにはモテた。

そんなところが気にくわないのだろう。

ことに上級生の不良たちに目をつけられることが多かった。

「ほいじゃけ、どうしたっちゅうんじゃ。その品のない声が耳障りでやれんのう」

アキラのそんな声を聞いたとたん、不良の鼻腔が広がった。

「なんじゃ、こら。しばきあげちゃろうか」

「そりゃ、こっちの台詞じゃ。くそぼけ」

そういうなり、アキラは片手に学生鞄を持ったまま、相手の股間を無造作に蹴り上げた。とたんに上級生が寄り目になって足を閉じ、路上に膝を落として片手をつく。

哲太に絡んでいたあとの三人が、血相を変えて走ってきた。

アキラは一瞬、逃げようと思ったがやめた。道の向こうにいる哲太がこっちを見ていたからだ。別に彼を助けようとしたわけではない。たまたま不良と目が合ってしまった。それだけのことで始まった喧嘩だった。それでも体面がある。

先に接近してきた上級生——目が小さく、肩幅の広いスポーツマン体型だった——に学生鞄を投げつけた。ひるんだところに足を踏み出し、アキラは右手の拳を握った。

右フックを放った。相手の顔にまともに入り、そいつが横に倒れ込んだ。ふたり目に左のパンチをくり出そうとしたとき、足が滑った。

無様に尻餅をついた。立ち上がろうとしたとたん、背中を思い切り蹴られてうめいた。

さっき殴った相手も起き上がり、靴先で太腿や脹ら脛を蹴りつけてきた。

「クソガキがなめくさりよって。こんなぁ、ぶち殺しちゃるけえの」

怒声が聞こえてきた。

立ち上がって逆襲するチャンスはなかった。アキラは頭を両手でかばいながら身を丸くして、必死に耐えた。最初に股間を蹴った奴も、いつの間にか攻撃に加勢しているのに気づいた。

肩をつかまれ、強引に起こされた。

たちまち体をひっくり返され、仰向けのかたちになってしまう。

四人がにやけた顔でアキラを見下ろしていた。そのうちのひとり、フックを顔に受けた男が身をかがめ、やおら胸ぐらをつかんできた。顔の半分が腫れ上がっていたが、いやらしい笑いがしぶとくそこに張り付いていた。

「ただじゃすまんけえのう」

そういってアキラの顔を殴った。二発目、三発目と容赦なかった。

鼻腔の中に温かなものがあふれて、口の周囲にしたたり落ちた。四発目を放とうとしたそいつの腕を、誰かがつかんだ。

振り向く間もなく、その不良は足をかけて路上にすっ転ばされていた。

「何じゃ、こらぁ！」

あとの三人の誰かが怒声を放った。

アキラは驚いた。

体格のいい少年がすぐ傍に立っていた。

「お前……」と、アキラがつぶやいた。

同じクラスの安西仁だった。

この春、広島から引っ越してきて入学した少年である。

彼は無表情に学生鞄を片手に持って立っていたが、ふいにそれを足元に落とすと、素早い回し蹴りをひとりの脇に叩き込んだ。そいつがうめき声を洩らして倒れると、三人目の顎下を拳で突き上げた。逃げようとした四人目の尻を蹴飛ばす。

大柄な上級生がもんどり打って倒れ込む。

最初に転がった奴は、よろよろと立ち上がったはいいが、姿勢を立て直す間もなく、だしぬけに裏拳を顔の真ん中に決められ、ふたたび仰向けに転んだ。

気がつくと、四人の不良たちが路上に倒れてうめいていた。

アキラは仰向けのまま、彼を見上げた。

安西仁が落ちていた学生鞄を拾うと、片手をズボンのポケットに突っ込んだまま、ゆっくりと歩いてきて、アキラの前に立ち止まる。

彼を見下ろして無表情にいった。

「ざまぁないのう、お前も」

アキラはやおら上体を起こすと、鼻血を拭い、血混じりの唾を横に吐きだした。

「なして俺を助けたんか」

「お前も、さっきはあんなぁを助けちょったじゃろうが」

そういって顎先で道の向こうをさした。

「あんなぁ？」

そういってアキラは振り向く。

そこにいた野田哲太の姿がなかった。ひとりでこそこそと逃げ出したのだろう。

「助けたんじゃないいや。たまたまあいつらと目が合うて、こんとなことになったんじゃけえ」

そういいながらアキラは立ち上がった。足腰がずいぶん痛んだが、我慢した。こいつの前で弱みを見せるわけにはいかない。

「行くど」

安西仁が顎を振った。足早に歩き出す。

アキラも鞄を拾って続いた。安西にのされた不良たちは、まだ路上に転がったままだった が、見向きもしなかった。

「助けてもろうて、悪かったの。安西……」

「ジンでええよ、杉坂。昔からの渾名じゃけ」

「俺もアキラでええ」

ふたり、肩を並べて歩いた。

なぜだか妙に気持ちが高ぶっていた。

2

昭和四十年、七月。

その年はとりわけ熱い夏だった。

岩国市を流れる錦川は河口近くで、北に今津川、南に門前川とふたまたに分かれる。その三角州になっている部分は、川下と呼ばれている。岩国市にある平地の半分近くが、この川下地区であり、さらにその地区の三分の二にあたる、四百ヘクタール以上もの面積を米軍海兵隊基地が占めている。

基地には、五千を超える軍関係者と、その家族といったアメリカ人が在住している。

基地の正面ゲートからまっすぐ延びる街路がある。

全国で二番目に短い国道とされ、地理上の表記ではたしかに国道一八九号線だ。

ここは街の人たちから基地通りと呼ばれている。今の米軍基地が、戦中までは日本海軍航空隊の基地だったために、その頃は航空隊通りと呼ばれたし、当時は両脇の路肩に戦闘機が二機置かれていたほど道が広く、八間道路と呼ぶ人もいたそうだ。

この通りは、山陽本線の踏切を越え、やがて十字路になる。そこは昔からフォーコーナーと呼ばれていた。さらにそのまま北に進めばスリーコーナーすなわち三叉路に行き当たり、右折すると寿通りと呼ばれる繁華街となって、今津川にかかる寿橋まで続く。

通り沿いには昔から居酒屋、米屋、八百屋、自転車屋、散髪屋などが軒を連ねる川下地区の中心街であり、〈寿座〉と呼ばれる芝居小屋まであったたし、少し川沿いに歩けば小粒ながら映画館もあった。しかも基地に近づくにつれ、英語の看板が多くなる。様々な飲み屋、サープラスショップなど。歩いている者もほとんどが基地関係のアメリカ人。さながら小さな米国がそこにあるようだ。

基地正面ゲートに近い一帯には、GI向けのバーやパブ、レストラン、雑貨屋などが軒を連ねていた。英語表記の看板はいずれも基地の米兵相手のもので、夜になればケバケバしいネオンが瞬き、店々から音楽が流れ、酔っ払ったGIの声が表に洩れる。徒党を組んで練り歩く米兵たちに、きわどい衣装の日本人娘がまとわりつく。

そんな街区の中にアキラの自宅があった。

三階建ての細長いビル。壁面に傾きかかってとりつけられたネオンサインに、〈BAR EDEN〉と書かれている。この店の二階と三階がアキラと母の居宅だった。

重たい木製の扉を開くと、カウンターだけの狭い店である。開店前ゆえに、まだ客の姿はなく、薄暗い。しかし煙草のヤニとマリファナの臭いはしっかりと染みついている。

アキラはストゥールが並ぶカウンターの脇を通り抜けると、二階に上がる土間に立った。ズックを脱ごうとすると、母親のいくつかの靴に混じって、黒い鼻緒の大きな下駄があるのに気づいた。アキラはそれをじっと見つめた。

二階から母親の昌代の声が聞こえている。喘ぎ声だ。

アキラは土間に立ったまま、耳を澄ましていた。が、顔をしかめて、ズックを脱ぎ、足早に階段を上った。二階の部屋の扉が開けっ放しになっていて、六畳間に布団が敷かれ、裸の背中が動いているのが見えた。

不動明王の刺青がうねるように踊っていた。墨田清作だった。

その屈強そうな筋肉質の裸体の下に組み敷かれて、真っ白な女の身体が揺れている。大きな喘ぎ声がまた聞こえた。断続的に。それがひときわ大きな声になって、アキラは耳を塞ぎたくなった。

急ぎ足に三階に上ろうとしたとたん、清作の声がした。

――おい、アキラ！

野太い声に、ビクッと肩を震わせた。

肩越しに振り向く。清作が動きを止めて彼を見ていた。顔に汗の玉がたくさん浮かんでいた。

――下に行ってビールを持ってきてくれんか。

「ええよ」

――コップもふたつじゃ。

学生鞄を投げるようにして、アキラは上ってきたばかりの階段を下りた。

店の冷蔵庫からキリンビールを一本、取り出してから栓を抜き、水切りからコップをふたつ取ったとき、アキラはそれに気づいた。

カウンターの内側にある棚に、新聞紙に包まれた何かが置いてあった。

野菜か何かかと思ったが、気になって手に取ると、ずっしりと重たかった。おそるおそる新聞紙をめくると、黒い肌の金属の塊が転げ落ちそうになる。あわててそれをつかんだ。

大きな拳銃(けんじゅう)だった。

むろん、玩具(おもちゃ)などではない。ＧＩが腰に吊している軍用拳銃だった。

いつしか胸の奥で心臓がドキドキと早鐘(はやがね)を打っている。無意味とわかりながらも周囲に目を配ってしまう。やがてアキラはそれを新聞紙の中に入れ、そっと包み直すと、最前のように棚に置いた。

不良どもに殴られた顔が、ズキズキと痛んでいる。

もう一度、冷蔵庫の扉を開き、製氷皿を出して流し台の上で氷をいくつか取り出し、タオルにくるんだ。

ビール罎とコップとともに、氷を包んだタオルを持って階段を上った。

扉を開いたままの二階の部屋。布団の上で清作がランニングシャツを着ているところだった。その向こうで母の昌代が白いシーツを体にかけて顔を背けている。後れ毛が汗で頬に張り付いているのが見えた。

清作は眉が太くて目が大きい。口も大きくて顎がガッシリとして岩のようだ。

ふたりの前の畳にビールとコップふたつを置くと、彼は煙草をくわえながら罎をとって乱暴に注いだ。あふれそうになる泡をすすってから、ひとつを母に渡す。

「なんじゃ。その顔は？」

「ちいと喧嘩しただけっちゃ」

「相変わらずの莫迦たれじゃのう」

汗ばんだボサボサ頭を後ろに撫でつけている清作に笑われたが、アキラは何も答えず、背を向けた。

洗面所に入ると、まず鏡の前で血と泥で汚れた制服を脱いだ。新しいシャツとズボンに着替え、鏡を覗き込む。

顔全体が腫れ上がっていて、左の目の周りにくっきりと青痣ができている。唇も切れて紫色だ。鼻腔の下には鼻血の痕も残っていた。便所からちり紙を何枚か持ってきて、傷の上から強く押さえた。

氷を包んだタオルを手にして三階の自分の部屋に入り、乱暴に扉を閉め、鍵をかけた。畳の上に投げ出していた学生鞄をベッドに放り投げ、窓を目いっぱい開けた。夏のむわっと熱い風が入ってくる。

眼下を市営バスが走り抜けている。

ベッドに横になりながら、痣のできた顔の火照りを氷で冷やした。そのまましばし天井の木目を見つめていた。

胸がドキドキしていた。店のカウンターにあった拳銃のことを思い出す。右手にその重みが残っていた。

清作が持ち込んだのだろうか。それとも、GIの客の誰かだろうか。

昔、飲み代を払えない米兵が代金代わりに拳銃を置いていったという話を、母の口から聞いたことがある。冗談だと思ったが、本当だったのかもしれない。

ようやく顔の痛みが引いてきた。

机の抽斗を開け、煙草のパッケージを取り出した。ハイライトを一本ふりだしてくわえ、パイプマッチで火を点ける。灰皿代わりの缶詰の空き缶を手にした。

窓がまちに腰を下ろし、しばし煙草を吸いながら、基地通りをゆく車や人々の姿を見下ろしていた。

ふいに風が吹いて、軒下に吊した風鈴が音を立てた。

――おぅ、アキラよ！

階下から清作の声がした。

アキラは吐息を投げてから窓を閉めた。部屋の外に出て下に向かっていう。

「何かね、清作さん」

――ちいと散歩につき合わんか。

やれやれと思ったが、仕方なくいった。

「ええよ」

――はよう下りて来いや。

半分も吸っていない煙草を空き缶の中で揉み消し、机の上に乱暴に置いた。

カラコロと下駄を鳴らしながら清作が歩く。

ボサボサに伸ばした髪の毛に薄汚れた白の開襟シャツ。いつものようにズボンのポケットに両手を突っ込み、肩をいからせながら、ゆっくりと歩を運んでいる。そのすぐ後にアキラが続いた。

アキラは父親を知らない。

基地の米兵のひとりであることは間違いないだろうが、母親ですら、誰がアキラの父なのかもわかっていない。誰からも祝福を受けずにこの世に生を享(う)け、ぞんざいに育てられてきたおかげで、幼い頃からませたガキといわれ、周囲からすっかり孤立していた。

だから清作のようなヤクザ者が自分と母との生活に入り込んでいることに、さしたる抵抗は感じない。むしろ親近感すら覚えていた。

「さっき聞いた喧嘩じゃが、お前……勝ったんか?」

ふいにいわれてアキラは清作の後ろ姿を見た。

「まあ、いちおう」

「何じゃそりゃ」

「相手が何人もおったし」

「お前はひとりか」

「もうひとりおった。ジンっちゅう奴っちゃ。あいつも喧嘩が強い」

「ふん。アキラとジンか。ええコンビじゃの」

清作が笑い、傍(かたわ)らに痰(たん)を吐いた。

空がオレンジ色に染まっていて、トンボの群れが頭上を不規則に舞っていた。

基地通りのあちこちに早くもネオンサインが点(とも)り始めている。店の出入口にエプロンをつけた酒屋の若者がビールのケースを抱えて出入りし、ケバケバしい化粧をし、派手なドレス姿の女将（おかみ）が表通りに水を撒（ま）く。

——清作さん！

胸元を大胆に露出させた若い女ふたりが、彼に向かって手を振った。

清作は声では応えず、顎を振っただけだが、女たちは肩をすぼめて笑い合う。歩行者たちは清作を避けるように遠巻きに歩き、中にはあからさまにクルリと背を向けて去っていく者もいる。

清作がこの街に事務所をかまえる尾方（おがた）組のヤクザ、それも幹部であることはここでは有名だし、街の店々からみかじめ料をとっている。

ただ、GIたちだけは別だ。清作の姿を見ても怖じることはない。わざとらしく視線を逸（そ）らしてすれ違うことはある。この狭い世界でうまく棲（す）み分けをしているのである。

派手な排気音を立てて後ろからジープが走ってきた。〝MP〟と白いヘルメットに書いた米兵が二名、乗っている。

水たまりにタイヤがはまったとたん、泥水が飛沫（しぶき）となって清作のほうに散った。が、ジープのMPたちは知らん顔でそのまま前方に走り去っていく。

下駄の音が止まっていた。

彼は去っていくジープをしばし見ていたが、ふうっと息を投げた。

濡れた自分のズボンを見下ろしてから、また下駄を鳴らしながら歩き出した。

「アキラはなんぼになった？」と、だしぬけに清作に訊かれた。

「十五じゃけど」

「そろそろ女を試してみんか」

「まだええよ」

そういってから、口を引き結ぶ。

母の裸身と嬌態を思い出した。何ともいえぬ気持ちが胸の奥からこみ上げてくる。

清作と昌代の馴れ初めをアキラは知らないし、いつからふたりが関係を結ぶようになったかも憶えていない。少なくともアキラが中学一年の頃には、たびたび家にやってきて、カウンターでビールを飲むようになっていた。

昔は怖いと思ったが、今はそうでもない。もちろんヤクザだから、それなりに悪いことをするし、狼藉はさんざん見てきた。何人か殺したことがあるという話も耳にしている。

しかしなぜだかアキラは清作を恐れたり、嫌いにはなれなかった。

父がいなかったためかもしれない。

だから、自然と清作の生き方を追いかけていた。彼のような大人になりたいとさえも思った。

アキラは大きな後ろ姿に声をかけてみた。

「清作さん」

「なんね」歩きながら彼がいった。

「おふくろのことをどう思うちょるん」

彼はしばし黙って歩いていたが、こういった。

「どうって何じゃ」

「つまり、好(す)いちょるん？」

「かばちたれな。わしが昌代を好いちょるわけないじゃろうが。身体だけの関係じゃ」

「ええんかね、それで」

「お互いがそれで満足しちょるんじゃけえ、それでええじゃろうが？」

アキラは答えられず、ただ清作の背中を見つめるばかりだった。

3

夕陽を映し取って川面(かわも)が赤く燃えていた。

錦川が今日も変わらず眼前をゆったりと流れている。対岸の家々が黒っぽい影となって連なり、土手道のいくつかの電柱につけられた街灯が小さな光を点(とも)して、それが水面(みなも)に映り込んで揺れていた。近くの汀(みぎわ)に白い水鳥が何羽か、群れていた。川の流れる音以外、何も聞こえない、静かな夕暮れだった。

安西仁——ジンは、下流に向かって緩やかに傾斜したコンクリートの上に座っていた。錦川が門前川と今津川に分かれる三角州の突端。そこに堰堤が作られていて、川を堰き止め、ずっと先の対岸まで延びている。堰堤といっても、コンクリを平らに敷き詰めたような形で高さがない。幅一五メートル、全長は二八〇メートル以上ある。その途中、二カ所ほどが切れていて、門前川の下流に常時、水が流れるようにしてある。

地元民はここを井堰と呼んでいる。

もともと錦川の河口近くは門前川が主流で、今津川は細流だったらしい。関ヶ原の戦いののち、この地の殿様だった吉川公が、今津の河口に港を作るため、ここに堰を築かせ、今津川の流量を増やしたことが始まりだといわれている。もうひとつは門前川の河口から、満潮時に遡ってくる海水による農地への塩害を防ぐという目的もあったようだ。

いつだったか、ここでゴリという小さな魚を釣っていた麦わら帽子の老人が、ジンにそう語って教えてくれた。

ふと、杉坂晃のことを思った。

広島からここに転校してきて以来、友達もできずにひとり突っ張っていた。そんな中、あいつのことがやけに気になっていた。髪の色からして、ハーフだということはわかった。そのため、女子にモテたようだが、クラスの中ではなんとなく浮いていた。

ジンは、彼の中に孤独のようなものを感じていた。だから密かに共感していたのだ。ところが晃とは気が合うどころか、二度ばかり喧嘩をした。どちらも成り行きだった。だから今日の共闘は初めてのことだ。

なぜ、あいつを意識するようになったのか。好意とか敵愾心などといった単純な感情ではなく、どこか見え隠れする暗い影のようなものを、ジンは敏感に感じ取っていたからである。

ふいに川風が水面を走ってきて、ジンの髪を揺らした。

夏のうだるような暑さも、この時間ならば嘘のように涼しい。だから、たまにひとりで来ることがある。井堰は両岸を結ぶ橋の役目も果たしているから、昼間は人や車が通ることがあるが、夕暮れ時になるとさすがにほとんど人がいなくて、自分だけの時間を持てた。

転居して以来、悩みばかりだった。

一家がこっちに移ってきたのは、父親の仕事のためだ。広島に本店がある地方銀行の行員だった父は、岩国支店長を任されることが決まった。栄転――だと思っていた矢先、父は思わぬトラブルに巻き込まれた。

父のことをテレビのニュースでたまたま見たときのショックを、今でも憶えている。

――安芸銀行の支店長ら三名が二年前から多額の不正融資をしていた疑いで、本日、広島および山口県警によって逮捕され、家宅捜索が一斉に行われました。捕まったのは安芸銀行岩国支店長の安西幸夫、本店業務課長の……。

それからすぐにテレビ画面には両手にタオルをかけられた父の姿があった。

ジンの家を隅から隅まで警察による家宅捜索が入り、白手袋に腕章をつけた大勢の刑事たちが、ジンの家を隅から隅までひっくり返していった。それをジンは、母親とともになすべもなく見ているだけだった。

報道によれば、父は汚職のようなことをやらかしていたようだが、信じられなかった。父の幸夫はひとり息子のジンに対して厳格すぎるほどだったが、一方で哀れなほどに小心者だった。大金を預かる仕事をしているからといって、その金を悪いことに使うとか、そんな大それた犯罪に手を染めるような人間ではなかったはずだ。

ひたひたと水音が聞こえて気がつくと、すぐ足元まで汀が寄せていた。海の潮の満ち引きがこんなところまで来ているからだ。

羽音を聞いて視線を上げる。

浅瀬にたたずんでいた水鳥たちの姿が消えていた。頭上を見ると、数羽のシルエットが羽ばたきながら、西の空に向かって飛んでいる。ジンはそれが小さくなるまでずっと見送っていた。

背後で「あ!」と声がした。

女の声だった。

座ったまま肩越しに振り返ると、上流側で自転車が横倒しになっていた。乗り手はすぐに立ち上がったものの、倒れた自転車のハンドルに取り付けた籠から何かが転がりだして、それがいくつかコンクリの斜面を転がってきた。

ジンの周囲をかすめるようにして、水に落ちた。浅瀬に浮かんでいるのはトマトや茄子などだった。

ジンは向き直り、彼女を見た。

白いブラウスに黒っぽいスカート。膝下までの白いソックス。三つ編みの髪を肩に垂らした少女だった。

その小さな顔を見つめて、ジンがつぶやくようにいった。

「友沢さん？」

同じ川下高校一年三組の学級委員、友沢直子だった。

あわてた様子で自転車を起こし、それを引いてジンのところに下りてきた。スタンドを立てて自転車を停めると、浅瀬に浮かぶ野菜を拾い始めた。

ジンも仕方なく立ち上がると、それを手伝った。濡れたトマトなどを自転車の籠に入れてやる。

「ありがとう」

直子がいった。「でも、安西くん。なしてひとりでこんとなところに座っちょるん？」

ジンは何と答えていいかわからず、少し逡巡（しゅんじゅん）する。

「ここは涼しゅうて好きじゃけえの」

すると、直子がちょっと笑う。

「ほうなんね。うちもたまにここに座って川を見ちょることがあるけえ」

「こんとな時間にか？」

彼女はほつれた後れ毛をなおしてからいった。「川向こうの牛野谷（うしのや）に親戚（しんせき）があって、畑で穫（と）れた野菜をようもらいにいってくるんよ。今もその帰り道」

「そうか」

直子はジンの顔の傷や痣に気づいたようだ。じっとそれを見ていた。

「それ……何したん？」

ジンはわざとらしく口を尖（とが）らせて、そっぽを向く。

「ちぃと喧嘩じゃ」

「また、杉坂くんと？」

「違ういや」

とたんに直子がくすっと笑う。

「なんかあんたら、変な間柄じゃねえ」

「そうかの」

直子はジンの顔をじっと見ていたが、ふいに唇を軽く噛(か)んだ。

「ほいじゃあ、うち、帰るね。野菜、拾うてくれてありがとう」

そういって直子は自転車のサドルをまたいだ。ペダルに足を載せて振り向く。

「安西くんもええかげんにして帰らんと風邪ひくよ」

仕方なく頷(うなず)くと、直子が少し笑った。

小さな笑窪(えくぼ)がハッキリと見えた。

ジンはその場に佇立(ちょりつ)したまま、自転車をこいで去っていく直子の後ろ姿を見送っていた。

4

次の日の放課後、アキラはジンとともに席を立ち、学生鞄を持った。教室を出るときに、ジンが立ち止まって振り向いているのに気づいた。アキラがジンの視線の先に目をやると、学級委員の友沢直子と目が合って驚いた。

直子は恥ずかしげに頬を染め、すぐに視線を逸らしてしまった。

廊下を歩き出して、アキラがいった。

「お前ら、もしかしてつき合うちょるんか？」

「莫迦たれが。そんなわけないじゃろ」

ジンがわざとらしく鼻に皺を寄せていった。アキラは意地悪く突っ込もうとしたが、ジンの顔を見てやめた。

校舎の玄関に到着すると、そこに哲太がポツンと立っているのに気づく。

思わずジンと視線を交わして笑った。

「お前のう。何のつもりじゃ」

ジンにいわれ、哲太がもじもじした様子でいった。

「い、いっしょに帰ってもええ？」

哲太の吃音は、それがゆえに虐めの対象にもなっている。しかし、アキラはそのことで彼をからかったりはしない。自分自身も何かとハーフと呼ばれてきたからだ。

「なして俺らがお前なんかとツルまにゃならんのかの」

ジンがそういって笑った。

上履きをズックに履き替えて、ふたり並んでまた歩き出す。

大勢の生徒たちが下校していく中、アキラたちは校庭を歩いた。ふと振り返ると、少し離れて哲太がトボトボとついてくる。

「金魚の糞じゃの」と、アキラがつぶやいた。

「小判鮫かもしれん。まあ、俺らといっしょにおったら、あいつらに絡まれんと思うちょるんじゃろ」

ジンがいって、また苦笑いした。

南の空に大きな入道雲がわき上がり、それを斜めに横切るように米軍の戦闘機が轟音を発して飛び去っていく。黒い機影が小さくなって見る見る雲の彼方に消えた。

基地通りは相変わらず大勢の人々や車が行き交っていた。

排気音を蹴立てて、前方からやってきた白いオート三輪がアキラの傍に停まった。荷台の横に〈川下農協〉と大きく書かれている。

開けっ放しの車窓から旧陸軍の軍帽をかぶった老人が顔を出した。乾涸びた唇の端に短くなった煙草をくわえている。ヨレヨレの軍帽の下、皺だらけの小さな目でアキラを見ていった。

「おう。まだ清作の腰巾着をやっちょるんかいの」

アキラが黙っていると、老人は無愛想な顔のまま、くわえていた煙草を吹き飛ばした。

それはかすかに火花を散らし、アスファルトの上を転がって側溝に落ちた。

「あいつぁ根っからの与太者じゃけえ、ええかげんにしとかんと身を滅ぼすど」

「適当につきおうとるだけじゃ」

「まあ、どうなろうがお前自身の人生じゃけえのう」

そういすてて、老人はオート三輪を走らせた。薄紫色の排気ガスを残して、ずっと先の十字路を曲がっていった。

「なんじゃ、あの糞ジジイは」

ジンが吐き捨てるようにいった。

「伍平さんちゅうて、うちに出入りしちょるヤクザもんの親父っちゃ」

アキラにいわれてジンが意外な顔をする。「お前んとこ、ヤクザが来ちょるんか？」

「ほうじゃ。墨田清作ゆうての」

アキラがまた歩き出した。「もっとも、とっくに親から勘当受けちょるが……」

ポカンとした顔でジンは振り向き、オート三輪の消えた路地を見つめた。

「あ、あの人、ど、どうしたんね」

後ろから声がした。独特の吃音である。

ふたりが振り向く。

小柄な体軀、哲太の下膨れの顔を見てアキラがいった。

「お前、まだついてきちょったんか」

口をすぼめてもじもじしながら、哲太がわざとらしく視線を外した。

そんな彼を見ていてふいにアキラが笑う。

「お前ら、ちぃと俺につきあわんか」

「つきあうっちゅうて、どこね」と、ジン。

「ええけえ、ついてこい」

ふたり足早に歩き出す。

ひとり取り残された哲太を振り返り、アキラが顎を振った。

「ええけえ、ノンタもついてこい」

「ノ、ノ、ノンタ？」

ニヤッとアキラが笑う。

「野田哲太じゃけ、ノンタじゃ。ええ渾名じゃろうが」

そういってアキラは、彼の頭を小突いた。

哲太――ノンタは、なぜか少し顔を紅潮させている。


夕刻になると、基地通りを行き来する人々が変化していく。

野菜を載せたリヤカーを牽いたり、オート三輪で走ったり、そんな町の人々の姿が消えて、代わりにＧＩたちや娼婦、アロハシャツ姿の怪しげな客引きや、いかにもといった感じの愚連隊が通りを闊歩するようになる。

三人はそんな人々の中を歩き、アキラの家までやってきた。

〈ＢＡＲ　ＥＤＥＮ〉と読める看板には、まだネオンが点っていない。

店の木製扉を開き、薄暗い店内に足を踏み入れる。ジンとノンタが恐る恐る後ろから入ってきた。

薄暗いカウンターにバックバー。母親の昌代の姿はない。まだ二階の部屋で寝ているのだろう。土間の靴脱ぎ場に清作の下駄がないことを確かめた。

「お前ら。これは絶対に秘密じゃけえのう」

アキラがそっというと、ふたりは奇異な顔をした。

「何のことじゃ」と、ジンがつぶやく。

「ええけえ」

アキラはひとり、カウンターの向こうに回り込んだ。

いつも母が立っている場所から身をかがめて覗くと、カウンターの下にあのときと同じように新聞紙に包まれたそれがあった。

じっと見つめていた。

昌代はこのことを忘れているのだろうか。

「何しちょるん?」

ノンタがいったので、アキラは唇の前に人差し指を立ててみせた。

意味もなく周囲に目を配ってから、そっとそれをつかんだ。重さが手に伝わってきた。両手で抱え込むようにしてカウンターから外に出る。一度、二階の物音に耳を澄まし、静かなのを確かめてから振り返った。

「お前ら、ついてこい」

そういうとズックを脱いで、忍び足で階段を上った。

三階の自室にジンとノンタを入れると、ドアを閉め、カギをかけた。

心臓が激しく胸郭を打っていた。汗を拭って椅子に座り、机の上にそれを置いた。新聞紙の包装をほどいて中身を出す。

黒い金属の塊――拳銃である。

「凄いのう、モデルガンか」

ジンがいったので、アキラは小さくかぶりを振った。

「本物じゃ」

「本物！」

思わず声が大きくなったジンに、アキラはまた人差し指を立ててみせた。

拳銃を握る。ずっしりとした重さが緊張を呼ぶ。一キロ前後はありそうだった。

古い拳銃のようだった。ところどころ黒染めが剝げて、下地の銀色が出ている。握りの部分は焦げ茶色の木製らしい。それが左右対になってふたつのネジで装着され、滑り止めなのか、荒々しくチェッカーが刻まれていた。

用心鉄の中にある三日月型の引鉄に触れないようにして、目の前に掲げてみる。側面に英文が刻まれ、その真ん中に槍をくわえた馬のマークがあった。反対側にはＭ１９１１Ａ１　Ｕ．Ｓ．　ＡＲＭＹと刻印されている。

やはり米軍の制式拳銃に違いなかった。しかもかなり使い込まれた感じからして、実戦を経てきたもののように思え、アキラはまたドキドキしてきた。

間近から見ているジンとノンタも、緊張の表情を並べている。

さすがに実銃は、プラスチックでできた玩具のピストルとはまるで違う。それはたんに材質の差異だけではない。本物の人殺しの道具だという緊張感。鋼鉄で作られたメカニズムが火薬を爆発させて弾丸を撃ち出すところを想像して、アキラは怖くなってきた。

それと同時に拳銃に魅せられもした。

視線が吸い寄せられるように離れないのである。

銃把の途中に小さな丸いボタンがあるのに気づいて、指先でそっと押してみた。

とたんにカチッと金属音がして、何かが膝に落ちてきた。

「わ」と、ノンタが声を上げた。

アキラもびっくりした。が、落ち着いて、それを見下ろす。太腿の上に横たわっていたものは四角くて長い、金属製の何かだった。側面に小さな穴が五つ開いている。

「そ、それ、マガジンじゃろ」

ノンタがそういった。

「マガジン？」

「弾倉のことじゃ」と、ジンが説明する。

中に弾丸は入っていないようだ。

おそるおそるそれを銃把に戻し、押し込んだ。また、カチッと音がしてそれが定位置に戻ったようだ。アキラは拳銃をまた机の上に横たえた。

「これ、どうしたんね」

ジンが訊いた。

「さっきのカウンターの中で見つけた。清作さんが持ち込んだんかもしれんし、客が持ってきたのかもしれんのう」

「客が？」と、ノンタが首を傾げる。

「うちの店の客はもっぱら基地の兵隊じゃ。中には飲み代が払えんちゅう奴がおって、いろんなものを置いていきよる」

「ちいと持たせてもろうてもええか」

ジンにいわれて頷き、それを渡した。

「うちにあるモデルガンとはだいぶ違うのう。本物はこんとに重いんか」

そういいながら銃のスライド部分に手をかけて引こうとしたが、ビクとも動かないようだ。拳銃を足の間に挟んで、両手でそれを引いているが、わずかに動いただけだった。

「こりゃダメじゃ」

苦笑いしたジンの手から、ノンタがそれを取った。

無表情なまま、拳銃の表や裏をためつすがめつ検分したあと、左手をかけて無造作にスライドを引いた。

アキラが驚いた。ジンもだった。

「お前、どうやってそれ……」

「ち、ち、ちいと、コ、コツがあるんじゃ」

こともなげにノンタがいい、拳銃をアキラに戻すと、得意げに指先で鼻の下をこすった。

「この拳銃、どうするんか」

ジンがいうので、アキラは考えた。

「お袋にバレんうちに、店に戻しちょく」

そういいながら、ふたたび銃をくるむため、新聞紙に手を伸ばしたとたん、記事の見出しが読めた。

《警視庁捜査一課の吉展(よしのぶ)ちゃん事件特捜班が容疑者を逮捕》

なぜだかドキッとした。

アキラはしばしそれを凝視していた。

5

うだるような熱気の中で、夏休み最初の朝を迎えた。

午前八時を過ぎて気温がどんどん上昇し、三十度を超えた。

アキラは敷き布団の上で何度も溜息をつきながら天井を見上げ、開けっ放しの窓の外で揺れる風鈴を見た。

午前十時をまわった。

母親は二階の部屋でまだ眠っている。ゆうべも明け方近くまで下の店でＧＩたちが騒いでいた。朝食など作ってもらったこともないので、アキラはいつもの休日のように、外に買い食いに出かけることにした。

汗だくの下着を脱いで着替えをし、ふと机を見た。

抽斗の中に、まだあの拳銃を隠してあった。上から二番目の抽斗だ。

実はあれから、それを店に戻さないままだったのである。思い出したとたん、またドキドキしたが、あえて無視して部屋を出る。そっと階段を踏んで店に下りた。

煙草の匂いがして驚いた。

清作がカウンターの止まり木のひとつに座っていた。

岩のように硬そうな大きな顔にボサボサの髪。白いランニングシャツの肩の辺りに刺青が少し覗いて見えた。ビールの入ったコップを前に、唇の端に煙草をくわえていた。

「昌代はまた寝坊しちょるんか」

濁声（だみごえ）でいった。くわえ煙草がつられて揺れる。

アキラは頷いた。

「かき氷でも食いにいかんか」

罎に残ったビールをコップに注ぎ、一気にあおってから、清作は椅子を引いて立ち上がる。そのまま下駄を鳴らしながら店の外に向かった。

アキラの返事を待つでもない。いつもこの調子なのだ。

仕方なくあとに続いた。

熱い日差しの下（もと）、アスファルトから陽炎（かげろう）が立ち昇っていた。日傘を差した若い女たちが前からやってくると、黄色い声で清作を呼んで手を振ってきた。清作は片手を挙げただけで、相変わらずマイペースに下駄を鳴らして歩く。

大きな幟（のぼり）を出した屋台のかき氷屋があった。坊主頭にランニングシャツ、半ズボンの子供たちが五人、その周りで夢中で食べている。店をやっているねじり鉢巻きの老人に金を払い、清作はふたりぶんのかき氷を持ってアキラのところにやってきた。

ひとつを受け取った。イチゴ味のシロップにミルクがたっぷりかけてあった。

差し込んである竹のスプーンをとって、アキラはそれを食べた。空腹だったので、よけいに美味しく感じられた。

清作も猫背気味になってかき氷を口に入れている。小学生ぐらいの子供たちの中に、ヤクザの清作が立っているのは妙な光景だった。が、何となくそれはそれで似合っている気もした。子供たちも刺青を彫った清作を恐れるふうでもない。

ふいに氷が喉に滲みたのか、清作はわざとらしく顔を歪めてから咳き込んだ。

それを見て子供たちが指差しながら笑っている。清作は鼻に皺を寄せてみせると、子供たちはなおも笑い転げる。

やがて自分で噴き出すように笑い、ふいに真顔になったかと思うと、清作はアキラにこういった。

「ところでお前、店にあった道具を持っていったろ」

だしぬけな言葉に視線が泳いだ。

それが何を意味する言葉か、すぐにわかったからだ。

「え」

清作がふいに意地悪げに笑った。充血した目がアキラを見据えたままだ。

「とぼけんな。カウンターの奥んとこじゃ」

緊張に体をこわばらせて、アキラはおそるおそる訊ねた。

「あれって清作さんのじゃったん？」

彼は首を振った。

「ちいと前に、飲み代がないけえっちゅうてGIが店に置いていったんじゃ」

やはりそうかと思った。母がいった話が冗談でなかったことを知った。

また清作が笑った。

「お前のう。鳩（はと）が豆鉄砲食ろうたような目をしちょるが」

「じゃ、じゃけど……」

「大丈夫っちゃ。弾丸は入っとらんけえ、危険なことはいっそうない。ほいじゃけえ、なんぼいじっても暴発はせんっちゃ」

そういう話ではないとアキラは思ったのだが、それにしても、周りに子供たちがいるのに、清作は平気な顔で拳銃の話をしている。

「清作さんは拳銃、撃ったことあるんね？」

「ほりゃあ、わしもヤクザじゃけえ、ピストルぐらいなんぼでも撃っちょるいや。組の事務所にも、なんぼでもあるど。今、広島の桜会（さくら）の奴らがこっちに進出しようっちゅうて企（たくら）んじょるらしいけえのう、戦争に備えて、うちの組も米軍流れの道具をようけえ買い込んじょる」

「広島のヤクザと戦争になるんかね」

「あっちの奴らにしてみりゃ、米軍基地がらみで麻薬やら拳銃やらが流れてくる岩国っちゅうところが羨ましいんよ。ここらは山口の日吉一家の縄張りじゃけえ、あいつらも手が出んかった。ほいじゃが、桜会も去年辺りから関西と手を組むようになって、勢力を拡大しちょるっちゅう話じゃ」

「じゃけど、警察が黙っちょらんと思うけど」

「いなげなことというなや。警察はビビリじゃけえ、見て見ぬふりっちゃ。それどころか、わしらみたいなヤクザから賄賂をもろうちょる奴らもなんぼかおるしのう」

清作が大きな顔を揺らして笑った。

それからふいにまた真顔に戻る。

「アキラ、お前……あのピストル、いっぺん撃ってみるか」

「え」

かき氷の皿を落としそうになる。

「女を抱くのもええが、ピストルぶっ放すのも楽しいど」

そういって清作はアキラの肩を乱暴に叩いた。

「夕方になったら、あれ持ってうちの事務所の前に来い」

「事務所……」

「組の事務所っちゃ。三丁目の神社の先の十字路の傍じゃ。場所ぐらい知っちょろうが」

「そりゃ、知っちょるけど」

「待っちょるけえ。じゃあのう」

そういって清作はズボンのポケットに両手を突っ込み、背中を向けて歩き出した。

ちょうど向こうから歩いて来た街娼の娘がふたり、彼を見て声を上げる。清作はわざとらしく手を振り、「暑いのう、ホンマに」といいながらふたりとすれ違い、下駄を高らかに鳴らしながら去っていく。

アキラは立ち尽くしたまま、その後ろ姿を見ていた。

6

ジンは昼食を食べると、自分の部屋に戻った。

壁に立てかけてあるのは、大判の板をくり抜いたギターもどき。それを手にしてベッドに腰を下ろし、弾く真似をした。

ギブソンのエレキギターと同じサイズ、同じデザイン。ジン自身が作ったものだ。デビューしたばかりのローリング・ストーンズに憧れ、アルバイトで稼いだ金でレコードは買えたものの、さすがに高価なギターには手が出ない。だから、いつか本物のギターを手にしたときのために、コードを覚えたり、テクニックを練習するべく自作したのだった。

毎日のように演奏の真似をして、コードを押さえた場所が手垢で黒ずんでいた。

しばらく演奏する真似をしてから、それをベッドの脇に立てかけた。

暑い一日がまた始まっていた。

両親の寝室には去年、発売されたばかりのクーラーが窓に取り付けてある。が、ジンの部屋は扇風機だけだ。それを最強にして風を当てているが、ちっとも涼しくならない。

夏休みの初日といっても、何をすることもなかった。

もちろん学校の課題は山ほど出ていたが、それに手をつける気にもならず、かといって誰かと遊ぶ予定も、その気もない。広島からこの岩国に転校してきて、ようやく会話ができるようになったのがアキラだった。

もちろん――ノンタもいた。

彼はアキラとはまるで違うタイプだ。典型的ないじめられっ子で、愚鈍で、容姿も冴えない。寄らば大樹の陰じゃないが、子分のようにふたりの後ろをついてくるだけ。だが、嫌って追い払おうとか、わざと冷たくあしらって遠ざけようとは思わなかった。

ノンタには妙な親近感を覚えていた。

なぜだろうかと考えたが、答えはいっこうに浮かばない。

ふいにアキラが見せてくれた拳銃のことを思い出した。

ジンはとくに熱心なガンマニアではなかったが、少年雑誌などでよく知っていた。最近、発売になったモデルガンも二挺(ちょう)ばかり持っていた。

冷たい鉄の感触と独特の重量感。

玩具にはない、実銃の迫力に驚いた。ただの鋼鉄の塊ではない、何か得体の知れない緊張感があった。ともすればそれに意識が吸い寄せられそうになる。

ゆっくりと右手を伸ばす。拳銃をかまえる仕種(しぐさ)。

バーンと小さくいって発砲の反動を真似てみた。

それから自分の右手をじっと見つめる。

何かが心の中に渦巻いている。

しかしそれが何なのかはわからない。ただ、どす黒く、底なしに深い深淵のようなものが見えたような気がした。

もう一度、同じようにかまえる真似をした。

少し離れた壁掛けの鏡に、自分の上半身が映っていた。それを見ながら、想像上の拳銃を握り、鏡の中の自分に狙いをつけてみた。

ふとそこに、アキラのイメージが重なって見えた。

ジンは驚き、ハッと周囲を見た。だがむろん、ここにあいつがいるはずがない。しかしながら、リアルな存在感のようなものがたしかにあった。刺すような殺気をまとったアキラの姿が自分の姿に重なっていた。

　壁掛けの時計を見る。午後一時を回っていた。

　腰を下ろしていたベッドから立ち上がった。

　汗に濡れた下着のシャツを着替えて、扇風機を切って窓に歩み寄る。

　眼下の往来が見下ろせた。

　自動車が行き交い、路肩を何人かが歩いている。

　そのうちのひとりに目が行った。

　赤と紺の浴衣（ゆかた）姿の少女。下駄を履き、タオルを入れた洗面器を持っていた。

　三つ編みの髪に白い丸顔を見て驚いた。友沢直子だった。

　ひとりで近くの銭湯に向かっているのだろう。

　ここから五百メートルばかり先に〈楠（くす）ノ湯〉というところがあった。

　直子はとりわけ美人ではなかったが、しゃべり方や仕種が可愛（かわい）いと思っていた。あの日、井堰で出会って以来、ずっと親近感もあった。それが好意であるかどうか、自分でもわからない。

　往来を歩いて行く浴衣の後ろ姿。

　ジンは窓越しにそれをじっと見送っていた。

7

セミの声がやかましいほど聞こえている。

最初は竹藪（たけやぶ）をくぐるように登っていたが、やがてシダの草叢（くさむら）を抜けると細い山道となった。途中に看板があって、山の向こうにある大谷（おおたに）という集落に抜ける道だということだった。そこをたどって清作はどこまでも歩き続ける。

大柄な男なのに息切れひとつない。一方、アキラはゼイゼイと喉を鳴らしながら、必死についていく。

急登である。汗が滝のように流れる。

森の木々の合間に、大きな岩がゴツゴツと点在している。それが動物のように見えて、アキラには気味が悪かった。

三十分とかからずに、忽然（こつぜん）と視界が開けてびっくりした。足を止めて振り向くと、眼下に岩国の街並みが一望できた。

錦川が下流部でふたつに分かれ、三角州になった部分に自分たちが暮らす川下地区があり、そこにアキラの家もある。ということは、アキラが生活していた場所から、この山が遠くに見えていたのだろうか。

それを意識したことはなかった。

さらにその先に米軍岩国基地が望めた。

基地の向こうは瀬戸内海だ。甲島や阿多田島といった島がハッキリと見えている。

轟音が聞こえて視線を戻せば、滑走路を大型の輸送機が滑り出したところだった。それはじきに機首をもたげて滑走路を離れ、南の空へと向かって飛び去っていく。

ベトナムに向かっているのかもしれない。

それにしても、岩国という街を、こうして上から見下ろしたことはなかった。自分が生まれ育った景色に、アキラは憑かれたように見入っている。

「おい、アキラ。何しちょんか。とっとと行くど」

清作の声に我に返り、彼はまた歩き出した。

頭上を見ると、太い電線が何本か空を横切っていて、すぐ近くに巨大な鉄塔がそびえていた。その電線の下を通って木立の中をゆく。清作はまるでここらの山路を知り尽くしているかのように、迷うこともなく黙然と歩を運び続けている。

やがて下りとなり、山頂を過ぎたことがわかった。

「清作さん。どこまで行くんね」

額の汗を拭いながら訊いた。

「ここらでええじゃろう」

そういって彼は立ち止まり、振り向いた。

「え……ここ？」

「平家山っちゅうところじゃ。てっぺんを越した反対側じゃけえ、銃声が街まで届かん。ここなら、なんぼ撃ってもええど」

周囲はアカマツの疎林である。その木の間越しに、さらに深い山が遠くに連なっていた。そこに向かっていくつかの鉄塔が立ち並んで続いている。

清作はさすがに汗ばんだ顔をしていたが、特に疲れた様子もなく、近くの岩に向かって歩いた。白っぽいから花崗岩のようだ。

その傍に古い切り株があった。直径四十センチ以上はありそうなアカマツだった。身をかがめた清作は、野球のボールより少し大きいぐらいの、楕円形の石を拾って切り株の上に載せた。

清作がアキラのところに歩いて来た。

「道具を出してみい」

アキラは頷いて、ナップサックの中に手を突っ込む。

重たい拳銃を慎重に取り出した。清作はそれを無造作につかむと、左手をかけて引いた。ガチャッという金属音がして、スライドの部分が下がりきって止まった。

ノンタがそれをやったことを思い出した。

コツがあると彼はいっていたが、清作もそのコツを知っているのだろうか。

「これはのう、わしらがGIコルトちゅうて呼んどる拳銃じゃ。本当はコルト・ガバメントちゅうてのう、米軍の制式拳銃なんよ。ベトナムで何人か殺した銃かもしれんの」

あっけにとられて見ているアキラの前で、清作がニヤッと笑い、銃把の途中にある小さな丸いボタンを拇指（おやゆび）で押した。弾倉がスルリと抜けてきた。拳銃を脇に挟むと、ズボンのポケットに手を突っ込んだ。

そこから取り出したのは、何発かの弾丸だった。

アキラは驚いた。

組事務所から持ち出してきたのだろう。

寸詰まりな大きなドングリのような形をした弾丸をひとつひとつ弾倉に装塡（そうてん）していく。ぜんぶで七発、弾倉にセットしてから、脇の下から拳銃を抜いて、銃把の中に弾倉を乱暴に叩き込んだ。

拇指で銃の側面にある小さなレバーを操作すると、大きな金属音とともに下がりきっていたスライドが閉鎖した。その音を聞いたアキラの肩がビクッと持ち上がる。

清作は片手で無造作に拳銃をかまえた。

切り株の上に置いた楕円形の石に銃口を向けていた。

距離は十メートルぐらいだろうか。

突然、すさまじい銃声が轟いた。アキラは飛び上がりそうになった。

清作の右手の拳銃が頭上に跳ね上がった。同時に切り株の中央辺りに白い煙が散って無数の木っ端が飛んだ。

知らずにあんぐりと大きく口を開けていたことに気づいた。

耳鳴りがしていた。銃声が想像以上に大きかったせいだろう。

切り株に載せた石はそのままだ。命中しなかったらしい。

清作はまた右手でかまえた。

アキラはとっさに両手で耳を塞いだ。

銃声。

煙に包まれた拳銃の横から、金色の何かが斜め上に向かって飛んだ。空薬莢だと気づいた。戦争映画で観たことがあった。それはクルクルと空中を舞いながら、近くの立木にぶつかった。

三発目。四発目。

清作は射撃のたびに反動で跳ね上がる拳銃を戻し、無造作に引鉄を絞り続けた。

銃声のたびに清作の右側に空薬莢が舞い飛ぶ。

ところが弾丸はいっこうに命中せず、切り株が砕けたり、後ろの虚空に消えたりした。

ようやく五発目が当たった。

切り株の上に載せた楕円形の石が砕け散った。

静寂が戻り、アキラは両手を耳から離した。耳鳴りがしつこく続いている。

清作は石が砕けた場所に行って、別の四角い石を切り株の上に載せた。

アキラのところに戻ってくるなり、銃把から弾倉を抜き、手早く弾丸を補填する。弾倉を戻して、だしぬけに拳銃を差し出してきた。

「お前が撃ってみぃ」

清作がいって、岩のような顔を歪めてニヤリと笑った。

それを受け取って、ずっしりとした重みに思わず取り落としそうになった。

「俺が……？」

そういってアキラは自分を指差した。とたんに頭を大きな掌ではたかれた。

衝撃に視界が歪みそうになった。

「お前に撃たせちゃろうっちゅうて、わざわざこんなところまで来たんじゃろうが。他に誰が撃つんかいの」

アキラは自分の手の中にある拳銃を見つめ、意を決して右手でかまえた。その重さにブルブルと震えてしまう。

「莫迦たれ！」

また声がして、後ろから頭をはたかれた。

「ド素人が片手で撃ってどうするんか。肩の骨、外すど」

「そ……そんとに衝撃、凄いんかね」

「おお。ぶち凄いど。なんちゅうても・四五口径じゃけえ、そんじょそこらの拳銃たぁ、わけがちがうわ」

「よ、よんじゅうご……？」

清作はむんずと拳銃をとって、両手で保持してみせた。

「こうやってふたつの手を使うんじゃ。腰は低く、目の高さに銃をかまえて引鉄を引け」

戻された拳銃を見よう見まねでかまえてみた。

「ええか。誰かに向けてかまえたら、迷ったりせんで、思い切って引鉄を引け。人に銃口を向けるっちゅうことは、その相手を殺すっちゅうことじゃ。そんとな覚悟がのうちゃ、ピストルなんか持っちゃいけんど」

アキラは頷いた。

十メートルぐらい先の切り株の上、四角い石を狙ってみた。

清作が命中させたのは五発目だった。なかなか当たらないものだとそれでわかった。

引鉄を引く瞬間、アキラは思わず目を閉じた。

すさまじい銃声とともに反動が両手を突き上げ、衝撃が肩まで届いた。銃口が真上を向いた。かろうじて手からすっ飛ばさずにすんだようだ。その代わり、背後によろめいて尻餅をつきそうになった。

「何じゃ、こりゃあ」

アキラは思わず声を洩らす。「ぶち、凄いのう」

銃声があまりに大きく、鼓膜が内側に張り付いているようだった。耳鳴りが相変わらず酷い。頭の中をファントム戦闘機が飛んでいるみたいだ。

「外れじゃ。ちゃんと目ぇ開いて、二発目を撃ってみぃ」

キンキンと響く耳鳴りの中で清作の声がした。

アキラはまた両手でかまえた。

ゆっくりと引鉄を引く。

銃声とともに爆風が顔を叩き、拳銃が馬に蹴られたように跳ね上がった。

またもやアキラは目を閉じていた。発砲の衝撃に閉じずにいられないのである。

「清作さん。当たった？」

おそるおそる訊いた。

「あほんだら。そんとなへっぴり腰で当たるかいや。弾丸は地面にめり込んじょる」

「じ、地面に……」

「ガク引きっちゅう奴じゃ。引鉄を引いたとたん、銃口が下を向いとるけえ」

「ど、どうすりゃええんね？」

まるでノンタみたいな吃音だと自覚しながらアキラはいった。

「闇夜に霜の降るがごとくじゃ」

腕組みをして顎下をさすりながら清作がいった。

「え」

「軍隊でそう習うた。ともかく、ゆっくり静かにじゃ。引鉄を引くんじゃなく、絞るっちゅうことじゃ」

「ようわからんけど」

「ええけえ、撃ってみぃ」

アキラはかまえた。

わけのわからないまま、撃った。

間近に落雷したような銃声。燃焼ガスが熱い壁のように顔を叩く。反動で拳銃が真上に跳ね上がる。弾丸がどこへ飛んだのかなんてわかるはずもない。

相変わらず十メートルばかり先の切り株の上に、標的の石がポツンと取り残されたように、そこに見えている。

アキラは歯を食いしばった。両肩を持ち上げるようにして銃をかまえ、引鉄を引いた。

反動で跳ね上がる拳銃をかまえ直し、また撃つ。

どうしても発砲のたびに目を閉じる。それでも怖れずに撃った。

突如、いくら引鉄を引いても銃が反応しなくなった。

見ればスライドが後退したまま止まっている。突き出した銃身の先端と、ポッカリと口を開いた排莢口から、青白い煙が漂い出している。

「撃ち止めじゃ」

清作がいって歯を剝き出しながら笑い、アキラの肩を乱暴に掌で叩いた。

「手ぇ出してみ」

いわれるままに右手を出すと、掌に何かを載せられた。

見れば、弾丸だった。ぜんぶで七発ある。

「清作さん……」

「それ、とっちょけ。弾丸のない拳銃はただの玩具じゃ。ええか、アキラ。使うときは本気じゃけえの。大事にせえよ」

真顔でいってくる清作の顔を見つめて、アキラは小さく頷いた。

8

ジンとノンタといっしょに、アキラはお好み焼きで腹を満たした。

行きつけの店だった。

岩国のお好み焼きは広島の食文化の中にあるから、焼きそばが入っている。三人とも食べ盛りで、二人前は食べる。

店を出て基地通りに戻ると、ふいにアキラが足を止めた。

いつもの光景――走りすぎる米兵のジープ。すれ違う幾台かの車。街を歩く人々。その中に明らかに違和感のある連中がいた。

四人の中年男だった。

それぞれ黒や白などの薄手のスーツをはおり、ズボンのポケットに手を入れたまま、横並びになって歩いている。全員が黒いサングラスをかけていて、いかにも堅気(かたぎ)ではない雰囲気を放っていた。

ここらで見かけるヤクザとは違うタイプだ。

右からふたり目、白いスーツに赤シャツの男がとりわけ目を引いた。異彩を放つ四人の中でも、とくに目立っていた。アキラはこの街のヤクザ者たちを見馴れているが、明らかに違和感がある。とりわけ危険な香りが漂っていた。

「どうしたんか」

ジンが少し行きすぎたところで彼に向き直った。ノンタも妙な顔で彼を見ている。

「ちぃと道、空けちょけ。ヤバイのが前から来るけぇ」

いわれたジンはちらと肩越しに見てから、アキラやノンタといっしょに細い路地へと足を踏み入れた。立ち止まって振り向くと、ちょうど通りを奴らが横切っていくところだった。

「なんじゃ、あいつら?」と、ジンがつぶやくようにいった。

「たぶん広島の連中じゃろう」

「広島……?」

「岩国に進出をはかっちょるけえ、戦争が始まるちゅうて清作さんがいいよった」

ジンとノンタは驚いた顔で彼を見つめたが、また通りを見た。

足早に歩いてそこに戻ると、二十メートルばかり向こうをスーツ姿の男たちが横並びで歩いていた。人々はさっきのアキラたちのように、あからさまに彼らを避けている。米兵とその家族ですら、肩をいからして歩くヤクザたちを見て、恐々(きょうきょう)とした様子で道を空ける。

ふいにあの赤シャツの男が足を止め、肩越しに振り向いた。

黒いサングラスの向こうから強烈な視線が放たれたような気がして、とっさにアキラは目を逸らす。

しばらくして目を戻すと、四人はまた横並びになって街路を歩き去って行くところだった。

「我が物顔でブイブイいわして歩いちょるのう」

あきれた顔でジンがいった。

「こりゃあ、尾方組もさすがに黙っちょれんじゃろ」と、アキラ。

「尾方組っちゅうのは？」

アキラは頷いた。「清作さんところいや」

彼らの後ろに向かって走ったボンネット型の市営バスがブレーキランプを赤く光らせた。横一列になったまま、ヤクザたちが道を空けないため、仕方なく徐行しながら走っている。

ようやく十字路に到達すると、バスはすぐに方向指示器を点滅させ、あわてるように右の道へと入っていった。

「ここらも物騒になってきたのう」

あっけにとられた顔で見ながらジンがいった。

なんと答えていいかわからず、アキラはわざとらしく遠くを見た。

建物と建物の間に夏の山が見えている。

それを眺めていて、ふと気づいた。すり鉢を伏せたような独特の形状で、あの山だとすぐに気づいた。平家山――清作がそういっていたのを思い出した。

「のう、これから山に行かんか？」

唐突に切り出され、ジンがあっけにとられた表情になる。

「や、や、山？　ど、どうして？」

ノンタが相変わらずの吃音で訊ねる。

「お前らに見せたいものがあるんよ」

「また、ピストルか」

ジンがいったので、アキラは苦笑する。「かばちたれなっちゅうの」

「今から山に登るんか」

「ほうじゃ。腹ごなしに行こうや」

半ばうろたえたような顔のジンとノンタの胸を、アキラは笑って拳で小突いた。

「や、や、休ませて。つ、疲れた」

ノンタがゼイゼイと喉を鳴らしながらいう。

その小太りの体をふたりで後ろから押すようにして、アキラとジンは丈の低いシダに囲まれた細い山道を登っていた。

「ええけえ、もうちょっとじゃ」

アキラがそういった。

辺り一面、アカマツやヤマグリなどの疎林。周囲はすっかり蟬（せみ）しぐれである。

午後になって気温はさらに上がり、おそらく三十二度ぐらいになっているだろう。だから、三人とも汗を大量にかいていた。

途中にあった雑貨屋で〈ファンタ〉を買った。アキラとジンはグレープ、ノンタはオレンジ。それを店内で飲んでからというもの、水分はいっさいとっていない。頂上まで三十分とかからないとなめていたら、猛暑のせいでたちまち喉がカラカラに渇いた。

ようやく頂上が近づき、アキラはノンタを励ましながらジンとふたりで汗ばんだ背中を押した。

忽然と木立が消えて、彼らは山頂に立っていた。

「後ろを見てみい」

アキラにいわれて、ジンとノンタが振り返る。

「うわ——っ」

ふたりの声がそろった。

眼前に岩国市の市街地が広がり、そのずっと向こうに彼らの住む三角州の街、川下地区。そして米軍岩国基地が望めた。さらに彼方には瀬戸内海が青々として広がり、大小の島々が浮かんでいるのである。

「お前が見せたかったたっちゅうのは、この景色じゃったんか」

「そうじゃ」

アキラが腕組みをしてそういった。

「こ、こ、これが……ぼ、ぼくらの、街」

ノンタがあっけにとられたような表情でつぶやいた。

金切り声のようなジェットの音を立てて、銀色の飛行機が基地の長い滑走路を疾走し、空へと飛び立っていく。たちまちそれは空の高みに達すると、機首を転じて南へと向かう。

「あ、あ、ありゃ、え、A6イントルーダー攻撃機じゃ！」

ノンタが叫んだ。

「お前、米軍機に詳しいんか」

「う、うん。ち、ち、ちぃと詳しい」

少し得意げになってノンタが指先で鼻の下をこすった。それが彼の癖だと、アキラはもう知っている。悪ガキのような表情が、なんともおかしかった。

「どうじゃ。ここへ来てえかったじゃろう？」

アキラにいわれ、ふたりが頷いた。

「と、と、父さんと……い、岩国城のし、し、し、城山に登ったことが……あるけど、あ、あそこからの景色とも、ぜ、ぜん、ぜんぜん違うっちゃ」

「そうか」

アキラは満足そうに腕組みをする。

大きな岩を見つけて三人でよじ登った。最後に登ってきたノンタが落ちそうになったので、アキラが手を貸して引っ張り上げた。

大岩の上に三人、並んで座り、自分たちが住んでいる岩国の街を見下ろす。

真ん中にノンタ。右にアキラ、左にジン。

どれだけ長い時間、見ていても飽きるということがなかった。

街路を芥子粒（けしつぶ）のような車が行き交い、米軍基地の滑走路を戦闘機や爆撃機、輸送機が発着を繰り返している。遠い海の水平線上を貨物船の小さなシルエットがゆっくりと動いている。

「なんか、ええのう」

ジンがそういった。「ここは俺らだけの秘密の場所にしようや」

アキラが同意し、ノンタも口を引き結んで頷く。

海のほうから風が寄せてきて、三人の少年の髪を乱す。

「俺ら、将来はどうなっちょるかの」

ポツリとジンがつぶやいた。

「将来か……俺ぁ、どうせろくな人生を歩まん気がする」

するとジンがこういった。

「俺ものう……まっとうな大人になる気がせんのう」

「莫迦たれが。お前まで落ちぶれてどうするんじゃ」

アキラに突っ込まれてジンが笑った。

「俺のホンマの夢はの……ミュージシャンになることじゃけえ」

「たしか、ジンはローリング・ストーンズが好きじゃっちゅうてゆうちょったが」

ノンタが驚いて振り返った。

「す、凄いねえ。み、ミック・じゃ、じゃ、ジャガーみたいになれ、れ、たら、え、え、えええねえ」

ジンがかすかに首を振る。

「いんや。ミック・ジャガーの歌は好きじゃが、俺はギタリストになりたいんよ。キース・リチャーズみたいな、ぶちかっこええ弾き方でエレキをガンガン鳴らして、ステージでばっちり決めたいのう」

そういってから、ジンはギターを弾く真似をしていたが、ふいにノンタを見た。

「お前もストーンズのファンか？」

するとノンタが照れて頭を掻く。「ち、ちぃとだけ」

「〈サティスファクション〉ちゅう曲、知っちょる？」

ジンはそういってからギターを掻き鳴らす真似をして、口で演奏を再現した。

ぽかんとして見返すノンタに、ジンが笑いかけた。

「まだ、日本じゃレコードになっちょらんが、米軍のFENのラジオじゃ、最近、こればっかりかかっちょる。聴いてみりゃええよ」

ノンタが何度も頷いている。

ひとり会話に置き去りにされたのはアキラだ。

ちょっとふてくされたようにそっぽを向いていたら、ふいにまた風が吹いてきた。

三人はしばし黙って自分たちの街を見下ろしていた。

市街地の向こうにある米軍基地、さらにその先、青く広がる瀬戸内の海。

遠い水平線を船がゆっくりと横切っている。

「俺はいつか船乗りになる」と、アキラがいった。

ジンが目を向けてきた。

「ホンマにか?」

「おお、そういや。子供の頃から憧れちょった。外国航路の船員になって、世界のあちこちを旅するんじゃ」

そう。これが俺の夢だ——自分にいい聞かせた。

かすかに汽笛(きてき)の音が聞こえた。

水平線の船ではなかった。

見れば、今津川を渡る鉄橋を蒸気機関車が走っているところだった。

ここから見下ろすと、まるで玩具のように小さく見える。機関車は数両の客車を連ねて牽きながらゆっくりと橋を渡り終えると、市街地の中を走り出した。先頭の煙突から真っ黒な煙が背後にたなびいている。

また、汽笛の音がした。今度はもっと近くから聞こえた。

ふとアキラの目頭(めがしら)が熱くなった。

あわてて拳を握って目頭をこすった。何度も何度もこすった。

なぜだろうかと思った。どうしてあの汽笛を聴くと、熱いものが胸の奥からこみ上げてくるのだろうか。

傍らを見ると、隣に座るノンタも泣いていた。

その向こうにいるジンも、眦(まなじり)を指先で拭っている。

「俺ら、大人になってもこうして会えるかのう」

ジンがつぶやく声が聞こえた。

「いつか……」

アキラがいった。「ほうじゃ、三十年後の今日。俺ら、またここに来れんかのう」

「三十年後か……今日は八月の何日じゃ」

ジンがそういった。

「八月十七日」

アキラが腕時計を見ながらいった。「この日を憶えちょこうな」

「さ……三十年後、せ、せ、せ、一九九五年。よ、四十五歳……ちゅうたら、ぼ、ぼくら、な、な、何しちょるんじゃろ」

「俺は船乗りじゃ」

アキラが遠くを見ながら、そうつぶやいた。「ジンはギタリストじゃの」

「LPレコードがガンガン売れる人気グループでリードギターやっちょるいや」

そう答えたジンが、ノンタを見た。「お前は?」

ノンタは猫背気味に座り、しばし黙って街を見下ろしていた。

「け、刑事、かな」

アキラとジンが驚いて彼を見る。

「ホンマにオマワリになりたいんか」

するとノンタが頷く。「と、と、と……『特別機動捜査隊』っちゅう、て、て、テレビ番組が大好きなんよ」

「意外じゃのう、お前も」

ジンがノンタの背中を乱暴に叩く。ノンタは困ったような顔で笑いを浮かべる。

「ほいじゃが、そんとに鈍臭(どんくそ)うて警官になれるわけなかろうが」

アキラに鋭く突かれ、ノンタがまた頭を掻いた。

「せっかくの夢じゃけえ、そんとにぶち壊さんでもえかろうに」

ジンにいわれて、今度はアキラが頭を掻いた。

「三十年経って、俺ら、ここがわかるかのう」と、ジン。

「山は山のままじゃ。これから先も変わることはなかろうて」

そういったアキラはあることを思いついた。

大岩からひらりと飛び降り、そのまま歩いていく。彼らがいた岩のすぐ近くに、大きな樫の朽ち木が立っていた。

大人がふたりで手をつないで、やっと囲めるほどの巨木。しかし、高さは数メートルしかなく、枯れた枝が何本かねじ曲がっている。その前に立って、アキラはズボンのポケットからそれを取り出した。

安物のフォールディングナイフだ。握りは木製になっている。

そのブレードを開くと、逆手に握って、切っ先を枯れ木の幹に当てた。

ガリガリと乾いた樹皮を切っ先で削りながら、何かを刻んでいる。

「何やっちょるんか」と、ジンが訊いた。

「将来の夢をここで願掛けじゃ」

アキラがいって、少し恥ずかしげに笑う。

――AKIRA

横向きに、そう刻まれていた。

「お前らも名前を書かんか」

アキラにいわれてジンが岩から飛び降り、ノンタが続いて降りようとして、また見事に尻餅をついた。

ナイフを受け取ると、ジンが自分の渾名を隣に刻んだ。

――JIN

最後にナイフを渡されたノンタが、少しばかり躊躇(ちゅうちょ)しながら、こう刻んだ。

ナイフを止めて、なぜか照れ笑いをしている。

――NONTA

彼からナイフを返されたアキラが、少し離れた場所にこう刻んだ。

――1995・8・17

三十年後の今日の日付だった。

刻み終えたアキラが、そのブレードを閉じ、ポケットに戻した。

枯れ木の幹に、三人の名前と、日付がくっきりと刻まれている。

「俺らの友情はこれで永遠じゃの」

アキラがつぶやいた。

「三十年後にまた、ここで会おうや」

ジンがそういった。

「三十年後……」

戸惑いながらもノンタがそうつぶやく。

三人は視線を合わせ、それぞれが笑った。

耳をつんざく爆音がして、足元に一瞬、影が落ちた。

彼らはいっせいに振り仰いだ。

頭上をかすめるように、ファントム戦闘機の機影が真上を通過して、眼下に見える米軍岩国基地の滑走路に向かって降下していった。

9

「晃、ちぃと話があるんじゃけど」

自室のドアの外から、母の昌代の声がした。午後一時を回ったばかりで、いつもなら母はまだ眠っている時刻だった。アキラはあわてて煙草を消して、アルミ缶の中に吸い殻を落とし、蓋(ふた)をした。

「どうしたんね」

ドアを開けると、昌代は珍しくワンピース姿だった。夜の開店まではいつだって白いシュミーズだけで過ごしていたのにと、さすがにアキラは奇異に思った。昌代はなんだか楚々とした様子で部屋に入ってくると、畳の上にしゃがみ込み、足を投げ出して横座りになった。

椅子に座ったままのアキラを見て、昌代がいった。

「うちね、清作さんといっしょになろう思うちょるんよ」

だしぬけに飛び出した言葉が理解できず、アキラは目をしばたたいた。

「今さら何ゆうちょるんね。清作さん、いつもうちに通ってきちょろうが」

「そうじゃないんよ」

昌代は少し恥ずかしげな表情を作り、うつむいていった。「あの人と結婚しよう思うちょる」

しばし言葉が出なかった。

母の顔を凝視したまま、アキラはどういうことかと考えていた。

「ほいじゃが、清作さんはおふくろのこと、なんとも思うちょらんちゅうてゆうちょったが」

すると母はまたアキラを見てかすかに首を振る。

「うちが説得したんよ。ほしたら、結婚してくれるっちゅうてゆうてくれたけえ」

「騙されちょらんのか」

「たしかにあの人はヤクザ者じゃけど、嘘をつくような人じゃないけえ。あんたもよう知っちょるじゃろ」

わかっていた。わかっていながら、どうしても信じられずにいる。

「それにしても……なして、そんとに急に？」

「うちも寂しいし、あんたも清作さんと仲ええしね。あんたらがいっしょに出かけちょる姿は、ホンマの親子みたいじゃけえ」

いわれて思い出した。

いつも清作から声をかけられ、半ば強引に外に連れ出されるが、アキラとしてはいやな気持ちではなかった。たまに他人を恐喝し、暴行したり、いかにもヤクザっぽいことをする姿を何度も見た。最初は驚き、怖くもあったが、そのうちにだんだんと馴れていった。

父親がヤクザということに抵抗は感じない。

しかし違和感が拭えないのだ。だしぬけにいわれたせいもあるかもしれないが、ふたりが結婚する、清作が自分の父になるということがピンと来ない。

「それで……」

アキラは口をつぐんでから、思い切っていった。「結婚式とかやるんね？」

「莫迦ゆうちょる。そんとなお金、ふたりともあるわけなかろうが」

昌代が噴き出すように笑った。

それからほつれた髪を片手でかき上げた。真っ白な腕の肘(ひじ)の辺りに、青い痣がはっきりと見える。注射の痕だとすぐにわかった。

朝から曇りがちだと思っていたら、外は雨だった。

さらさらと霧のような雨が街を濡らしている。

アキラは傘も差さず、ズボンのポケットに両手を突っ込んだまま、うつむきがちに街路を歩いている。基地通りを行き来する人々は天気のせいか、いつもより少ない気がする。

どうして家を出てきたのか、どうも判然としない。

おそらく急に母にあんなことをいわれ、頭が混乱してしまったせいだろう。それでなくても狭い自分の部屋が、おかげで無性(むしょう)に居づらくなってしまった。

だから母が部屋を出たあと、矢も楯(たて)もたまらずに飛び出してきたのだった。

――よお、兄さん。

野太い声がして、アキラは肩越しに振り向く。

いつの間にか、近くの路肩に車体のやけに平べったい黒の自動車が停まっていた。

低いアイドリングの音とともに排気ガスを洩らしている。フォードのマスタングという車種だと気づいた。滅多(めった)に見かけない高級スポーツ車だ。

運転席にサングラスの男が乗り、後部座席にもサングラスの顔が見えた。

いかにもヤクザといったふたりだった。

——こっちじゃ。

声をかけてきたのは後ろの席の男らしい。そこだけ車窓が開いている。

見ていて思い出した。前にこの通りで見かけた四人組のヤクザのひとりだ。おそらく広島から来た連中だろう。

あのときと同じような赤シャツを着て、黒い背広をパリッと着こなしている。サングラスはボシュロム社のレイバン。外国のミュージシャンがよくかけているウェイファーラーだ。エルヴィス・プレスリーみたいに前髪をポマードで固め、後ろに撫でつけている。

手招きされた。仕方なく車のところまで歩いて行く。

「乗りな」

ドアを開けられた。さすがに躊躇する。

「大丈夫じゃっちゅうに。とって食うたりせんけえ。ちぃと兄さんと話したいだけじゃ」

赤シャツに黒背広の男にいわれ、なすすべもなく後部座席に座った。男は反対側のシートに移動している。

「悪いがドア、閉めてくれんか」

いわれて把手をつかみ、マスタングのドアを閉めた。とたんに車が滑らかに走り出す。

「どこへ行くんですか」と、アキラが訊いた。

「ドライブじゃ。まあ、いろいろ話したり、聞いたりしたいこともあるけえ」

そういって彼は背広の上着の内ポケットから煙草を取り出した。

パッケージにラクダのイラストが描かれ、キャメルと読めた。外国煙草らしい。口にくわえて金色のライターで火をつける。

「兄さんも吸うか？」

差し出されたが首を振った。

煙草をしまい、鼻から盛大に煙を洩らしてから男がいった。

「俺は広島の桜会の笠岡道明ちゅう者じゃ」

窓を下ろし、また煙を口から吹き出してから、笠岡と名乗った男がいう。「あんた……杉坂晃じゃろ」

「なして俺の名前、知っちょってんですか」

笠岡が口元を歪めて笑った。「いろいろとツテがあるんよ」

かけていたサングラスをとった。

左目だけが白く濁っているのにアキラは気づいた。

「何の用事です」

「尾方組の墨田のことじゃ。兄さん、あいつと仲がええんじゃろ」

そういわれたが、なんと答えていいかわからなかった。

いきなり肩を乱暴にはたかれてびっくりした。

「そう緊張するないや、われ。リラックスすりゃええんじゃ」

そういって笠岡が大笑いした。くわえたままの煙草が揺れている。

「沖本（おきもと）、錦帯橋のほうへやってくれ。道は適当でええど」

彼にいわれ、運転している男が頷く。頭髪を短く刈り上げた若いヤクザだった。

笠岡は開けっぱなしの車窓に肘をかけたまま、外を見ていた。彼らのフォードは今津川にかかる大正（たいしょう）橋を渡り、今津の市街に入った。左折して白崎（しらさき）八幡宮の前を通り、やがて錦見（にしみ）の市街地へと向かう。

岩徳線と岩日線の汽車が走る線路を左手に見ながら行くと、古い駅舎が見えてきた。西岩国駅と大きく表札があった。

岩国に住んで十五年になるアキラだが、この辺りにはほとんど来たことがない。

アキラが暮らす川下とはまるで違って、街のさまは小さな古都のようだった。彼は思わず車窓越しに景色に見入ってしまった。

川下一帯は米軍基地の街だし、室木（むろのき）から岩国駅前通り辺りは、ごく普通の地方都市だった。しかしここ西岩国は、城山の山麓（さんろく）にこぢんまりと存在する城下町だと聞いたことがある。

岩国というのは、そんないくつかの顔を持った街なのだ。

車は新小路の狭いバス通りを走り、やがて旅館など、古色蒼然とした建物がひしめき合う西岩国の街路をゆっくりと流した。

「この街はのう、わしの故郷なんじゃ」

ぽつんと笠岡がいった。「あの頃はヤクザのヤの字もおらんような、平和な街じゃった。裏通りの雑貨店が実家じゃったが、戦争中に空襲で焼けてしもうた。お袋はそのときに亡くなったし、親父は満洲で戦死して遺体も帰ってこんかった。わしはガキの頃——」

自分の白く濁った左目を指さした。「——このとおり、事故で片目が見えんようになったけえ、兵役にとられんかったが、兄貴は岩国基地で海軍航空隊におっての。特攻隊を志願しちょった」

「亡くなられたんですか」

アキラが訊くと、笠岡はかすかに目を細めた。

「いんや。ボロ飛行機に爆弾積んで二度ばかり出撃したが、敵を発見できんと帰ってきたらしい。そのうちに八月十五日になって戦争が終わった」

「よかったですね」

「戦争が終わっても、生活は戻らんかった。家は無うなったし、両親も死んで、兄貴とふたりだけで物乞い同然の毎日じゃった。駅前で闇市をやっちょったけえ、兄貴とそこに関わったんじゃ。闇米やら物資をいろいろ調達しては売っちょるうちに、だんだんとヤクザの世界にはまっていってしもうた」

「ほいじゃ、兄弟で桜会の組員になったんですか」

「会長の檜垣修吾に見込まれてのう」

笠岡は口元の煙草の先を赤く光らせ、いった。「兄貴は三年前に死んだがの」


車は錦川の土手に出ていた。

沖本がブレーキを踏んで停めると、笠岡はドアを開けて外に出た。仕方なく、アキラも反対側のドアを開けた。

雨はいつしかやんでいて、鉛色の雲が低く垂れ込めるばかりとなっていた。

風が涼しかった。

アキラは眼前に展開する景色に見とれた。

目の前に五連のアーチをうねらせた美しい木橋があり、対岸とこちら岸を結んでいる。

錦帯橋である。

向こう岸の奥には城山があって、てっぺんに小さく岩国城が見えていた。

「いつ見ても、ここは美しい街じゃのう」

遠くを見ながら笠岡がつぶやいた。短くなった煙草をまだ口の端にくわえている。

錦帯橋の下流は浅瀬になっているらしく、菅笠（すげがさ）をかぶった釣り人がひとり、長い釣り竿を振っている姿が小さく見えていた。ここらは鮎（あゆ）が釣れると聞いたことがある。

「墨田は元気か」

唐突に切り出されて、アキラはうろたえた。

「ええ……まあ」

「若い頃、兄貴とわしはあいつとつるんじょってのう。そのうち仲間が増えて何人かで徒党を組んだ。まあ、愚連隊っちゅう奴じゃ。そのうち、わしと兄貴は広島の組に呼ばれたんじゃが、墨田はひとりでこっちに残った。それがわしらが袂（たもと）を分かつ原因になってしもうた」

「そうだったんですか」

「とんだ里帰りじゃのう」

まさかと思った。

笠岡は煙草を口の端からつまむと、足下に落とし、革靴の底で執拗（しつよう）に踏んで消した。

「三年前、兄貴を殺したのは墨田じゃ」

「え」

アキラは言葉を失う。

黙って笠岡の横顔を凝視した。さっきまでの表情とは明らかに違う。いかにもヤクザめいた危険さがそこに漂っていた。

「これまで組から私怨での報復を厳しゅう禁じられちょった。ほいじゃが、会長の鶴のひと声で出入りも解禁じゃ。これで堂々とやれるけえの」

「なしてそんなことを……」

「やられたらやり返す。それがヤクザっちゅうもんじゃ」

　笠岡は横目でちらとアキラを見てから、また川のほうに視線を戻した。

「墨田に会うたら、ようゆうちょけ。そのうち、こっちから挨拶にゆくっちゅうての」

　彼はゆっくりと息を吸い込み、目を閉じた。

「この街を血で汚しとうないがのう」

　そういってから、笠岡はまた内ポケットから煙草を取り出し、くわえた。

　左手の小指と薬指が欠損しているのに気づいた。

10

　ベッドに寝転がったまま、ノンタこと野田哲太は本を読んでいる。

『野獣死すべし』という題名の小説である。作者の名は大藪春彦。今年、新装版の単行本が出たばかりの作品だった。それを夢中になって読みふけっていた。

伊達邦彦（だてくにひこ）という名の主人公は躰（からだ）を強靱（きょうじん）に鍛え抜いた男で、刑事を殺害して拳銃を奪い、暴力団の売上金を強奪したり、現金輸送車を襲撃する。いわゆる正義の味方とは真逆の立場のアウトローが主人公で、冷酷な犯罪を重ねながら、社会への復讐（ふくしゅう）を敢行するのである。

最初、ノンタは戸惑い、陰惨な場面に打ちひしがれもしたが、次第にその魅力に憑（と）りつかれ、ページをめくる手が止まらなくなっていた。

元々、父の書庫にあったものを、たまたまノンタが見つけたのだった。

なぜ、この小説を読もうと思ったのか。

それは先月末に発生したある事件が発端である。

神奈川県に在住していた十八歳の少年が警察官二名を死傷させ、拳銃を奪って逃走。さらに都内の銃砲店を襲撃して立てこもり、店内から無差別発砲を繰り返し、警官隊と撃ち合いになった。やがて催涙弾によって店の外に出てきたところを、警視庁の刑事が被弾しながらも取り押さえ、別の警察官らの応援で逮捕した。

新聞のトップ記事となり、テレビのニュースもひっきりなしにこの事件を報道していた。

取り調べの供述によって、犯人の少年は元々ガンマニアであり、彼が愛読していた小説がこの『野獣死すべし』だったとわかった。犯行の動機も、小説の主人公のようなことを実行したかったというものだ。

ノンタはそのことに強い興味を持ち、父の部屋の本棚でこの本を見つけてしまったというわけだった。

テレビの刑事ドラマに憧れ、将来は警察官になりたいと思っていたノンタにとって、少年が起こした乱射事件に興味を引かれるのは当然といえば当然だったが、犯人の動機のひとつとなった小説にここまでのめり込むとは自分でも意外だった。

しかし小説を読み進めていくにつれ、ノンタは主人公の伊達邦彦にすっかり魅せられていた。

もちろん犯人の少年のような犯罪を実行したいなどとは思わなかったし、そんな度胸もないが、反社会的な犯罪を重ねていく非情なアウトローに自分自身を重ねて読み続けていた。

そうしているうちに、いつしか伊達邦彦のイメージとアキラのそれとが重なっていることに気づいた。

鍛え抜いて強靱な肉体を持つ小説の主人公と、痩せ細った十五歳の少年とはあまりに差違があったが、それでもなぜかアキラの面影がしきりと脳裡に浮かぶのである。ジンも彼同様に暴力沙汰を起こす少年だったが、やはりどこか違う。世間様に背を向けるようなアキラこそ、まさしくアウトロー的な生き方じゃないか。

ふたりとも自分とはほど遠い存在だった。

彼らのような生き様を真似できるはずもない。小太りの見てくれはともかく、吃音が治らず、おまけに臆病だ。

アキラやジンに接近したのは、まさにふたりに守ってもらうためだった。いかにも愚鈍なノンタは、不良たちの格好の標的となってしまう。

金魚の糞、小判鮫などと揶揄されたが、致し方のないことだった。

アキラの部屋で見せられた軍用拳銃を思い出した。玩具の銃にはない、本物独特の迫力。あの重さと冷たいスチールの感触を、ノンタははっきりと覚えていた。

実物の拳銃という非日常が、アキラの生活空間の中に無造作にあった。

それが奇妙でならなかった。

どこかうらやましくもあった。

小説で伊達邦彦が刑事を殺して奪った拳銃。その出所が判明しないように、シリアルナンバーを削って消す場面がやけにリアルだった。

アキラはまだあれを持っているのだろうか。

そんなことを考えているうちに、自室の窓の外に車の音がした。

開けっぱなしの窓から見下ろすと、父の孝吉だった。ボロボロになった軽トラから出てくると、腰に手を当てて伸びをしている。色あせた紺色の前掛け姿で、よく日焼けした顔。頭に白の手ぬぐいで鉢巻きをしている。軽トラの荷台に置いたいくつかのビールケースを下ろし、ふと上を向いてからこういった。

——哲太。ちぃと手伝うてくれんか。

迂闊に目が合ったことを後悔しながら、哲太が応えた。

「ええけど」

——すぐ下りてきてくれ。

ベッドの上にページを伏せたまま置いていた小説にシオリを挟み、それを机の上に置いた。

階段を下りると、一階は酒屋のフロアになっている。土間でズックを履いて、酒罎などが並ぶ棚の間を抜けて、店の外に向かう。

ちょうど父が入ってきて、入口脇に置いた木箱を指さす。

地酒の一升罎が二本、そこに入っている。

「車町の〈たつの〉さんに運んでくれんか」

「と、父さんは？」

「他に三カ所、配達を頼まれとるんじゃ。どれも特急の用事じゃけえ、悪いが頼むわ」

頷いた。

〈たつの〉ならよく知っている店だし、行く楽しみもあった。

重たい酒罎の木箱を両手で抱え、表に停めてある自分の自転車のところまで行くと、黒いゴムチューブで荷台にそれをくりつけた。しっかり荷台に留まっているのを確かめてから、サドルをまたぎ、ペダルをこぎ出した。

父にいわれた〈たつの〉とは、車町二丁目の繁華街にある料亭である。

ノンタは二度ばかり父の手伝いでここに配達に行ったことがある。店を切り盛りしているのは三十代の女将で、着物が似合う美女だったから、いつもドキドキしていた。同級生の女子たちにない、大人の色気が悩ましかった。

フォーコーナーを左に曲がって車町に入ると、ノンタは思わずブレーキをかけた。

少し前の路地からふたり、体格のいい若者が歩いて出てきた。

道路の真ん中に立ち止まり、ふたりそろってノンタのほうを見た。どちらも白い開襟シャツにズボン。ひとりが黒いベースボールキャップをかぶっている。

彼はサドルにまたがったまま、硬直した。同じ高校の上級生、いつもノンタからカツアゲしていた不良グループのメンバーだったからだ。

とっさにハンドルを返し、自転車の後ろに向きを変えて逃げようとしたとたん、別の路地から似たようなふたりが姿を現す。ふたりとも派手な色柄のアロハシャツを着ていた。

前後からゆっくりと彼らがやってきて、ノンタは完全に四人に挟まれるかたちになっていた。

「おう、そこの鈍臭いの」

ひとりが笑いながらいった。

不良のリーダー格の少年だ。眉が薄く、唇が厚い。ニキビだらけの顔を歪めていた。

「あのふたりに会いたいんじゃがのう」

「だ、だ、誰？」

「一年の杉坂と安西じゃ。お前と同じクラスじゃ」

ふと、伊達邦彦なら、こんなときにどうするか。そんなことを脳裡に浮かべたものの、まったく無意味な想像だと気づいて諦めた。小説の主人公と自分はあまりにも違いすぎる。

「し、し、し……知ら、ないよ。な、仲間じゃ、な、ないし」

うろたえたまま、ノンタが答える。

「そ、そ、そんなわけ、ないじゃろうが」

ニキビ面がわざと吃音を真似していった。「お前ら三人で連れ添うて歩いちょるのを見た奴がおるど」

そっぽを向いていると、ふいにそいつが足を踏み出してきて、指先で顎をグイッとつかまれた。

あとの三人がニヤニヤ笑っているのが見えた。

恐怖を抑えきれないノンタは、とっさに逃げようとした。

必死に相手の手を振り払うと、またいでいた自転車が横倒しになった。荷台に縛り付けていた酒罎が派手な音を立てて路面で砕けた。たちまち日本酒の匂いが立ちこめてくる。

かまわず彼らに背を向けて走った。

——待て！

背後から怒声が飛んできた。

無我夢中、通りを渡ろうとしたとき、真横から轟然と迫るものがあった。

深緑色の大型トラックだった。

大きなフロントガラス越しに運転席が見えて、ハンドルを握っている髭面の男が、驚愕に目を大きく開いているのがはっきりと見えた。

11

——仁。電話が来ちょるよ。

部屋の外から母の声がして、ギターを模した板を抱えていたジンは振り向いた。

「誰からね？」

——同じクラスの友沢さんっちゅうてゆうちょるけど？

ジンは壁に板を立てかけて立ち上がる。

友沢直子だとすぐに気づいた。

ドアを開いて自室を出ると、階段を下りた。玄関の三和土（たたき）の脇にある小さなラックに黒い電話が載っていて、受話器が外してあった。それをつかんで耳に当てた。

「もしもし？」

——安西くん。あのね……。

たしかに直子の声だった。が、声が詰まっているようだ。

「どうしたんね」

——さっき塩川（しおかわ）先生から電話があってね。野田くんが、車にはねられてえらいことになってしもうたんよ。

「ノンタが……？」

——車町でトラックにぶつかって、救急車で国病に送られたっちゅうてゆうとった。

病院から学校に連絡が行ったはずだ。直子は学級委員だから、担任の塩川から電話がかかってきたのだろう。彼女はジンがノンタと仲がいいことを知っているので、気を利（き）かせて電話をくれたのだ。

「ノンタは国病におるんじゃの？」

――そうなんよ。今、塩川先生が親御さんらとつきっきりでおってじゃけえ。これから手術じゃっちゅう話じゃったけど。

「すぐに行ってみる」

――それから、杉坂くんにも伝えてくれる？　あの人の家、電話がないけえ。

「わかった」

――私も……国病に行ってもええん？

「何ゆうちょるんか。お前、学級委員じゃろうが。行かんにゃ」

――うん。

「俺、アキラを連れていくけえ、先に行っちょけ」

――わかった。じゃあね。

電話が切れた。

ジンはしばし受話器を持ったまま、壁を見つめている。

国病――国立岩国病院は瀬戸内の海辺に近い黒磯町の高台にある。

アキラの家で彼を拾ったジンは、ふたりでタクシーに乗って病院にやってきた。正面の車回しで下りて、ロビーに走って入る。受付カウンターの近くに中年女性が立っていたので、もしやと歩み寄ると、やはり教頭の中島則子だった。振り向いた顔が険しかった。

「ノンタ……野田くんは、どんとな状況なんですか？」と、アキラが訊いた。

「まだ、手術中らしいんよ。容態がはっきりせんでねえ」

「塩川先生らは？」

ジンのほうを見て、中島教頭がいった。「二階の手術室の前におってじゃけえ」

「行ってみます」

ジンたちはロビーの院内図を見てから、手術室の場所を確認する。

床に何色かのテープが引かれていて、それを見ながら歩けば、外科や内科、病棟など目的の場所にたどり着けるようになっていた。ふたりは階段を上って二階へと向かった。

手術室は通路のいちばん奥の突き当たりだった。その向かいの長椅子に何人かがうなだれた様子で座っている。ジンたちが駆けつけると、担任教師の塩川が顔を上げて立ち上がった。

「杉坂、安西。お前ら、来てくれたんか」

学級委員の友沢直子の姿もすでにあった。電話を切って、すぐに駆けつけたのだろう。

白いブラウスに肩紐（かたひも）付きの紺色のスカートだった。一瞬、ジンと目が合ったが、すぐに視線を逸らした。

全員の真正面に手術室の扉があり、その上にある文字が〈手術中〉と光っている。

「ノンタ……哲太くんの様子は？」

アキラが訊くと、塩川は暗い表情でいった。

「足の骨折が二カ所と、腰の骨も折っちょるらしい。そいじゃが、いちばん問題なんは頭をひどうぶつけたことらしゅうての。事故直後からずっと意識が戻らんようじゃ」

塩川の向こうに座っていた男女が、そっと立ち上がった。

「こちら、哲太くんのお父さんの孝吉さん、お母さんの加津子（かづこ）さんじゃ」

父親は酒屋の前掛けをしたままだし、母親は涙で化粧が落ちていて、ほつれた毛が頬に張り付いたままだった。

「哲太がお世話になっちょります」

そういって父親が頭を下げ、母親が倣（なら）った。

ジンたちも黙って頭を下げた。

「先生。哲太くんはなしてこんとなことに？」と、アキラ。

とたんに塩川の眉根が寄った。

「哲太くんを撥（は）ねたトラックの運転手が駐在さんにゆうた話じゃと、どうも、どっかの不良らに絡まれちょったらしいんじゃ。あわてて逃げだそうとして、トラックの前に飛び出してきたそうじゃ」

「その不良っちゅうのは？」

塩川はアキラの顔を見て、小さくかぶりを振る。

「事故があってすぐに逃げたし、運転手は顔もよう見ちょらんかった。警察が目撃者を捜しちょるところじゃが」

だが、ジンにはピンと来た。いつもノンタを虐めていた、あの上級生たちに違いない。

アキラをちらと見る。彼もわかったらしく、かすかに頷いて返した。

「まあ、警察の捜査が始まったら、すぐに捕まるじゃろうのう」

塩川がいったが、ジンは信じられなかった。

目撃者がトラックの運転手だけでは、相手の特定のしようがない。警察が本気で捜査をするとしても、逮捕は難しいだろう。しかしノンタをこんな目に遭わせた奴らが、本当にあの上級生の不良たちだったら——。

ジンは胸中にわき起こる怒りを、そっと鎮(しず)めた。

無意識に吐息を投げ、アキラと目を合わせた。

ふいにガタガタと音がして、天井に渡されたレールを伝って白い金属の箱が走ってきた。カルテなどを運ぶ自走台車だった。ふたりはそれが頭上を通過するのを見つめていた。

〈手術中〉のランプが消えた。

ドアが観音開きに開き、最初に出てきたのは白衣の看護婦が三名。それからストレッチャーに乗せられたノンタが通路に引き出された。最後に担当医が出てくる。手術着に少し血が付着していて、ジンは思わずそこに目を引きつけられてしまう。

「ノンタ――！」

アキラが駆け寄ろうとしたが、塩川が黙ってそれを止めた。

担当医は手術帽を脱ぎ、手袋を外しながら両親の前にやってきた。

度の強い黒縁眼鏡をかけた、若い医者だった。

「哲太くんの外科手術は成功しましたが、意識は依然、戻らないままです」

母親が目を見開き、掌で口元を覆った。

「意識が戻らんちゅうて、麻酔のことですか」

恐る恐る父親が訊ねると、主治医が首を横に振った。

「かなり重度の意識障害ということです。頭部を強打したことが原因だと思われます。X線による撮影では、脳の中の細かな傷などが見つからないんです。どこかの大学で体の中を断面撮影する装置が発明されたという話は聞きましたが、実用化されるにはまだ時間がかかると思います」

「哲太は、そのうちに目覚めるんでしょうか」

父親の質問に医師の顔は険しかった。

「覚ますかもしれませんし、あるいは……」

ジンはストレッチャーに横たわるノンタを見下ろす。白い清潔そうなシーツをかけられた彼は、人工呼吸器のマスクを装着され、頭に包帯を巻かれている。点滴の罐が傍で揺れていた。

向こう側に立っている直子と、ふと目が合った。

真っ赤な目から今にも涙がこぼれそうだった。

主治医は父親を見てから、視線を外す。

「とにかく……しばらく安静状態にして、このまま経過観察するしかないと思います」

ジンは黙ってノンタを見下ろし続ける。

ノンタの口元を覆った透明マスクが、白く曇ったり、透明に戻ったりしている。それが彼が生きているという証だった。しかし目は閉じられていて、顔色も悪い。眠りというよりも死に近いと思った。

帰りは塩川が車で送ってくれた。

車体がボロボロになるほど走り込んだ白い日産セドリック。助手席に友沢直子。アキラとジンは後部座席に乗っている。ふたりは疲れ切った顔で無言のままだった。

国道二号線の右手に瀬戸内の海が広がっていた。午後の日差しの下で、海面がキラキラと無数に光輝を放っているのをアキラはぼんやりと見つめている。

車はやがて南岩国の市街地に入った。

赤信号で車が停まったとき、塩川がぽつんとこういった。

「のう。お前ら、野田を虐めちょった奴らを知っちょるんじゃないんか」

肩越しに後ろを見た塩川に、アキラは首を振る。ジンもだった。

塩川は猜疑心（さいぎしん）に満ちたような表情になった。

「くれぐれも変なこと考えんようにせえよ」

「変なことちゅうて、何ですか。先生」

アキラが訊くと、塩川は前を向いてアクセルを踏み込んだ。

「復讐じゃ。個人的な制裁はやめちょけ」

「そんなこと……考えてませんよ」

わざとらしくジンがいった。「相手、誰かわからんし」

「何かあったら、先生にゆうてくれ。警察に相談するけえ」

「わかっちょる」

そういったジンがうつむき、眉間（みけん）に深く皺を刻んでいるのを、アキラは悲しげに見つめた。

車は門前川を渡り、やがて川下地区に戻った。

12

土砂降り（どしゃぶり）の雨だった。

朝からバケツをひっくり返したようなひどい降り方だ。それが午後になっても続いた。

そんな雨の中、電信柱の陰にジンが立っている。雨に濡れそぼったシャツが体に張り付き、前髪がぺったりと頬まで垂れていた。顎下からしきりに滴（しずく）がしたたっていた。

狭い道路を挟んだ向かい側に、灰色にくすんだ三階建てのビルがある。屋上から流れた雨がすだれのように幾重（いくえ）にも壁を伝っている。その二階の窓に〈麻雀（マージャン） 四季〉と大きく店の名が書かれていた。ときおり牌（ぱい）をかき回すガラガラという音が聞こえてくる。

ここが奴らの溜まり場だという噂（うわさ）は耳に挟んでいた。

だから三日にわたってジンはこの場所で見張っていた。

ノンタが国病に運ばれて以来、ジンは警察署に何度か足を運んだ。

被害届はすでに彼の両親から出されていて、暴行傷害の容疑で捜査が始まったはずだが、なぜか警察の動きがまったくうかがえなかった。毎日、ジンは新聞の販売所を訪れて朝刊を買ったが、それらしい記事はまるでない。警察署で事の詳細を聞き出そうにも、毎回のように体（てい）よく追い払われるだけだった。

警察は頼りにならない。

そう思って、奴らの溜まり場を見張って三日目のことだ。

正午前に傘を差して道路を歩いてきた四人組がいた。

全員がビルの入口の前で傘をたたんだ。眉が薄く、唇の厚いニキビ面を見てジンは間違いないと確信する。

川下高校三年一組の札付きの不良。引っ越してきたばかりのジンは相手の素性を知らなかったが、佐多正一（さたしょういち）という名前がわかったのはアキラのおかげだった。もともと佐多らとは犬猿の仲だったらしい。

佐多がリーダーで、他の三人はその仲間たちだ。

それぞれが傘の水気を払って、ひとりがビルの扉を開いた。

ジンはとっさに走り出そうとした。

そのとき、ちょうど路地の入口から白黒のパトカーがゆっくりと姿を現した。ジンはあわてて電信柱の陰に隠れた。焦りながら見ているうちに、四人は次々とビルの中に入っていく。

思わず拳を握っていた。

すぐに道路を渡ってあの入口から飛び込み、奴らに制裁を加えたい。

しかしパトカーは悠然と徐行しながら、ジンとビルの間を通過していく。車内に二名の警察官が乗っているのが見えた。

　やがてパトカーは去っていったが、ビルの入口の扉はピタリと閉ざされたままだ。

　奴らが出てくるまで待とうと思った。そして今度こそ――。

　ビルには麻雀荘だけでなく、金融会社などもあって、けっこうな人の出入りがある。傘を閉じて入っていく者、ビルから出てきて傘を差したり、待たせていたタクシーに乗ってどこかに行く者。正面の扉が開くたびにジンは緊張したが、いずれも違う顔ぶれだった。

　しかし待てども待てども、奴らが出てくる気配はない。

　二階の麻雀荘の窓からは、相変わらず牌をかき回す音が聞こえている。

「やっぱりここに来ちょったんか」

　ふいに後ろから声をかけられて、ジンは驚いて振り向く。

　黒いコウモリ傘を差したアキラが立って、ニヤニヤ笑っていた。ダブダブの軍用ズボンに黒いタンクトップだ。

「あいつら四人を相手に、ひとりでノンタの仇討ち(あだうち)をするつもりか。アホじゃのう。返り討ち食ろうて、よってたかってタコ殴りにされるに決まっちょろうが」

「お前は……」

「加勢じゃ」

　そういって後ろ手に隠していたものを出して見せた。

大きな両口スパナだった。それをジンに渡した。

「相手の骨の一本や二本、叩き折っちゃるつもりでやらんにゃ勝てんど」

「アキラは？」

すると彼はまたニヤッと笑い、軍用ズボンの大きなポケットに手を突っ込んだ。

ジンはハッと緊張する。まさか、あの拳銃を持ってきたのではないかと思ったのだ。ところがアキラがそこから取り出したのはフォールディングナイフだった。前に平家山の頂上で木にそれぞれの名を刻んだ折りたたみ式のナイフ。拇指ひとつでブレードをカチッと起こしてみせた。

「まさか、それで刺し殺すつもりか」

「急所は狙わんけえ大丈夫じゃ」

そういってアキラはブレードをたたんでポケットに入れた。

「それにしてもお前、びっしゃに濡れちょるのう」

そういってアキラはジンの頭の上に傘を差し掛けてくれた。


奴らがビルの出入口から姿を現したのは、夕方近くになってからだった。

雨は相変わらずひどい降り方をしていて、傘ひとつでは役に立たなかった。ふたりはかなり濡れていたが、さほど気にならなかった。自分たちの目的遂行のことばかりが頭にあった。それがいいか悪いかなど、どうでも良かった。とにかく報復をしなければ気がすまなかった。

　扉が開き、四人が次々と外に出てきてそれぞれの傘を差した。

　ふたりは視線を交わし、頷き合った。

「ええか、ジン。向こうは四人じゃけえ、まともに格闘になったら不利じゃ。奇襲をかけて一気にやるど」

「わかっちょる」

　アキラが傘を投げ捨てると同時に、ふたりは走り出す。ジンは右手にアキラのスパナを握っている。アキラのナイフはポケットの中にある。いざというときにしか使わないつもりなのだろう。

　不良たちが歩き出した後ろからふたりは襲撃した。

　濡れたアスファルトを蹴って跳んだアキラが、しんがりを歩いているひとりの背中に跳び蹴りを見舞った。そいつはもんどり打ってから、前のめりに倒れた。手を離れた黒い傘が宙に舞って、歩道に落ちて転がった。その脇腹を、アキラは二度、三度と蹴りつけた。

　三人が振り向く。いちばん先頭がリーダー格、佐多だった。驚愕に目を見開いている。

「お前ら……」

　佐多がそういった。

「仲間の仇討ちじゃ」と、ジンがいった。

とたんに佐多が唇をつり上げた。笑ったようだ。

「仲間……あのチビデブのことか」

「お前らのせいであいつは――」

「あんなぁ、鈍臭いけえ、目の前でトラックに轢かれちょったわ」

佐多が愉快そうに笑う。その態度がジンの激しい怒りを呼んだ。

相手が傘を放り出した瞬間、ジンは飛びかかった。間髪容れず、右肩にスパナを打ち下ろした。骨が折れる音がした。おそらく鎖骨だろう。佐多が悲鳴を放ち、目を剝いてくずおれた。

あとのふたりがそれぞれの傘を捨てた。ひとりがアキラに向かってきたが、もうひとりはクルリと背を向けて逃げ出そうとする。逃げたほうにジンが追いすがり、背後から濡れたポロシャツをつかんだ。向き直った顔にスパナを叩き込んだ。

開いた口から、ヤニで黄色くなった歯がいくつか飛び出した。

そいつが派手にすっ転んだのを見てから、ジンは向き直る。

アキラは大柄な相手と対峙していた。

空手か何かの武道をやるらしく、雨に濡れながらも落ち着いた表情で半身の態勢でかまえている。アキラが踏み込んだとたん、そいつは脇腹を狙って強烈な蹴りを見舞った。とっさに左手で防いだものの、アキラが顔を歪めた。続いて右、左とパンチがアキラの顔を捉えた。ずぶ濡れのアキラがのけぞるたび、頭から飛沫が舞い、たまらず、そのまま横倒しに路上に倒れた。

「うおおっ！」

怒声を放ちながら、ジンがかかっていく。スパナを振るった。相手が素早く左手で受けた。スパナをつかまれて、ジンは動けなくなる。右の拳が来た。顔に命中し、一瞬、意識がすっ飛びそうになった。

二発目のパンチが来る寸前、起き上がったアキラが相手の後ろから襲った。右手にあのナイフがあった。

大柄な不良が後ろを向いたとたん、アキラが顔に切りつけた。とっさに躱そうとしたが果たせず、耳が付け根からざっくりと切れたのが見えた。不良が目を見開いて耳を押さえた。

絶叫が雨音を断った。

不良が奪い取っていたスパナが、音を立てて足下のアスファルトの上に落ちた。

その横顔。だらだらと流れ始めた血が雨と混じって頬からしたたり、白いシャツを染めている。

ジンが相手の股間を思い切り蹴り上げた。

相手が大きく口を開き、仰向けに倒れ込んだ。

四人はそれぞれ雨に打たれながら、路上に倒れていた。ふたりは完全に気絶し、リーダー格の佐多と大柄な不良だけが目を開き、ジンたちを見上げている。空手を使っていた相手の横顔の傷は深く、耳が半分以上取れかかっていた。それを掌で押さえているが、流れ出した血がアスファルトをどす黒く染め始めていた。

降りしきる雨の中、いくつかの傘が柄を上に向けたまま、無秩序にあちこちに転がっている。

「ええか。二度とあいつに手ぇ出すな。よう、覚えちょけ」

ゼイゼイと喘ぎながら、ジンがいった。

その隣にアキラが立った。右手のナイフをかざした。

「今度、またやったら本気で殺すけえの」

そういってからナイフのブレードをたたんだ。

ふたりで目を合わせ、奴らに背を向けて歩き出した。横並びになって歩を運ぶ。

会話はなかった。

13

ふたりして、銭湯の湯船に浸かっていた。

真夏とはいえ、ずっと雨に濡れっぱなしだったため、体が冷え切っていたのだろう。アキラもジンも街を歩く間、震えが止まらなかった。いや、寒さだけではなかったのかもしれない。

ひとたび、アキラの部屋にふたりで入ったが寒気が収まらず、風呂に入りにいこうということになった。

それで夕方になってから傘を差し、雨の中を〈楠ノ湯〉に向かった。

脱衣場で裸になると、ふたりしてろくに体も洗わずに湯船に飛び込んだ。湯がぬるかったため、彼らは壁際の縁に背を預けて並び、いつまでもそこに浸かっていた。相変わらず会話はなかった。

向かいに洗い場があって鏡が並んでいるが、ふたりの他に誰もいない。洗面器も椅子も壁際に積み上げられたままだ。夕方のこの時間、こんなに風呂屋が閑散としているのは雨のせいだろうか。

背後の壁に大きな絵が飾ってある。

桜の季節の錦帯橋を描いたものだった。

アキラはジンの隣で肩越しに振り返り、それをじっと見つめていた。

家に風呂がなかったため、日頃からこの銭湯には入りに来ていたし、錦帯橋の絵もすっかりおなじみだった。しかし、これほどしげしげと見入ったことはなかった。まるで別世界の光景を観ているような、不思議な感覚に陥っていた。

――いつ見ても、ここは美しい街じゃのう。

広島から来たヤクザ、笠岡がつぶやいた言葉が脳裡にある。

しかしアキラは自分が生まれ育った街に、そんなに愛着があるわけではない。平家山の山頂から見下ろす岩国の光景に感動はしたが、それは故郷への思慕などではなかった。ふだん暮らしている街を、上から見下ろすという経験がなかったために、ちょっとしたカルチャーショックのようなものを受けたのだろうと思っていた。

笠岡は近々、清作に挨拶しに行くといっていた。

つまり、殺しにいくということだ。そのことを本人にはまだ告げてない。

あれから彼はアキラの家に来ていないし、会うこともなかったが、やはりそんなことを自分の口から告げるのは、なんとなく恐ろしかった。

しかし、母から聞かされた結婚話もある。いやでもそのうち、清作には会わねばならないだろう。

「あいつら、これで懲りたかのう」

隣から声がした。

アキラは自分たちがやらかしたことを思い出す。

あの四人。大きなスパナで骨が折れるほど殴られ、ひとりはナイフで片耳を切り落とされるところだった。これまで何度かあの上級生たちと喧嘩をしてきたが、ここまで徹底して痛めつけたことはなかった。

「懲りてくれりゃええが、そうは思えん」と、アキラが答えた。

「また向こうから報復に出てくるかのう」

「おそらくのう」

「お前があの清作さんとつるんじょることを、あいつらに見せたらええんじゃないか」

アキラはちらとジンを見てから、視線を前に戻す。

「自分のことにヤクザを使いとうない」

ふっとジンが笑う。

「お前も気取りよるのう」

「何にしても、あんだけ徹底的にぶちのめしたんじゃけえ、あいつらもしばらくは立ち直れんじゃろ」

そういってから、アキラは考える。

最悪のケースは彼らが警察に被害届を出すことだ。そうなると、暴力事件として捜査されるし、ふたりは退学。逮捕されたら少年刑務所に送られることになるだろう。

だが――と、アキラは思う。

二年も違う下級生、それもたったふたりによって、地元で番を張っていた四人が叩きのめされたのだ。警察を巻き込めば、その事実がいやでも世間にさらされることになる。

ガラリと音がした。

我に返ったアキラが見ると、洗い場入口の扉が開き、大柄な男が入ってきた。

ボサボサに伸びた黒髪、日焼けして黒い裸身。こちらに背を向けて扉を閉めるとき、背中に不動明王の刺青がはっきりと見えた。

「清作さん……」と、アキラがつぶやく。

清作はわざとらしくふたりから視線を逸らしたまま、洗い場でかけ湯をしてから、やおら湯船のほうへやってきた。毛むくじゃらの太い足がタイル張りの縁をまたぎ、湯船を横切ってきた清作の大柄な体がアキラのすぐ横に胸まで沈んだ。

湯をすくって顔にかけると、清作は吐息を洩らした。

湯の中で大胆に足を伸ばしている。

「たまには広い風呂もええもんじゃのう」

そういって清作は湯船の縁に両肘をかける。「毎日、組事務所の狭い風呂に入っちょるけえ、足を伸ばすこともできんかった」

　そういってから、また両手で湯をすくって顔にかけた。

「清作さん……」

　アキラに目配せを送り、清作はまた前を向いた。

「昌代から〈楠ノ湯〉に行ったちゅうて聞いたけえの」

　ジンが清作の背中の刺青に見とれている。アキラもあらためてそれを見つめた。

　刺青ばかりか、腕も胴体も、満身が古傷だらけだった。

「何、見とんか」

　ふいにいわれてアキラたちは目を逸らした。

「わしの体、傷だらけじゃろ。ヤクザの世界での斬った張ったばかりじゃないがの」

「そういや清作さん、たしかホンマの戦争に行っちょったんよね」

　アキラの言葉に彼は頷く。

「フィリピンのある島の守備隊じゃった。弾薬や食料の配給も途絶えて、わしらは島に孤立しちょった。毎日のようにアメリカの爆弾がボカスカ落とされたがのう、ほいじゃが、わしら兵隊は兵站を断たれて、ろくに食うもんもなかった」

　そう語る清作の横顔を、アキラたちは見つめた。

「食い物がのうなったらどうしようもない。海に行きゃ魚が捕れるが米兵に見つかって狙い撃ちされる。ほいじゃけ、ジャングルから出られもせん。ちっちゃい動物を捕まえたり、虫や蛇なんかを食うちょったが、それでも腹は充たせん。中にはとうとう餓死した同僚の肉を食うたヤツもおったがの。翌日、姿が見えんようになったと思うたら、木の枝で首を吊って死んじょった」

アキラもジンも、あっけにとられた顔で清作の話に耳を傾けていた。

「なんとか耐えて、生き延びて国に戻れたのは奇跡じゃったろうのう。あとでわかったが、南方戦線で死んだ兵隊のほとんどは餓死じゃった。つまり戦争にもならんかったちゅうことじゃ」

ふうっと息を投げてから、清作は両手で湯をすくい、顔に叩きつけた。

それからふたりを見て、ニヤリと笑った。

「それはそうと……お前ら、佐多のクソガキらを半殺しにしたじゃろ」

アキラは言葉を失った。

もう、そのことが清作の耳に入っているのか。

「佐多を知っちょるんね」

「あんなぁの親父は佐多清彦っちゅう市会議員っちゃ。出来損ないの莫迦息子でも可愛いんかのう。さっき、うちの組に顔を出して、息子を怪我させた奴を捜し出して仕置きをしてくれちゅうてゆうてきよった」

あっけにとられてアキラは清作の横顔を見つめた。

「警察じゃのうて、清作さんの組に？」

「ほういや。警察は逮捕するだけじゃけえの。それじゃ気がすまんらしい」

すると彼は愉快そうに笑った。

「安心せい。お前んとこのクソガキと仲間を懲らしめたんは、うちの関係じゃちゅうてゆうといたけえ、あの親父もさすがに諦めたっちゃ。あんだけ威張りくさっとった市会議員が、しょげて帰る姿は見物じゃったど」

ふいに清作の顔から笑みが消えた。

ギロッとした目でアキラを見て、隣にいるジンにも視線を向けた。

「ほいじゃが、お前らはやりすぎっちゃ。わしらんとこの縄張りであんまし派手に暴れんなや。面倒見きれんど」

アキラは頷いた。ジンも気まずくうつむいていた。

清作はゆっくりと立ち上がった。

「ほいじゃ、わしは組に戻るけえ」

よく締まった尻の上に逆三角形の背中。そこに迫力のある刺青が彫られている。湯に濡れた不動明王はいっそうの凄絶（せいぜつ）さがあった。

「清作さん。体、洗わんの？」

アキラの問いに彼の後ろ姿が答えた。

「これからちと、汚れ仕事じゃ」

「まさか……広島の桜会？」

「今朝方、若衆がふたり撃たれてのう。お前らと違うて、わしらはプロじゃけえ、プロのやり方でやり返さんといけん」

そういって清作は縁をまたいで湯船から上がった。

アキラの声に、歩きかけた清作が足を止めた。

「笠岡ちゅうヤクザに会うたんよ」

ややあって、彼がいった。

「何もされんかったか」

「車に乗せられていろいろ話しただけじゃけえ」

「いろいろか……俺のことも？」

アキラは頷いた。「そのうち清作さんところに挨拶にいくちゅうてゆうとった」

清作の後ろ姿がかすかに揺れた。ふっと笑ったようだ。

「挨拶か、おもろいわ」

また歩き出したところに、アキラは思い切っていった。

「清作さん。あいつに殺されたりせんよね」

大柄な裸身の後ろ姿が、またピタリと止まる。

「お袋といっしょになってもらえるんじゃろ?」

しかし清作は何も答えず、そのまま脱衣場への扉を開き、外へ出て行った。

曇りガラスの向こうにシルエットが揺れ、やがて見えなくなった。

「アキラ、お前……泣いちょるんか」

隣からジンに声をかけられて気づいた。

あわてて眦の涙を掌でこすった。

14

ジンは自転車で瀬戸内に面した黒磯町にある国病へとやってきた。

待合室のロビーから床のカラーラインをたどって歩き、エレベーターで四階へ。いちばん奥の個室の病室。そっと扉を開けると白いシーツが掛けられた病床で、大きな枕に頭を載せて、ノンタが眠っている。

相変わらず横には点滴台があり、細いチューブがシーツからはみ出した腕とつながっていた。

ノンタの頭部には白い包帯が巻かれ、顔はまだ傷だらけだった。酸素吸入のチューブが鼻に差し込まれていた。

表情は穏やかでシーツの胸の辺りが規則的に上下していた。声をかけると、今にもパッと目を覚ましそうだ。

しかしそうならないことを、ジンはわかっていた。だから悲しかった。

病床のすぐ傍にパイプ椅子がふたつあった。

冷房がよく効いた病室で、温かみが残っていたのは、きっとジンが来る直前までノンタの両親が来ていたのだろう。白いレースのカーテンが引かれた窓辺には、小さな花瓶に白いガーベラの花束が挿してあった。ジンはまたノンタを見つめ、椅子のひとつに腰を下ろした。

担当の医師が下した診断は重度の意識障害である。

いわゆる昏睡（こんすい）と呼ばれるものだ。

大脳の機能停止に近いが、呼吸中枢のある脳幹は正常なために自力呼吸はできる。また栄養剤などの消化、吸収、排泄はするが、体を動かしたり、あるいは摂食したりもできない。

そんな状態の患者を安静に看護するには、チューブを使った栄養や水分の補給が必要であり、また気道が塞がらないよう痰を取り除くことが大事になる。介護による最低限の運動は欠かさず、排便の世話、体位交換やマッサージ、清拭（せいしき）などをひんぱんに行う。

ノンタの家族の不安と苦労は、ジンにも想像できた。

この先、どれだけ昏睡が続くかもわからないが、両親はここに通ってくるのだろう。

息子が目を覚ますことを信じて――。

思えば不思議な出会いだった。

自分やアキラとはまったくタイプが違う。小太りでおとなしめの少年だった。

それが彼らと同じように不良たちに関わっていた。片や喧嘩相手として、片や虐めの対象として。だからノンタはふたりに庇護(ひご)を求めてきた。彼らがいつしかそれを受け入れていたのは、自分たちと共通するものがあったからだ。

それぞれが孤独だったということ。

ジンもアキラも一匹狼(おおかみ)を気取って生きるには、この街は殺伐としすぎていた。

ノンタはノンタで自分の弱さを知っていながら、それを克服する勇気を持たず、ただ荒波に揉まれて溺(おぼ)れかかっていた。たまたま手を差し伸べたのがジンたちふたりだったのだろう。

しかしジンは彼を受け入れ、アキラもそうした。

ノンタはなぜだか捨て置けぬ奴だった。明らかに不釣り合いな奴なのに、いっしょにいても違和感がなかった。ふたりはノンタのことを仲間として認めていたのである。

目の前で昏々(こんこん)と眠り続ける姿。

いくら安らかな寝顔でも、やはりそれは痛ましすぎた。

点滴を打っていないほうのノンタの腕が、少しシーツから出ているのを見つけた。

ジンはそっとその手を握った。

温かかった。

ちゃんと生きているという実感がある。

「もう充分に休んだじゃろ。いい加減に目ぇ覚ませや、ノンタ」

ジンはそっとつぶやく。しかし、ノンタは安らかな顔で眠ったままだ。

その手を握ったまま、ジンはまたいった。

「俺らがやったこと、お前はきっと喜んじょらんじゃろうのう。あれは俺らの自己満足みたいなもんじゃけえ。それでもやらんと気がすまんかった。あいつらに見下されとうなかったけえ。じゃがやっぱし、俺ら、後悔しちょるんかもしれん。あいつらをなんぼぶちのめしても、お前が目を覚ますわけじゃないけぇ」

ノンタの手は肉付きが良くて柔らかかった。小さくて、まるで少女のそれのようだ。

しばし唇を噛みしめて、目を閉じていた。

やがてゆっくりと目を開く。しかし、目の前のノンタはまだ瞼(まぶた)を下ろしたままだ。

「そいじゃあのう、ノンタ。また来るけえ」

そういってジンは椅子を引いて立った。

　病室を出る前に今一度、振り返る。ノンタは相変わらず仰向けのまま、眠り続けている。

　海沿いの国道一八八号線を北上し、南岩国の市街地を抜けた。

　愛川(あいかわ)橋を走って門前川を渡り、川下に戻ってきた。

　まだ正午前で、狭い商店街を人々や車が行き交っている。その中を自転車をこぎながら通る。

　ふいに前方に花火が炸裂(さくれつ)するような音がして、無意識にブレーキをかけ、自転車を停めていた。周囲の人々も驚いたような顔で、いっせいに同じほうを見ている。周囲には自動車が数台、停まっていた。窓を下ろしたままの運転席からドライバーたちが顔を出していた。

　前方に車の音がした。

　かなりヒステリックなエンジン音だった。

　ジンが見ていると、農協の建物が見える十字路の左手から、薄汚れた白い自動車が現れた。それがタイヤを派手に鳴らしながら、蛇行するように彼のほうに向かって走ってきた。周囲の通行人たちがあわてて道路の左右に避難した。

　さらにその後ろから黒塗りの大型車が走ってきた。

外車らしく、右側の窓から黒い上着にサングラスの男が身を乗り出している。その手に拳銃が握られていることに気づいたとたん、銃声が鋭く耳朶を打った。

前方を走る車のどこかに着弾したらしく、発砲音とほぼ同時に鈍い金属音が重なった。ジンは自分が逃げるべきだと初めて気づいた。しかし、金縛りに遭ったように体が動かなかった。

白い車には半袖開襟シャツの男が乗っていた。後ろの座席に二名。それぞれが窓から身を乗り出し、背後に向かって黒い拳銃をかまえた。

立て続けに発砲音が轟く。

しかし黒塗りの車はかまわず追撃を続ける。

二台は乱暴な排気音を立てながら、ジンの鼻先をかすめるように走りすぎた。

門前川の方角に向かって走り去っていく車二台を、ジンは呆然と見送っている。

街路にいた人々はそろりそろりと歩き出し、やがて足早に、あるいは走ってその場から逃げ始めた。周囲に停まっていた車は、二台が去って行った道とは反対方向に走り出す。

ジンはひとり、その場で自転車のサドルをまたいだままだった。

ふいに横から風が吹いてきた。

鳥の羽音のような音がして、どこかから飛んできた新聞紙が、たまたまジンの顔にひっかかる。

あわてて取って捨てようとしたとたん、記事の見出しが一瞬、日に入った。
ジンは憑かれたように、それを凝視した。
《川下戦争⁉ 暴力団同士の抗争で治安が悪化！ 銃声におびえる基地の街》
じっと見つめているうちに、また突風が同じ方向から吹いてきて、彼の手から新聞を奪い去り、道路の向かいにあるビルの屋上の彼方へと飛ばしていった。

15

ノンタが昏睡に陥って五日が過ぎた。

どうやらジンは毎日、国病に通って見舞っているらしい。しかし、アキラにはそれができなかった。手術室から搬出されたストレッチャーの上に横たわるノンタの姿が、あまりにも痛ましすぎた。ノンタがもとより奴らに絡まれていたことは知っていたが、やはり彼がああなった責任の一端は自分たちにあるような気がした。

自責の念のようなものを胸中に抱えたまま、アキラは日々を無為に過ごしている。

尾方組と広島桜会の抗争が勃発して以来、街はすっかり活気を失っていた。

市内とりわけ川下地区は緊張に包まれていた。しかし警察はおざなりにパトカーを走らせているばかりで、ヤクザたちの無法ぶりを具体的に阻止しようという動きがまったくなかった。組同士の紛争を勝手にやらせて、どちらかが全滅するのを待っているのだろうと、街の人々は噂をし合っていた。

昼間はともかく、夜になると街路に繰り出していたGIたちの姿がめっきり減った。それとともに彼らにまとわりついていた街娼たちも見かけなくなった。米軍基地も日本のヤング同士の抗争には手をこまねいているらしい。かりに軍隊が武力介入すれば、ろくに統率も取れず、貧弱な武器しか持たない暴力団の制圧などいとも簡単だろうが、現状は静観を決め込んでいるようだった。

彼らとしては日本人よりも基地の米国人たちの安全が第一なのだろう。

さいわい学校は夏休みのさなかだし、組事務所がある一角や、その付近の街区に、一般市民がなるべく近づかないようにということで、パトカーが徐行しながらスピーカーで街宣をし、法被をまとった地元の消防団員たちも、軽トラックの荷台に箱乗りして走り、メガフォンでそれを市民に伝えていた。

夏の暑さは相変わらずで、連日、三十度を超えた。海の方角を見れば、真っ白な入道雲がモクモクとわき上がり、午後になると決まって雷が鳴り、夕立になった。

そんな中、アキラは毎日のように街を歩いていた。目的はなかった。ただ、家にこもっているのがいやで、街のあちこちを歩き続けた。

ギラギラと照りつける八月下旬の太陽の下、焼け付くようなアスファルトに落ちる自分の影を見ながら、アキラはあてどもなく道をたどっていた。

街角に駄菓子屋を見つけて入り、冷えたコーラを買った。栓を抜き、罎を持って歩いていると、頭上を轟音を立てながらF4ファントムがすさまじい勢いで通過していく。

米軍基地の軍用機は、相変わらず遠慮のない爆音を市民たちに叩きつけながら、生活圏の真上を飛び交っていた。

海のずっと向こうで続いている戦争を、岩国の人々はそういうかたちで実感するしかない。

戦場は遠く、死はまるで幻想のようだった。

街のヤクザたちが活発化していることは、アキラにもよくわかった。

昼夜となく、どこか遠くから銃声らしい炸裂音が聞こえることがあったし、救急車のサイレンもふだんより明らかに多く聞こえてくる。

墨田清作のことをいつも思っていた。

銭湯で会ったきり、彼の顔を見ていなかった。

あれきりうちにも寄っていない。昌代はしれっとした顔で店を開いていたが、街の治安悪化のせいか、客足は明らかに遠のいていた。

清作がアキラの家に来ないのは、母子を巻き込まないためかもしれないが、そもそもそんなことに気を利かせるような男ではなかった。だから先日、銭湯に姿を現したときはさすがに驚いた。アキラたちに警告をしてくれたのだろうが、自分からあんなことをするような男ではなかったはずだ。どちらかといえばずぼらで、自分勝手で、子供っぽい性格だったし、ヤクザだけに粗暴な人物だった。

それでもアキラは清作が好きだった。

本当に自分の父になるのなら、それはそれでかまわないと思った。

街角に鉄網のゴミ箱を見つけてコーラの空き罎を放り込んだ。そのとき、道の向こうから水色と白の浴衣を着て、赤い日傘を差した女性がひとり、こっちへ歩いているのが見えた。

それが昌代だと気づいて、アキラはびっくりした。

彼女の浴衣姿を見たのは何年ぶりだろうか。

いつもケバケバしい化粧とドレス姿で店のカウンターの中にいるか、午後まで寝坊をしてシュミーズやパジャマ姿で家の中をうろついているのを見かけるばかり。たまに買い出しにいくときは、モンペのようなズボンにシャツ。冬場は地味なセーターを着ていた。

記憶にあるかぎり、小さな頃に一度だけ、楠町(くすのきちょう)の花火大会に連れて行ってもらったことがある。

そのときの母が、あの浴衣を着ていたはずだ。

アキラは戸惑い、かつまた奇妙な感覚に襲われた。花火大会はもう十年以上前、母がまだ三十前の頃だ。そのときの浴衣のせいか、母は十年も若返ったようにみえた。

「アキラ。そんとなところに突っ立って、あんた何しちょるんね」

日傘を差したまま〈車町写真店〉の看板がある店の前で足を止め、道の向こうから母が声をかけてきた。足下は下駄ではなく、赤い鼻緒の草履(ぞうり)だった。

「別に……ただの散歩じゃけど」

うろたえを隠して彼はいった。「お袋はそんとな格好でどこへ行くんね」

「これから映画を観るんよ」

昌代は楽しそうにそういった。まるで別人のようだった。

「映画……」

「『網走(あばしり)番外地』ちゅう映画を駅前でやっちょるけえ」

それでピンときた。

「清作さんといっしょにか」

母が頷く。「農協んところのバス停で待ち合わせちょるけえ、行ってくるわ」

「お袋……ホンマに清作さんといっしょになるんか」

「ホンマいね。来月、いっしょに籍を入れようゆうて話し合(お)うちょるけえ」

口紅を塗った唇をすぼめて笑うと、昌代はまた歩き出した。

真っ赤な日傘を少女のようにクルクルと回しながら路肩を足早に歩いてゆく。

アキラは呆然となって、その後ろ姿を見送るばかりだ。

赤い色がなぜか網膜に焼き付くようだ。それは血の色を連想させた。

16

その日の午後、岩国駅前のロータリー近く、本通りと呼ばれる商店街を、ジンが歩いている。

傍らには友沢直子がいた。

ジンは米軍放出のジーパンにタンクトップ。直子は水色のポロシャツに赤のスカート。似合いのカップルのせいか、路肩に停めて荷下ろしをしていた魚屋の若衆に冷やかされたが、ジンは何もいわずに歩き、直子は隣で頬を染めてうつむいたきりだった。

若い男女のデートという意識はなかった。

しかし、実際にふたりがこうして会って肩を並べて歩くのは、まさにそれだった。

彼女のことを意識したのはいつからだったろう。

井堰で会ったときだろうか。

赤と紺色の浴衣姿でひとり銭湯に向かう彼女をたまたま見たときは、少しドキリとしたものだ。

広島に住んでいた頃、ジンはけっこうモテていたほうだ。恋文をもらったことも二度ばかりある。

しかし、その頃は誰かと付き合おうと思ったりはしなかった。

今になってどうしてこうなったかを、何度か考えたことがある。見知らぬ土地にやってきて以来、ずっと孤独感にさいなまれていた。父親の逮捕というショッキングな事件もあった。そんな中で、やはり心の安らぎが欲しかったのではないか。

直子は好みのタイプというわけではなかったが、こうしていっしょにいることがごくごく自然な感じで良かったし、出しゃばらず、引っ込みすぎずという適度な関係が自分に合っているような気がした。

本通りを離れ、中通りという細道の商店街に入って、そこで見つけた純喫茶に入ろうと直子を誘った。最初、教師に見つかったら校則違反で叱られると尻込みした彼女だったが、ジンに促されてついてきた。

窓際の席でふたり向かい合わせに座り、どちらもレモンスカッシュを注文した。

店内は冷房がよく効いていて、心地よかった。

会話は弾んだ。

直子の家は豆腐屋だという。両親は朝、暗いうちから起き出して働き、豆腐を作る。父親は豆腐の配達をし、母は店の直売をしている。ひとり娘の直子も学校がないときは店を手伝わされる。

好きな歌手は西郷輝彦。先月発売されたばかりのビートルズ〈ヘルプ!〉のレコードもよく聴く。

「なんか、うちばっかり話しちょるね。安西くんはどうなん?」

ふいに話を振られてジンは彼女を見つめる。

「ジン……でええよ。呼び方」

「ジン?」

「仁じゃのうてジン。アキラもノンタもそう呼んどる」

ふっと直子が笑う。

「かっこええね、その呼び方」

無意識に自分の三つ編みをいじりながら直子がそういった。

そのとき、窓の外で大声が聞こえた。

男の怒声のようだ。

驚いてジンが見ると、ちょうど喫茶店の外をアロハシャツを着たふたりの若い男が走っているところだった。ひと目でヤクザというか、チンピラだとわかった。狭い商店街を歩く通行人たちが、恐々として道を空ける中を、ふたりは走り、急に立ち止まって周囲をキヨロキョロしている。

そこに上下黒の背広にサングラスの大柄な男がやってきて、彼らの傍に立ち止まる。

声が聞こえないが、激しい口調でふたりを叱責(しっせき)しているようだ。アロハの男たちはしきりに頭を下げて、視線を男に合わせようとしない。

そのうち三人は中通り商店街の突き当たりのほうに向かって走って行った。

ジンはいやでも先日のことを思い出していた。

翌日の新聞記事に連日、大きく報道されていた。広島の組織と岩国の地元のヤクザたちとの抗争が、さらに激化――。

気が重くなったことに気づき、わざとらしく咳払(せきばら)いをしたとき、直子がいった。

「今の人たち、誰かを捜しちょったみたいじゃね」

ジンは少し驚いた。

「誰かを……？」

すると直子が笑った。

「ええじゃない。うちらにゃ関係ないことじゃけえ」

そして彼女はストローに口をつけ、レモンスカッシュを飲んだ。

喫茶店を出てから、中通り商店街をゆっくり歩いた。

横並びで歩くうちに、直子の手がジンの手に触れたので、そっと握ると彼女も握り返してきた。ジンは少しドキリとしたが知らん顔で前を向いて歩き続ける。直子も隣を黙って歩く。

少し先の右手に映画館の看板が見えてきた。

上映が終了した直後らしく、大勢の客たちが外に出てくる。

「ねえ。ジンくん、ホンマにうちと付き合うてくれるん?」

直子の声がした。彼女がまた頬を染めていた。

「ああ」

そういったとたん、肘で腕を小突かれた。

「ちゃんとはっきりゆうてくれんと」

「直子と付き合う」

ジンは思い切りこういった。「お前を好いちょる」

直子の顔がパッと明るくなった。

そのとき、だしぬけに後ろから誰かがぶつかってきて、ふたりはよろけた。

驚いたジンが我に返ったとたん、背後から走ってきた男が三人——ひとりは黒背広にサングラス。あとのふたりは、派手な柄のアロハシャツだった。アロハを着たひとりがジンたちにぶつかったらしい。

喫茶店で窓越しに見かけた男たちだと気づいた。彼らはジンたちに目もくれずに前に行くと、十メートルばかり先で立ち止まる。

映画館から出てきた客たちが驚いて足を止め、何人かが悲鳴を放った。

アロハのふたりは、それぞれシャツの下から黒い拳銃を抜いていた。

黒背広の男は、ジンが先ほど見かけたチンピラたちの兄貴分のようだ。庇のように前髪を固めてオールバックにしている。サングラスはミュージシャンがよくかけているレイバンのようだ。

ジンはとっさに直子の腕をつかみ、往来の端に走った。そうしながらも見た。

映画館の前にいる何人かの客たちの中に知った顔がいた。

浴衣姿の女と、そしてもうひとり――。

――やっと見つけたど、墨田。われ、久しぶりじゃのう！

ヤクザのひとりが野太い声でそういった。

清作は上下白のスーツ姿だった。

女をかばうように前に立ち、そいつに向かっていった。

――笠岡、やるならわしだけじゃ。昌代は関係ない。

昌代……それはたしかアキラの母親の名だった。

――問答無用じゃ。いてもうたれ！

複数の銃声が重なって轟いた。

清作の白いスーツの上着に真っ赤な血の花が咲いた。アキラの母の浴衣も銃弾を受けて千々に裂けた。ふたりはもつれ合うかたちで路上に倒れた。

周囲にいた人々は悲鳴や絶叫を放ちながらてんでに逃げ出した。

ヤクザたちはなおも容赦なく発砲を続けた。

倒れたふたりに向けて、至近距離から何発も撃ち込んだ。

やがてそれぞれ銃弾がつきたのか、銃声がやんだ。

——兄貴の仇じゃ。ざまぁみさらせ。

背広の男がそういうのが聞こえた。〝笠岡〟と清作が呼んでいた男だ。

ヤクザたちはそれぞれの拳銃をしまった。いっせいに顔を合わせると、そのまま駅前通り方面に向かって狭い商店街を走っていく。乱雑な足音が遠ざかり、彼らの姿は本通りの左に折れて見えなくなる。

いつしかジンは直子を抱きしめていた。

映画館の前に清作とアキラの母親が倒れている。ふたりしてピクリとも動かない。

発砲の硝煙がその姿に重なるように立ちこめていた。火薬の燃焼臭が漂ってきた。

周囲に人々の姿はなく、路上に倒れたふたりの姿が見えるばかり。その体の下から血溜まりが広がっていく。

　ジンは近づこうとした。

　それを直子が必死に止めた。後ろからしがみついてきた。

「離してくれ」

「なして？」必死の形相で直子がいう。涙が目にあふれていた。「なしてね？」

「アキラのお袋じゃ。もうひとりも、俺の知り合いじゃ」

　直子がハッと目を見開く。

　その手を振りほどくと、ジンはよろめくように歩き出した。

　血まみれで倒れているふたりの前に立ち止まると、彼はじっと見下ろした。清作は仰向けに、その隣でアキラの母親は俯せになって事切れていた。

　ふいに胸が苦しくて、ハッと息を継いだ。

　ひと呼吸したとたん、周囲の物音が聞こえた。

　――誰か、救急車を呼ばんかい！　救急車！

　――それから警察じゃ。警察を呼べ。

　近くからそんな声がしていた。足音もたくさん聞こえた。

　しかしジンは硬直したまま、ふたりを凝視していた。

　路上に横たわる清作とアキラの母親、それぞれの体の下からあふれた赤い血溜まりが、さらに広がっていた。

なぜか現実感がなかった。

あまりに壮絶な出来事を目の当たりにして、感覚が麻痺している。いや、心が死んでいるのだ。

だから、彼はただ呆然とその場に立ち尽くしているだけだった。

どれぐらいの時間が経過しただろうか。

ジンはゆっくりと振り返った。

直子がひとり佇立していた。

さっきと同じ場所、まるで蠟人形のように無表情に、両手をだらりと垂らしたままだった。その姿がやけに遠く感じられ、幻のようにおぼろげに、揺らいで見えた。

17

夏の終わりを思わせる激しい夕立があって、あっという間に雨が上がった。

東の空に大きな虹がかかっていた。

ジンは川下地区の街路をひとり歩いていた。アスファルトの路面にはところどころ水たまりがあって、車が通るたびに泥水を撥ねていったが、彼は気にしなかった。白いポロシャツには茶色のシミが点々と残っている。ズボンのポケットに両手を突っ込み、猫背気味にジンはひとり歩き続けた。

事件の直後、ジンと直子はパトカーで警察署に送られ、そこで長々と事情聴取を受けた。

その間、直子はずっと泣いていた。

母親の死の報せは、もちろん息子のアキラにももたらされたはずだ。しかし、あれからジンは彼に一度も会っていない。清作と昌代の遺体は司法解剖のために広島の大学病院まで運ばれていた。

ようやく聴取が終わっても、直子は自力で椅子から立ち上がれなかった。倒れそうになったところを、あわててジンが抱き留めた。刑事のひとりが助けてくれ、取調室の外で待っていた彼女の両親もやってきて、抱えられるように警察署を出て、車に乗った。

〈ＢＡＲ　ＥＤＥＮ〉と読めるネオン看板のある建物の前で、ジンは立ち止まった。目の前を騒々しい排気音とともに、ＧＩたちを乗せたカーキ色のジープが通過していった。また大きな水たまりが飛沫を散らした。

しかしジンの視線は目の前の建物に向けられたままだ。

店の入口の扉には〈忌中〉と書かれた張り紙があった。

事件から三日が過ぎ、ジンは毎日のようにこの家を訪れたが、やはり人けがなく、三階の彼の部屋の窓はカーテンが閉ざされたままだった。軒先に吊された風鈴が、ときおり風を受けてむなしく鳴っているばかりだ。

昌代の遺体は彼女の兄、つまりアキラの伯父に引き取られ、彼が住んでいる徳山市内の葬儀場で通夜と葬式が執り行われるようだ。新聞の片隅にいつも載っているお悔やみという欄に、そのことが小さく書かれていた。

そのためアキラは今、伯父がいる徳山に行っているのだろうとジンは思った。

しかしなぜか毎日、ここに足を運んでしまうのは、妙な胸騒ぎがあったからだ。

アキラは警察から母の死についての一部始終を聞かされたはずだった。そして墨田清作についても。

ふたりを銃撃した男たちについて、ジンは刑事から何度も訊かれた。

笠岡——その名を覚えていた。おそらく広島桜会の暴力団員だろう。

——兄貴の仇じゃ。ざまぁみさらせ。

彼は清作を撃ったあとで、そういった。あれはどういう意味だったのか。

アキラならそのことを知っているのかもしれない。

ジンは歩き出した。

いつものように踵を返さず、アキラの家に向かってまっすぐ、道を渡った。

〈忌中〉の張り紙があるドアに手をかけてみた。あっさり、それが開いたので驚いた。

薄暗い店内。カウンターにいくつかのストゥール。バックバーに並んだ洋酒など。かすかな水音に気づいて目をやれば、洗い場の蛇口からポタリポタリと水滴が落ちているのだった。

ジンはそっと店の中に入り、ドアを閉めた。闇に閉ざされた店内。しかし明かりは点けなかった。スイッチの場所もわからない。そのまま足音を殺すように歩き、突き当たりの階段の手前に立った。

薄闇の中にジンのものらしいズックはない。サンダルがひとそろいあるだけだった。

彼はそこで履き物を脱ぎ、靴下になった。薄暗い階段をそっと上っていく。

一段ごとにギシッと板が軋（きし）んだ。

二階に到達する。ここはたしか母親の部屋だった。扉は閉ざされていた。その前を通り、さらに三階へと向かう。

ギシッ、ギシッと板が軋む。

アキラに招かれて、ノンタとここに来たときのことを思い出した。あのときも、階段の板がこんなに軋んだだろうか？

ジンはいつしか自分がひどく汗ばんでいることに気づいた。シャツが胸や背中に張り付き、額や頬が濡れていた。

かまわずさらに階段を上る。

三階に立った。目の前でドアが閉められている。

どうしようかと思い、無意味とわかりつつ、拳でノックをしてみた。

返事はない。当然だった。

ノブに手をかけて回した。ゆっくりとドアを開く。

六畳一間のアキラの部屋。窓にはカーテンがかけられている。が、薄日が差し込み、勉強机や開けっぱなしの押し入れが見えた。煙草のヤニの臭いが染みついていた。部屋の片隅に、クシャクシャにされた煙草の青いパッケージが転がっていた。

誰かがここにいた形跡はなかった。

ふいにジンはアキラの勉強机に視線を向けた。

小さなスタンド、横積みされた教科書やノートなど。いつもは乱雑だった印象だが、それがやけにきちんと整理されている。ジンは眉根を寄せた。何かがおかしい。

部屋の片隅に投げられた煙草のパッケージをまた見ているうちに、ようやく思い出した。

素早く向き直り、机の抽斗を見つめる。

上から、たしか二番目だった。

ジンはそのときになって気づいた。

「俺は何をやっちょるんじゃ……」と、小さく独りごちる。

そうだった。それを確かめるために自分はここにいるんだ。

抽斗に手をかけて、それをゆっくりと開いた。開ききる前に、その重さでわかった。

そこに仕舞ってあったはずの拳銃が――なかった。

18

アキラは猫背になって歩いている。

酔っ払いのような千鳥足で、残暑の陽光に焼けたアスファルトをにらみつけながら、ゆっくりと歩を運んでいる。

この暑さにもかかわらず、薄手の黒いパーカーを羽織り、ダブダブの軍用迷彩ズボン、頭にはくたびれた灰色の作業帽を目深（まぶか）にかぶっていた。

ズボンのベルトの後ろに、拳銃を挿しているからだった。

昨夜、机の抽斗からそれを引っ張り出して、弾倉に弾丸を装塡していた。・四五口径の実弾を七発。

――使うときは本気じゃけえの。

清作の声が脳裡によみがえる。

まさかこの銃を本当に使うことになるとは思ってもみなかった。それも彼と母の仇討ちのために。

アキラには迷いがなかった。

尾方組の事務所があるビルの前にやってきた。

桜会との出入りが始まって以来、窓には鉄板が打ち付けられ、さながら要塞のようになっていた。コンクリートの壁にはいくつか弾痕が並んでいるし、前の道路にはたくさんのガラス片が散乱していた。しかしそれを誰も片付けようともしない。

周辺の住民たちはこぞって逃げ出していた。

新聞販売店、米屋、不動産屋、雑貨屋など、すべての建物がシャッターを下ろし、人けがまったくない。まるでゴーストタウンの様相である。もちろん道行く人もおらず、通りかかる車もほとんどない。ごくたまに、まるで遠巻きにして見るようにパトカーが来ることがあるが、じきにターンして引き返してしまう。

川下戦争——新聞やニュースでは、そういわれているらしい。

街は死んだようにひっそりと静まりかえっていた。

ギラギラと輝く八月の終わりの陽光が、頭上から容赦のない熱気を落としている。

電信柱にもたれて、アキラは息をついた。

疲れていた。

もうずいぶんと長い間、何も口に入れていなかったが、空腹も喉の渇きも感じない。ただ鉛のような疲弊が体を包み込むばかりだった。

パーカーのポケットから煙草のパッケージを引っ張り出す。うっかり足下に落としてしまったので、身をかがめて拾おうとしたとたん、ズボンのベルトに挟んでいた拳銃が落下して音を立てた。あわてて拾ってパーカーの下に隠し、周囲に目を配る。

人目はないようで、ホッとする。

煙草を拾い上げ、一本くわえた。パイプマッチを擦って火を点けたが、煙がやけに苦く、いくらも吸わないうちに路上に投げ捨てた。手の甲で口元をゴシゴシとこする。唇の周囲がやけにざらざらしている。

パーカーのもうひとつのポケットには、キャラメルがひと箱入っている。昨日の夕方、フォーコーナー近くの駄菓子屋で買ったものだ。しかし空腹もまったく訪れず、そのままになっていた。

三日前、広島医科大学で行われた母と清作の司法解剖が終わり、それぞれ遺体が戻された。アキラは警察署に呼ばれ、担当刑事から詳しく説明を受けた。ふたりを撃ったのは桜会の幹部、笠岡道明、組員の水野真蔵（みずのしんぞう）、北政重（きたまさしげる）の三名と判明。現在、広域手配中とのことだった。

清作の遺体は父親の伍平が引き取った。昌代のほうは徳山の伯父が引き受けた。杉坂家の墓地は徳山にあるため、そちらで葬儀を行うということだったが、アキラはそれきり家に戻らなかった。

あれから、ずっとそこらをほっつき歩いていた。

川下地区ばかりでなく、岩国駅前近辺や西岩国のほうまで足を延ばした。

夜は夜で空き地のコンクリの土管に潜り込んだり、橋の下に積まれた段ボール、あるいは公園のベンチでも眠った。

あてどなく歩いているのではなく、アキラには目的があった。笠岡たちを捜し出すことだった。

彼らが市内のどこかにいることは明白だった。

墨田清作という重要な幹部を失ってもなお、尾方組は弱体化せず、徹底抗戦をしている。そのため、桜会のヒットマンたちは広島に戻ることもなく、この先も尾方組に対する攻撃を繰り返さねばならない。しかし彼らの潜伏先に関する情報は皆無だった。

確実に彼らが現れる場所といえば、他に思いつかなかった。

つまりここ、尾方組の事務所である。

しかしその日もけっきょく桜会は姿を現さなかった。

ビルからは、何度か尾方組のヤクザたちが出入りをし、慎重に周囲を見ては車を出したり、戻ってきては急いで中に入ったりしていた。が、それを襲撃しようとする奴らはいなかった。

足下でふいに息づかいが聞こえて驚いた。

見ると、薄汚い毛並みの中型犬が、尻尾を振りながらアキラを見上げている。

雑種の野良犬らしい。肋骨が浮くほど痩せこけていた。

彼はふっと苦笑すると、ポケットから取り出したキャラメルの封を切って、紙の包装を剝いで犬の前に投げた。野良犬は夢中になってそれをくわえ、ろくに咬みもせずに飲み込んでいる。

それをしばし見下ろしてから、アキラは犬に背を向けて歩き出した。

後ろからやってきたオート三輪がアキラを通り越したところで停まった。

運転席のドアが開き、水色の作業シャツにカーキのズボン、旧陸軍の軍帽をかぶった老人が下りてきて、アキラに向かって立った。

清作の父、墨田伍平だった。

相変わらず、短くなった煙草を乾涸びた唇に挟み込んだままだ。

その煙草をつまんで、足下に落とした。

「ずっと捜しとった」

しゃがれた声でいった。

アキラは黙っていた。視線も合わせなかった。

「あいつのせいで……お前の母親が死ぬことになってしもうた。なんちゅうて詫びりゃええんかのう」

「清作さんのせいと違う」

アキラは言葉を押し出すようにいう。「お袋が好きで自分から清作さんといっしょになろうとしたんじゃけえ」

老人が表情を歪めた。軍帽をゆっくりと脱いで、それをクシャクシャにして握りつぶした。汗ばんだ白髪が光っていた。

「清作さんの葬式はどうするんね」

「葬式はせん。あいつはとっくに勘当しちょるけえ、無縁仏じゃ」

老人の目尻が細められ、唇が強く引き結ばれていた。「ほいじゃが、わしが親じゃっちゅう事実は変わらん。あんなぁが極道から足を洗うちょったら、こんとなことにはならんかった」

「お袋は清作さんといっしょになれるちゅうて、嬉しそうじゃったんよ。あんとに幸せそうなお袋を久しぶりに見た。それに警察で聞いたが、最後は清作さん……お袋をかばうようにして撃たれたちゅう話じゃ」

「あんなぁが、そんとなことを？」

老人の目がわずかに泳いでいた。

アキラは頷いた。自分がいつの間にか拳を握っていることに気づき、そっと力をゆるめた。

　踵を返そうとすると、ふいに左肩に手をかけられた。

　振り向いたアキラに、老人が険しい顔でこういった。

「やめちょけ」

　アキラは驚く。思わず老人の手を振り払おうとした。しかし果たせなかった。

「お前のその目は、うちを飛び出していったときの清作の目によう似ちょる。じゃけえ、お前が何を考えちょるか、わしにゃあ、ようわかる。やめちょけ」

　老人の声は重たく心に刺さった。

　そのとき、アキラの耳に別の音が聞こえてきた。底力のあるエンジン音だった。

　往来の向こうから黒い扁平(へんぺい)なスポーツ車がゆっくりと走ってくる。見覚えがあると思ったら、フォードのマスタング。いつか笠岡に乗せられたあの車だった。

　アキラは向き直り、凝視した。

　運転席にひとり。後部座席にもうひとりが乗っているのが見えた。

　目の前を通過するというところで、だしぬけに減速した。向こうもアキラの姿を捉えたようだ。

　マスタングがすっと停車し、後部座席のドアが開いた。

　やはり笠岡だった。

ポマードで固めたプレスリーのような髪型。黒い背広の前から覗く赤シャツは、前に見たときと同じだった。彼のトレードマークのようなものだろう。ピカピカに磨かれた真っ黒な革靴で路上に降り立った。

その場に立ったまま、アキラは道の向こうの笠岡を見つめていた。

アキラの肩にかけられていた老人の手が離れた。アキラが振り向くと、老人の険しい横顔が見えた。唇が小刻みに痙攣（けいれん）している。

マスタングの運転席から、若いヤクザが出てきた。

ボサボサの髪にサングラス。派手なアロハシャツを着ていた。

「よう、少年。墨田は気の毒じゃったのう」

口角をつり上げるような笠岡の笑い。

アキラの中で何かが切れた。

ふいにまた腕をつかまれた。老人が黙ってかぶりを振っている。それを無理に引き剝がすと、アキラは歩き出した。

道路を横断して、笠岡ともうひとりのヤクザの前に立った。

「何じゃ、その顔は。墨田をとられて、いっぱしに逆上しちょるんか」

笠岡がいい、後ろに控える若いヤクザが大げさに笑った。

その笑い声が消えぬうちに、アキラはパーカーの裾（すそ）をめくり、ズボンの後ろから大型拳銃を抜いた。

笠岡の表情が一変した。アロハのヤクザもあっけにとられた顔になった。

アキラは思考停止していた。しかし体が勝手に動いた。

左手で拳銃のスライドを引いて離した。初弾が装塡される金属音。撃鉄が起きたＧＩコルトを、笠岡の胸の真ん中に向けて引鉄を絞った。

轟音とともに爆風が顔を叩いた。空薬莢が斜めに飛んだ。

同時に黒背広の間に覗く赤いシャツが炸裂した。血潮が舞ってアキラの顔にかかったがかまわなかった。よろけながらも、まだ立っている笠岡の顔に向けて二発目を発砲した。

額の真ん中に大きく銃痕がうがたれて、後頭部から血糊と脳漿が爆発したように散った。

笠岡があっけにとられた表情を凍り付かせたまま、ゆっくりと後ろに倒れた。

即死だった。

仰向けに路上に倒れたまま、笠岡は虚ろな目を空に向けていた。胸の銃創はイチゴジャムのようだった。額にうがたれた孔からあふれた血が、Ｙの字を逆さにしたように目の間を流れている。

それをじっと見下ろしていた。

何の感情もなかった。高揚感も、恐怖も、悲しみすらも。

乱雑な足音に気づいて、顔を上げた。アロハシャツの若いヤクザが、あわてふためいた様子で車の運転席に飛び込んだところだった。バタンとドアが閉められ、セルモーターが悲鳴を上げ、エンジンがかかった。

いくらも走らないうちにガクガクとノッキングして、エンストし、停まった。

ふたたびセルモーターの音。

再度、マスタングが走り出した。乱暴に加速していた。タイヤを鳴らし、蛇行しながら今津川方面に向かって走って行く。

アキラは少し歩くと、仰向けに倒れている笠岡を見下ろした。

その顔に向けて、残りの五発を叩き込んだ。ゆっくりとしたテンポで五回、引鉄を絞った。耳をつんざく銃声とともに、弾け飛んだ空薬莢が路上で乾いた音を立てていた。

笠岡の顔はザクロのように破壊されていた。

銃弾を撃ち尽くしてスライドが後退したまま止まった拳銃を、アキラは握っていた。その排莢口と銃口から、青白い硝煙がゆっくりと洩れていた。

拇指で側面のスライドストッパーを操作し、スライドを閉鎖した。撃鉄を戻した拳銃をズボンのベルトに挟み込むと、アキラは死体に背を向けて歩き出した。

道の向こう、呆然と立ち尽くす老人の姿がちらと目に入った。

かまわず、彼はうつむきがちに歩き続けた。

19

午後から瀬戸内の海上にわき上がっていた巨大な入道雲が、夕方頃には岩国の上空を覆い尽くし、黒と灰色の暗晦(あんかい)なモノトーンの世界を作り出していた。

さっと海から吹いてきた風がやけに湿っぽいと思ったら、ポツポツとアスファルトに無数の黒いシミを点描して、大粒の雨が降り出した。そして空が青白く切り裂かれ、腹の底に響くような轟音で雷が鳴った。

ひとしきり街を叩いた雨は、じきにやんで、日が暮れる頃には小雨(こさめ)になっていた。

ジンの部屋の窓から入る風は、秋の匂いをはらんでいた。

窓辺に椅子を寄せて、彼は目を閉じている。

傍らにはエレキギターを模して作った木板が壁に立てかけてあるが、今日は一度だってそれに触れてない。

ローリング・ストーンズのポスターからメンバーたちがニヒルな笑みを浮かべてジンを見ていたが、彼は見返すことすらしなかった。

昼過ぎに、母親がサンドイッチを部屋に差し入れてくれたが、それに口をつけることもない。

アキラの家から戻ってきて以来、ずっとこんな感じだった。

彼のことばかりを考えていた。

この街にやってきた頃、自分はどこにでもいるような、ちょっと突っ張った高校生に過ぎなかった。それがアキラという存在に出会うことで、少しずつ何かが変わっていった。アキラがいつもまとっていた影のようなもの。今では同じものが自分の中にあった。

雨音は相変わらず闇の中から聞こえていた。一度だけ、パトカーのサイレンが遠くの往来を通過していった。

机の上にラジオがあった。それをつけると音楽が流れ始めた。ジンには興味のない演歌だったが、局を変えたり、スイッチを切ることもなく、音を垂れ流したままにしていた。

母は相変わらず元気がなかったし、日がな一日、溜息ばかり洩らしていた。

家の玄関のチャイムを鳴らす者はほとんどいなかった。毎朝、新聞が届き、昼頃に郵便ポストに自転車の配達員が郵便物を入れていくぐらいだ。

ここ数日で、来客はひとりだった。地区の民生委員と名乗る中年女性で、生活相談についての役場の窓口があるなど、まるで箇条書きのように玄関先で説明し、挨拶もせずに背を向けて去って行った。

ラジオはいつしかニュースになっていた。

岩国市の川下地区で起こった銃撃事件についての報道。尾方組と桜会の抗争が勃発して以来、毎日のようにヤクザがらみの事件が起こり、救急車の出動があった。住民たちは外出を控え、街の様子は一変してしまっていた。基地の街はいま、まさに無法の世界になっていた。

今日もまたひとり、川下地区でヤクザが拳銃で射殺されたという報道だった。

それを男性アナウンサーが淡々と伝えている。

死んだのは桜会の幹部で笠岡道明、三十九歳。目撃者の話によると、被害者は路上に車を停めて出てきたところを発砲された。

犯人は黒っぽい服装の男性で長身痩軀。帽子を目深にかぶっていた。見た目は若い感じだったという。銃声が何発も聞こえたから、一時にたくさんの銃弾を放って相手を殺し、そのまま現場から立ち去ったようだ。

そのニュースを聞きながら、ジンは体をこわばらせた。

黒っぽい服装の男性で長身痩軀。目深にかぶった帽子。

そのイメージになぜかアキラの姿が重なるのである。

笠岡という名に覚えがあった。直子といっしょに銃撃の現場にいたとき、清作が口にした相手の名だったからだ。それがどういうことを意味するのか——。

ふいに階下で音がした。

ガンガンと玄関の戸を叩く音だと気づいた。

ジンは最初、不審に思った。ふつう客ならばチャイムを鳴らす。玄関の扉脇にあるチャイムのボタンは赤く目立っていて、見逃すことはまずないからだ。

彼は椅子から立ち上がり、急いで部屋の外に出た。

階段を下りて、玄関に向かうと、ちょうど居間から出てきた母親と鉢合わせになる。

「俺が出るけえ」

びっくりして見つめる母親にそういった。

三和土でサンダルを履き、ロックを外してドアを開く。

外にずぶ濡れの男が立っていた。

灰色の作業帽、黒いパーカー、迷彩柄のズボン。うつむく顔はまさにアキラだった。

ラジオのニュースで聞いて、想像したまんまの姿だった。

「お前……」

ゆっくりと顔を上げて、アキラがこういった。

「笠岡を撃ち殺してきた」

真っ赤に充血した目は完全に光を失っていた。唇が紫色でかすかに震えていた。

「ええけえ、入れ」

強引に玄関の中に引っ張り込んだ。ドアを乱暴に閉めてロックした。

「その人、どうしたんね」

顔色を失って訊いてきた母に、ジンはいった。

「友達じゃ。お袋、悪いけどすぐに風呂、沸かしてくれんね」

「ええけど」

アキラの靴を脱がして、板の間に上げた。びしょ濡れの帽子とパーカーを脱がせ、靴下も濡れていたので、その場で素足にしてやった。濡れた衣服を乱暴に三和土に投げておいて、アキラを抱きかかえるようにして階段を上る。

ジンの部屋に入れて、押し入れから出してきた毛布を肩にかけてやった。

「笠岡っちゅうのは、お前のお袋と清作さんを殺したヤクザのことじゃろ」

アキラは黙って頷く。

「あの拳銃で撃ったんか」

また、頷いた。

「どっかに棄てたんか？」

「小学校の隣の公園、草叢の中に放ってきた」

ジンはふうっと息をついた。

幽霊のように青白い顔をしたアキラを凝視する。

「どうするんね、お前」

「これから、自首する。その前にお前に会うときたかった」

ジンはかぶりを振った。

「警察に行くのは明日にしちょけ。今夜はここに泊まりゃあええけえ」

アキラがうなだれながら、小さく頷いた。

やがて階下から母親の声がして、風呂が沸いたと告げてきた。


翌日、残暑にうだるような晴れ空の下、ジンはアキラを伴ってタクシーに乗り、麻里布(まりふ)町(ちょう)にある岩国東警察署に向かった。

道路の反対側で停まったタクシーを降りて、アキラは空を見上げていた。

ジンもその隣に立って、彼を見つめる。

清潔な白の半袖開襟シャツ、アイロンの折り目がピシッと入ったズボン。どちらもジンのものだったが、アキラの体型にはピッタリだった。ブロンドがかった独特の頭髪は櫛(くし)が通り、きれいに後ろに撫でつけられている。

しばし目を閉じていたアキラが、ゆっくりと瞼を上げた。

きれいに澄み切った目でジンを見つめてきた。

「ゆうべはすまんかった。ホンマにありがとうのう。お袋さんにもよろしゅうゆうてくれ。感謝しちょるけえ」

「そんとなこと、ええよ」

ジンはわざと笑ってみせた。

「これで、お別れじゃのう」

アキラはそういって、少し悲しげな顔で笑みを返した。

「ちょいちょい面会にいくけえの」

「ええっちゃ。俺のことは放っちょけ。面会も差し入れもいっさい無用っちゃ。お前はお前の人生をたどりゃええんじゃ。俺は俺でなんとかなるけえ」

「つれないことをいうなっちゃ」

「ノンタのこと、よろしゅう頼む」

そういってアキラは右手を出してきた。ジンはその手を握った。

「わかった」

「直子とうまくやれよ」

ジンは困ったように肩をすぼめただけだった。

アキラは踵を返した。

ゆっくりと道路を渡っていく。

その後ろ姿をジンはずっと見送った。アキラは警察署の正面入口のところで立ち止まった。

そして肩越しに振り向いた。

ジンが手を上げた。

しかしアキラは応えず、そのまま扉を開けて、署内へと入っていった。


それから半年ほどのうちにふたつの裁判があった。

ひとつはジンの父親、安西幸夫。

逮捕から五カ月後、特別背任罪にて懲役二年と六カ月と決まった。

もうひとつは杉坂晃。

昭和四十一年三月に刑が確定した。

殺人および銃刀法違反で懲役十七年の求刑だった。しかし被告は犯行当時十五歳の未成年で、しかも被害者によって母親を殺害されていて、犯行動機に酌量の余地があった。

懲役十年。少年法により、更生・社会復帰が重視された結果の判決だった。

第二部

1

昭和四十一年十一月。

ベトナム戦争は泥沼化し、アメリカ軍は最盛期、五十万の兵力を投入、農村部への無差別攻撃に加え、戦場の周辺では兵士による市民の大量虐殺事件が起こっていた。

日本の戦後経済はゆるやかに復興を開始し、それとともに学生運動が過激化、ヘルメットにゲバ棒といったスタイルの学生たちが機動隊ともみ合う場面が、連日のようにニュースで報道されていた。

この年の六月から三里塚（さんりづか）闘争が始まっている。

あの日、アキラが逮捕されてから、一年と三カ月が経過していた。

ジンは去年の秋、父親の判決を待たず、高校を中退していたが、職を探しても、なかなか見つからなかった。

半年前から母も働くようになったが、駅前のホテルの清掃業ではたいした収入にならない。そのぶんをジンがなんとか頑張って家計を助けなければならない。

何カ月もの間、職業安定所に日参し、担当者にいろいろと当たってもらった。新聞や牛乳配達、郵便局の仕分けなど、些末な仕事はいくらでもあったが、それではろくな金にならなかった。あとは運送会社のフォークリフト運転手や、溶接工場の作業員など、それぞれ免許が必要なものばかりだった。

職安を出て、ぶらぶらと駅周辺を歩いたが、電柱などにも求人の広告は見つからなかった。仕方なく、電話ボックスの中で職業別の電話帳のページを適当に開き、あちこちに仕事はないかとかけてみた。

五件目に出てきたのが〈清水興産〉だった。

電話を入れると、人事担当と名乗る男の声で、すぐに履歴書を持ってきてほしいといわれた。

岩国市街地の北側の外れ、室木の小高い丘の途中に廃屋のようなコンクリの建物があって、そこに色あせた社名の看板がかかっていた。かつてジンがアキラやノンタと登った平家山が、すぐそこに見えている。

狭い応接室で待っていると、ドアがガチャリと音を立てて、青い作業服姿に肥満体型を包んだ中年男が入ってきた。丸顔で額が禿げ上がり、左頬に大きなホクロがあった。続いて四角い大きな顔の中年男。同じ作業服を着ていて、無精髭が濃かった。

「社長の清水功一じゃ」

禿げた男がそういった。

「人事を担当しとる中川ちゅう者じゃ」

もうひとりが、そういった。声からして、電話口に出た男らしかった。

どちらも名刺も出さなかったが、先ほどジンが受付に出していた履歴書を中川がテーブルに置いた。

「安西……仁くん、か」

ジンはちらとそれを見てから、向かいの男たちに目を戻す。

「君の事情はこっちで調べさせてもろうた。お父さんがあんげなことになって気の毒じゃったのう」

中川にいわれ、応える言葉が浮かばなく、仕方なくうつむいた。

「まあ、そんとな暗い顔せんでもええ。うちは間口が広い会社じゃけえの。どんとな事情を抱えちょっても受け入れちょる。前科持ちもえっとおるけえの」

そういって清水社長が煙草を取り出し、差し出した。「吸うか？」

ジンは首を振った。

隣に座る中川が、備え付けのライターで社長の煙草に火を点けた。清水は煙をゆっくり吐き出した。

「うちは土建やら運送やら、いろいろ手がけちょる。君はもちろん十八にもなっちょらんけえ、運転免許も持っちょらんじゃろうが、いずれは免許のひとつも取ってもらうとして、それまでしばらくは作業の助手っちゅうことで仕事についてもらうが、ええかの？」

ジンは頷いた。

「体力に自信はあるか」

「ええ……いちおう」

「酒のほうはどうじゃ」

「冗談っちゃ。真に受けんでもええよ」

応えられずにいると、ふいに清水が太った体を揺すりながら、大げさに笑った。

「はあ」

困った様子でまたジンが視線を逸らす。

隣の中川がこういった。

「まあ、他にもいろんな仕事がうちにはあるけえ、あれこれやってもらうことになるじゃろう。半年働いてもろうてから、何も問題なけりゃあ、めでたく正社員じゃ」

「ありがとうございます」

「この中川は人事担当っちゅうことじゃが、専務で現場監督じゃし、まあ、いわば何でも屋みたいなもんじゃ。うちの業務をだいたい仕切っちょる」

ジンは彼を見た。

「よろしくお願いします」

そういってジンは頭を下げた。

「ほいじゃ、今日から働いてもらうけえ、中川についてけ」

そういって清水が灰皿の中で煙草をもみ消し、立ち上がった。

2

十一月の瀬戸内海は鉛色に染まり、手前の岸から水平線に至るまで、あちこち無数の白い牙のような波を立てている。

海沿いの国道一八八号線をタクシーが走っていた。

後部座席にはジンがいて、隣に直子が座っている。

「今の職場はどうなんね」

直子に訊かれて、ジンは答えに窮した。

「まあ、思うたほど、悪いところじゃないのう」

そういって少し苦笑いする。〈清水興産〉で働き始めて一週間が経過していた。

直子は来年、高校三年生だが、大学受験はせずに、家の仕事を継ぐという。

クラスでいちばんの成績なのにもったいないとジンがいうと、「うちはお金がないけえ」と少し寂しげに直子に微笑まれて、ジンは口をつぐんだ。

「父さんに訊いてみたら、あそこはようない噂があるっちゅうてゆうとったよ」

自分の職場のことだと気づいて、ジンは笑った。「ここらの土建屋は、どこも半分ヤクザみたいなもんじゃけえ」

とたんに直子の顔が曇る。

それを見て心ないことをいってしまったとジンは後悔した。

それきり互いの会話が途絶えてしまった。

ふたりが見た清作とアキラの母の死。あの記憶が直子の中に今も重たく巣くっている。ヤクザという言葉でそれを想起するのは当然のことだ。むろん、ジンとて同じだが、さすがにか弱い少女にとって、あれは衝撃的すぎた。

やがてタクシーはゆるやかな坂道を上り、国立岩国病院のエントランスに入って停まった。ドアが開き、ジンが支払いをして、ふたりで降りた。

とたんに冷たい風が海から寄せてきて、ジンの前髪を揺らし、思わず上着の襟を立てた。

直子は厚手の白いタートルネックのセーターを着ている。

待合室を抜けて、エレベーターで四階へ。通路いちばん奥の病室の前に立って、そっとドアを開けた。

壁際の病床にノンタこと野田哲太が眠っている。

空調の効いた個室。白いシーツを掛けられ、腕には点滴、鼻に人工呼吸の管が差し込まれていた。この病室に運ばれた当初にあった顔の傷はすっかり消えて、肌の色艶もいい。表情は穏やかだった。

しかし、さすがに痩せた。

というか、すっかりやつれていた。顔の肉もげっそりと落ちて、首もかなり細くなっていた。まるで別人のようだった。

ふたりでしばし、彼を見下ろしながら立っていた。

あれから一年三カ月。ノンタは変わらず、昏睡状態が続いていた。

直子の洟をすする音が聞こえている。

ノンタの姿を見て、こみ上げてきたものがあるのだろう。顔色も青ざめていた。

担当医の話では、明確な変化はないという。体温も血圧も、心拍もほぼ一定。常人でいえば健康状態に近い。それなのに、意識が戻らない。

脳の損傷あるいはダメージが、どうしてこういう現象を起こすのか。今の医学では明確にはわからないという。ただ、このまま経過観察を続けていくしかない。

点滴のガラス罎の中、一定のリズムを刻んでポタリポタリと落ちる透明な水滴が、ノンタの生命の源のように思えた。いや、実際にそうかもしれなかった。

病室の窓辺には、白いレースのカーテンが引かれて、窓がまちの小さな花瓶に白いガーベラの花束。ノンタの母親がいつも水替えなどの世話をしているらしい。白いカーテン、そして白のシーツ。すべてが清潔に見えた。

ふと、枕元の棚を見ると、ハードカバーの本が置かれているのに気づいた。

ジンはそれをとってみた。

小説だった。

見ているうちに思い出した。ノンタが事件に巻き込まれる前に部屋で愛読していたと、彼の母親がいっていた。

それを昏睡している息子の傍に置いたからといって、彼が目を覚ますわけではないだろう。しかし父親の孝吉、あるいは母の加津子が、息子が愛読していたということを知って、藁にもすがる思いで彼の部屋からそれを持ってきたのではないだろうか。

ジンはつらい気持ちでその表紙を凝視していた。

『野獣死すべし』

そのタイトルがなぜか気になっていた。

病院を出て、タクシー乗り場で待っている間、直子との間に会話がなかった。

昏睡状態のノンタを見て、彼女は明らかにショックを受けていた。しかしそれだけではない。

彼女との関係が終わろうとしていることは、なんとなくわかった。

タクシーに乗り込み、川下に向かう車中でも、ふたりは黙ったまま、お互いに別々の車窓越しに外を眺めたままだった。

直子を先に家に送り、自宅まで帰ったジンはタクシー代を払い、玄関から入った。

自室のドアを乱暴に開けて、カーペットの上に立ち止まる。

壁際にエレキギターを模して作った木の板が立てかけられている。それをじっと見ているうちに、だんだんと怒りの感情がこみ上げてきた。

ジンはそれをつかんで振り上げ、壁に叩きつけた。

二度、三度。四度目でまっぷたつにへし折れた。それをベッドの上に放り投げた。

次に壁に貼っていたローリング・ストーンズのポスターに手をかけ、思い切り破った。

上半分から斜めに破れて、ポスターは裏地を見せ、べろんと垂れ下がっていた。

ジンは肩で息をつきながら、それをにらみつけた。

3

ジンは田尻貞彦という若者と組まされた。髪を脱色した小太りの男だ。

二十四歳の彼は大型免許を取得していて、主にトラックの運転手をしている。ジンはトラックの助手席に乗り、田尻のサポートをした。

ふたりが携わっている仕事は、〈清水興産〉の業務の中でもかなり重要なもので、社内では運送と呼ばれていた。専用の深ダンプが数台あり、それぞれドライバーや助手が仕事に携わっていた。

字義通り荷を運ぶ仕事には違いないが、その中身が特殊であることは公然の秘密となっていた。

中間業者といわれる郊外の集積場に行って、仕分けされた荷物を積み込み、指定された場所まで行って処分する。荷物の内容はジンの知るところではなかったが、田尻がポロリと洩らした話によると、汚泥や家畜の糞尿、バッテリー液などの強酸性のもの。さらに使用済みの注射器などの医療廃棄物や、猛毒性の化学薬品といった、一般の廃棄物として扱えないものばかりだという。

指定された場所というのは、たいていは市街地を出てずいぶん走った場所にある山中だった。そこにバックホー（重機）が待機していて、鉄板が敷かれ、大きな穴が掘られている。荷台をリフトさせながら荷物をそこに落とす。

だいたい三往復で、穴は埋められる。

土曜日に支払われる週給は仕事量に応じて増減があるが、四、五万円は固かった。それが現金手渡しで受け取れる。悪いことをしているとは思いつつも、ジンはやはり金の魅力にあらがえなかった。

週末の給料日、田尻はジンをよく岩国駅前の飲み屋に連れて行ってくれた。

行きつけの店は数軒あったが、もっぱら三笠橋(みかさばし)近くの〈シェリー〉というクラブが多かった。若い女性がボックスの客席について接待する類(たぐ)いの店だ。

ジンはまだ十六歳だが、背丈もあるし、二十歳(はたち)だといつわっていた。

怪しげな会計だし、ひと晩でかなり散財するのだが、それなりに実入りがあるのでぼったくられた感じはしない。ジンは給料を家に入れるぶんと、自分で使うぶんにきちんと分けていたから、その点も問題なかった。

「お前、広島から引っ越してきたっちゅう話じゃろ？」

その晩もオールドパーのロックを飲みながら、田尻が訊いてきた。隣にはべらせたケイコという娘の肩に手を回し、足を組んでいた。ケイコはパーマをかけた長い髪を金色に染めて、胸元を大胆に出したスパンコールのドレスを身につけている。

店内は暗かったが、天井付近でミラーボールが回転して、まばゆい光が無数に壁やボックス席を這っていた。BGMも耳鳴りがするほどうるさい。

「田尻さん。なして知っちょるんですか」

ジンの隣には、ケイコよりもずいぶんと若いカオルという娘が座っている。ケイコは派手な化粧だが、カオルはルージュも控えめだったし、髪は黒くて、襟元で切りそろえたセミショート。ラメ色のドレスを着ていても、どことなく清楚な感じが残っていた。

「経理の大崎からお前のこと訊いたんよ。広島のどこね？」

「市内です。比治山公園の近くでした」

田尻は嬉しそうだった。

「ほりゃあ、ええところにおったんじゃのう」

「広島を知っちょいでですか？」

「実は俺も広島生まれっちゃ。宇品に住んどったんよ」

「すぐ近くじゃないですか」

「おう。ガキの頃から広電に乗っちゃあ、八丁堀辺りに遊びにいっちょったのう。十代になったら愚連隊のボスやって流川通りでブイブイいわしちょったがの」

「じゃけど、あそこはヤクザばっかしじゃないですか。ヤバくなかったですか」

「俺ゃあ、ヤーさんらにも一目置かれちょったど」

得意げにいいながら、煙草をくわえる。

傍に寄り添っていたケイコが、すかさずライターを差し出して火を点けた。

「田尻さん、凄いんですね」

いわれて田尻は得意げに笑った。ケイコのドレスの胸元に手を入れ、露骨に乳房を愛撫しながらいった。「広島を牛耳っちょる桜会っちゅう組の幹部に知り合いがようけぇおっての。俺も気に入ってもろうて、何かとようしてもろうたもんじゃ」

その名を聞いて、ジンは少し暗い気持ちになる。

「うちの社長はのう、もともと桜会の幹部じゃったんよ」

ふいにそういわれてジンは驚く。

「ちゅうことは、清水さんは組、やめられたんですか」

「いんや。まだ半分、足を突っ込んじょる。うちの会社は最近、榎本一家と関係があってのう。俺らがやっちょる汚い仕事は、もっぱらそっち方面で仕切ってもろうちょるんよ」

「榎本一家……？」

「こないだまで川下の尾方組が桜会と戦争やっちょったじゃろ。結果はまあ引き分けじゃったが、あれから桜会の檜垣会長が裏から手ェ回しての。幹部の榎本康三ちゅう男が、ええ条件出して、尾方組からかなりの組員を引き抜いたんよ。そこへ広島から桜会の者を大勢連れてきて榎本一家を作ったのは半年前じゃ」

ジンは知らなかった。そんなことがあったのか。

直子には自分の職場が半分ヤクザみたいなものだと冗談をいったつもりが、実は本当だったことになる。

田尻からの情報のおかげで少しずつ、あの会社の実情が見えてきた気がした。

バックに暴力団がいるとか黒い噂がいろいろあるという話だったが、ジンが想像したほどではなかった気がする。仕事をしくじったからと、焼きを入れられたこともないし、賃金のピンハネが多少はあったとしても、気にするほどではない。

ただ、何人かの社員や関係者に近寄りがたい雰囲気を持つ者がいることはたしかだった。多くが愚連隊上がりかヤクザみたいな連中なのだろう。

「それから、たまに榎本一家から来る梶浦っちゅう男には気をつけたほうがええど」

「梶浦……」

「組の若頭代理っちゅう幹部じゃ。カミソリみたいに危険な男じゃけ」

それらしい人物を、ジンはたまに会社で見かけたことがある。

いつも黒い大型車でやってきて、社長に面会していた男だった。カタギではない気がしたが、やはりそうかと思った。

「覚えちょきます」

ジンはそういった。「ところで、榎本一家は尾方組と抗争をやるつもりなんですか」

「じゃけえ、しこたま拳銃やら何やらを仕入れちょるんよ」

田尻は得意げに笑い、煙草の煙を吹き出し、ロックグラスをあおった。

すかさずケイコがお代わりを作る。

「安西さんもお代わり、いかが？」

隣に座るカオルにいわれ、ジンは頷く。

グラスを取り、カオルは氷をいくつか入れ、オールドパーを注いでタンブラーで掻き回した。

それを受け取ってジンは少し飲んだ。すでに酔いがかなり回っていた。

田尻はケイコを抱きしめながら、さかんに首筋にキスをしている。

傍らからカオルが潤んだ目を向けているのに気づいた。しかしジンはあえて目を逸らし、グラスを手にとって氷を鳴らしながらあおった。

4

翌朝、目を覚ましたとたん、ジンは驚いた。

まったく知らない部屋のベッドの上に、仰向けになって寝ていた。

傍らを見ると、裸の娘がいた。片腕をジンのはだけた胸の上に置いて、顔を伏せ、軽い寝息を立てながら眠っている。セミショートの黒髪に見覚えがある気がした。

部屋は六畳ぐらい。窓にレースのカーテンが引かれ、そこから淡い朝日が差し込んでいた。壁際には白い三面鏡のドレッサーと同じ色のストゥール。その近くに花柄模様のファンシーケースが置かれている。ドレッサーの上で、丸い置き時計がカチカチと時を刻んで、午前八時過ぎをふたつの針で示している。

——遅刻だ。仕事に行かなければ！

ふいに起き上がろうとして、やっと気づいた。

今日は日曜日だった。

ゆうべは飲み過ぎた。口の中に不快感が残り、かすかに頭痛もあった。胃袋が重たく、吐き気もする。完全に宿酔だった。

寝息を立てる娘を見た。彼女がゆっくりと寝返りを打つ。

すっかり化粧を落としていたが、〈シェリー〉でいっしょだったカオルだと気づいた。

記憶をたぐった。ゆうべはあれからふたりでタクシーに乗った。そのまま、彼女のアパートにしけこんだ。

恥ずかしさに顔が火照ってきた。

初めての体験だった。

カオルは自分から求めてきた。ジンは夢中になった。

自分は童貞だったが、彼女は慣れていた。男性用の避妊具も部屋にあって、今はくしゃくしゃになったちり紙といっしょにくずかごに放り込まれている。

カオルは十九歳だった。

ジンよりも三つ年上だ。去年の春から水商売で働くようになり、市内の店をいくつか転々としたという。あの店で会ったのは三回目だった。最初のときから、彼女はジンにぞっこんだった。

ふいに窓の外を爆音が轟いた。

米軍基地のジェット機だった。

カオルがかすかにうめいて、ジンの胸の上に置いていた腕を彼の体から外した。目を開けて、少ししばたたいてからジンを見た。

「起きてたの?」

かすれた声でいった。

ジンは頷いた。「トイレ……どこ?」

カオルはシーツの中から細い腕を出して、部屋の外を指した。

「外に出て……左」

ジンは黙ってベッドから下りた。床のカーペットの上に、乱雑に脱ぎ捨てられたふたりの服があった。カオルの白い下着の隣に自分のものを見つけて、あわただしく身にまとった。

ズボンを穿き、シャツをはおって部屋の外に出た。

二階建てアパートの上の階の通路だった。手すりの向こう、すぐ先に物々しいフェンスが見えて、米軍機がいくつか並んでいた。

ひんやりとした空気に身をすぼめるように歩き、通路の突き当たりの共同便所に入った。狭いボットン便所だ。板張りに片手をつき、かがみ込んで口に手を入れて、無理に吐いた。

黄色い胃液しか出てこなかった。

ちり紙で口の周囲を拭き、小便をしてから、カオルの部屋に戻ってきた。

彼女は白い上下の下着をすでにまとって、ドレッサーの鏡の前に座り、セミショートの黒髪にブラシを通していた。

ジンはベッドに座り、汗ばんだ前髪を指でかき上げた。

「煙草、吸わなかったよね」

鏡の中に映ったカオルがいった。

「ああ」

彼女は髪をとかし終えて、鏡の前のストゥールから立った。

ドレッサーの上に置いてあった青いパッケージを取ると、一本くわえ、ライターで火を点けた。

カーペットの上に座り、テーブルに向かって胡座(あぐら)をかくと、灰皿を取って自分の目の前に置いた。その真っ白な太腿(ふともも)に視線が行き、ジンはあわてて目を離す。

「お前も川下に住んじょったんか」ごまかすようにいった。

「あなたもそうだから、いろいろ話してるうちに気が合ったんじゃないの」

そんな会話を交(か)わしたことは思い出せなかった。

「お前、テレビとおんなじ言葉を話しちょるが、どこの生まれなんか」

するとカオルがふっと笑った。

「いいじゃない。そんなことどうでも」

「ところで俺ら、なしてこんとなことになったんかのう」

煙を口から洩らしながら、カオルがまた笑う。「男と女だから、そんなもんでしょ」

「そうかのう」

ふとカオルが真顔になる。

「他にいい人いるの？」

「いや」

とたんにカオルが噴き出した。

「嘘つくの下手ねえ。顔見たらわかるよ」

ジンがむっとして訊いた。「わかっちょって俺に訊いたんか」

「そりゃそうよ。私も女だし」

その先の言葉を失い、彼はうつむいた。

「ジンくん……」

「うん？」

カオルが少し笑う。「そう呼んでいいの？」

「ああ」

「初めての経験、どうだった」

突然、いわれてジンは口をつぐんだ。なんといっていいか、わからなかった。

「これから、いろんな女の人と付き合うんだろうね」

「そういや、本当の名前を聞いとらんかったのう」

するとカオルが寂しげな表情でこういった。

「あなたはジンくんで、私はカオルでいいでしょ。あなたにとって、私の人生は何も関係ないんだし」

また、部屋の外でジェットの音が聞こえた。ゴウゴウといつまでも続いている。

窓がビリビリと震えていた。

困惑するジンに向かって、彼女はわざとらしく微笑んだ。「朝ご飯、これから作ってあげるから、ゆっくり食べていってね」

午前十時過ぎにジンは自宅に帰った。

母は不在だった。少し前にホテルの仕事を辞め、今は門前町にあるクリーニングの会社でパートタイマーで働いていた。

台所のテーブルにはおむすびがふたつ皿にあった。ジンのために作ったものだとわかったが、彼はそのまま冷蔵庫にそれを入れた。

カオルが作ってくれた朝食はほとんど食べられなかった。味噌汁をすすり、漬物とご飯を少々、口に入れただけだ。「ごめん」といってほとんど残した。

胃袋がまだムカムカしていたので、トイレに入り、また少し吐いた。

洗面所でうがいをし、コップ一杯の水を飲む。自室に上がってベッドに仰向けになった。

カオルの顔を思い出した。夢中で抱いたときの体の柔らかさや温かさ。濡れた感触。いつの間にか勃起していることに気づいて、ジンはあわてて別のことを考えた。

直子のこと。

刑に服しているアキラと父。

いろんなことを考えているうちに、また眠気が訪れて少し眠った。

午後になってだいぶ気分が良くなったので、ジンは出かけた。

家の電話からタクシーを呼ぶと、やがて外で軽くクラクションの音がする。ダッフルコートをはおって、家の外に出た。

いつものように国道一八八号線を海沿いに走り、黒磯町に入る。坂道を上って、高台にある国病に着いた。

待合室を抜けて、エレベーターで四階へ。突き当たりの部屋に向かった。

ノンタは今日も眠っていた。

看護婦たちがふたりして、病床の可動装置を使って昏睡中の彼の体位を変えているところだった。

「いらっしゃい。さっきまでお母様が来ちょってじゃったんよ」

年上の看護婦がそういった。胸に長浜(ながはま)という名札がある。

「そうですか」

何度かここを訪れているうちに、顔なじみになっていた。ジンが手伝いましょうかというと、彼女は断り、若い看護婦とともにテキパキとした動きで仕事をこなした。

横向きになっていたノンタの体が、また仰向けにされる。若い看護婦が白いシーツを胸の上までかけた。

顔色は良く、穏やかな表情だった。呼吸も安定している。

長浜看護婦が、外していた点滴の注射針を腕に刺し、ガーゼをあてがってテープで留める。

ふたりが出て行くと、ジンは窓際に置かれていたパイプ椅子を病床の横に持ってきて、そこに座る。

しばしノンタの寝顔を眺めていた。

枕元の棚の上に、その本がまだ置かれていた。

大藪春彦の『野獣死すべし』――まるで、それがノンタの守り神であるかのように、ずっとそこにあった。

ジンはそっと手を伸ばし、取ってみた。

ページをめくって少し読んだ。

小学校の頃、江戸川乱歩(えどがわらんぽ)やアルセーヌ・ルパンの推理小説を少し読んだことがあるきり、小説などというものにはほとんど無縁だった。中学、高校と教科書にいくらか載っていたし、課題図書として読まされたことはあるが、内容など覚えてもいなかった。

それが気がつけば、三十分以上、ジンは読書に没入していた。

ページをそっと閉じて、疲れた目をこすり、昏睡を続けるノンタの顔を見つめた。

「お前が夢中になった理由がわかる気がするのう」

そういって、ジンは小さく笑った。

「せっかく親御さんがここに持ってきちょっても、やっぱりお前にゃ読めんのか」

そう独りごちてから、また小説に目を戻した。

──深夜。しめやかな雨が、濡れた暗い舗道を叩いていた。

最初の一行をまた読んだ。

それを小声で口にしてみた。

「──深夜。しめやかな雨が、濡れた暗い舗道を叩いていた……」

そして、ノンタの顔を見つめる。

少し表情に変化が起こったような気がしたが、おそらく錯覚だろうと思う。

しかし、かまわなかった。ジンは自分がすべきことを悟ったように感じて、ページを開いたまま、それを最初から朗読し始めた。

七ページほど声に出して読み、疲れると、途中で休み、少し息をついた。

それからまた静かに朗読を再開する。

「──伊達邦彦は、ハルピンに生まれた。ギリシャ正教寺院の尖塔(せんとう)に黄金色(こがね)に燃える大陸の夕日が映え、アカシアの並木に駆けるトロイカの鈴が軽やかに響く夢の町……」

5

ジンは自室の椅子に座り、じっとうなだれていた。

闇に閉ざされた部屋。ストーブも点けず、ひんやりとした空気の中で、人形のように動かずにいた。

壁に貼ったストーンズのポスターが、破られたまま、ペロンと垂れ下がっている。

上目遣いにそれを凝視した。

音楽の仕事に就くのが夢だった。

ロックバンドをやりたかった。ギタリストになるはずだった。

ミック・ジャガー、キース・リチャーズ、ロン・ウッド、ブライアン・ジョーンズ。

すべてが色あせ、遠ざかっていた。

しんしんと寒さが身を包んでいた。

窓の外に音がすると思ったら、風が雨粒をガラスに叩きつけている。

いつしかジンはあの小説のことを考えていた。雨の深夜、主人公の伊達邦彦が帰宅中の警視庁在職の警部を射殺し、拳銃を奪う。その場面が脳裡にありありと浮かんでいた。

冷たい情熱という言葉が頭の中にあった。

人を殺すことをいとわず、野獣のような本能と復讐（ふくしゅう）心に生きる男。

そのイメージがアキラの面影（おもかげ）に重なっていた。

しかしアキラは非情ではなかった。むしろ人情家で心優しく、他人思いの人間だった。

それが運命のいたずらで他人を殺すことになってしまった。やむにやまれず彼は復讐を遂げた。あいつの中でそれをやらねばならない衝動があったのだ。

ジンはゆっくりと椅子から立ち上がった。勉強机の前に立って、抽斗（ひきだし）に手をかけた。

上から二番目——そう、アキラが隠していたあの抽斗の順番と同じ、それをそっと開く。

抽斗の中に、油紙に包まれたものが横たわっている。

油紙を開いて、それを取り出した。凶々（まがまが）しく黒い金属の塊。黒染めが剝（は）げかかったスライドとフレーム。軍用の大型拳銃だった。

あの晩、アキラがヤクザの笠岡を射殺、母親と清作の仇討（あだう）ちをしてからこの家にやってきたとき、本人の口から拳銃を棄（す）てた場所を聞いた。翌朝、彼を警察署まで送ったあと、小学校に隣接する小さな公園に行った。

なぜ、そこに向かったのか。自分でも無自覚だった。

ただ——なぜだかジンは、それに呼ばれたような気がしたのだ。

アキラがいったとおり、草叢（くさむら）の中に拳銃が落ちていた。

一瞬の迷いもなく、ジンはそれを手にした。重たいものをズボンのベルトに差し込み、シャツで上から隠しながら、我が家まで戻ってきた。

警察はアキラの自供通りに凶器として使われた拳銃を捜索したらしいが、けっきょく発見はかなわなかった。

ジンのところにも刑事が二度ばかり訪れたが、出てこない拳銃について訊かれたことはなく、ただ、友人として杉坂晃という同級生だった少年について、あれこれと質問されただけだった。

不思議と罪の意識はなかった。

ジンは右手の拳銃を凝視した。

ずいぶんと使い込まれた軍用拳銃だった。

GIコルト――正式にはコルト・ガバメントM1911A1。

アキラの母の店で飲んでいた米兵が、飲み代が払えないからと置いていったのだという。彼の話だと、しばらく新聞紙に包まれたまま、店のカウンターの棚の中に置かれていたらしい。

マガジンキャッチボタンを押し、弾倉を抜く。弾丸は入っていない。アキラが棄てたとき、弾丸を撃ち尽くしたままの状態だったからだ。スライドの滑り止めに手をかけて、思い切り後ろに引いた。玩具の銃ではあり得ないスプリングの強さが緊張を呼ぶ。

しかし今のジンには容易にそれが引けた。

スライドが下がりきったところで、側面のストッパーを拇指の先で上げた。スライドが止まると、前方に太い銃身が剝き出しになる。スライドストッパーを下げると、大げさな金属音とともにスライドが閉鎖した。

とり残されたように起きたままの撃鉄。それに拇指をかけ、グリップを強く握り込んだまま、引鉄を引いてゆっくりと撃鉄を戻した。

少しだけ、緊張感が解けた。

拳銃を持ち帰ってから、真夜中に何度か、抽斗の中から取りだしてはしげしげと見つめ、かまえてみることがあった。雑誌に載っていた分解方法を参考に、パーツをすべて分解してみた。弾丸が発射された銃腔は火薬カスで汚れていたし、内部も油が切れかかって作動が悪かった。それらを念入りにクリーニングし、調整した。

そんなときのジンの心の中には、常に大藪春彦の非情な主人公のイメージがあった。

不気味な不協和音を奏でる『野獣死すべし』の旋律とは、いったいどんなものだろうか。

あの日、この拳銃でヤクザの笠岡を撃ったとき、アキラはきっと同じ旋律を聴いていたに違いない。

拳銃を見つめながら、ジンはふと、そう思った。

年の瀬があわただしく過ぎ去って、翌年昭和四十二年の春となった。

6

中国では前年から文化大革命が巻き起こり、各地で内乱が勃発。〝造反有理〟のスローガンの下、市民の大量虐殺や文化財の徹底破壊が始まっていた。ベトナムでは、二年前に始まった北爆が激化し、米軍の爆撃機が北ベトナムの軍事施設のみならず都市部にも大量の爆弾を投下していた。

日本はゆっくりと好景気への道を歩み始めていた。

ノンタこと野田哲太は、相変わらず黒磯町の海が見える病室で昏々と眠り続けていた。

ジンは以前ほど頻繁に足を運ばなくなったが、それでも彼の病室に行くと、枕元に置いてある例の小説を朗読した。

何ページか読み進めて疲れると、じっとノンタの寝顔を見つめ、穏やかな表情に見入った。見る影もなく痩せてはいたが、汚れのない、まるで天使のような顔だった。汚れきってしまった自分やアキラが失った、少年の無垢がここに残されているような気がする。

いま、夢を見ているのだろうかとジンは思った。

だとすれば、俺たちの夢だったらいいのに。

アキラは岩国少年刑務所に服役していた。

面会に来るな、差し入れも無用という彼の言葉が心に残っていたので、ジンはあえて行かなかった。

ふたりでここを訪れて以来、直子とは会わなかった。

もう交際をするつもりはなかった。彼女といるには、自分はあまりにも荒れ果ててしまっていた。野獣の血が目覚めつつある、そんな自分にあらがうことができなかった。アキラがたどって生きていこうとした道に、ジンは足を踏み入れていた。

四月最初の土曜日。

朝の始業時間と同時に〈清水興産〉の社屋前に数台の警察車両が停まり、腕章を巻き、白手袋をつけた私服警察官たちが大勢で正面入口に立った。

驚いて外に出た数名の社員の前に、刑事のひとりが家宅捜索令状をかざして見せた。やがてあとから姿を現した清水社長の前で、刑事が「清掃法第十一条違反、不法投棄の疑いがある」と説明した。

押し問答が少しあったものの、刑事たちは社屋の中に入った。あらかじめ申し合わせていたかのように、いくつかのグループに分かれ、経理課や社長室、事務所、さらに隣接する倉庫内にも入っていった。

警察の説明によると、岩国市内の柱野地区の山林において、大量の産業廃棄物の不法投棄が発覚し、自治体が調査を続けたところ、岩国市内の業者〈清水興産〉によるものと判明。廃棄物の中には危険な医療廃棄物や毒性の強い化学物質なども含まれ、悪質な投棄とみなされ警察に通報があった。

しかし数時間にわたる家宅捜索の結果、廃棄物の不法投棄に関する証拠が見つからず、立件は見送られた。

とはいえ〈清水興産〉にとっては、かなりの打撃だった。

彼らが輸送と呼ぶ不法投棄行為を当分、自粛せねばならず、田尻とともにその業務に携わっていたジンは、ふたりして倉庫での軽作業の担当に回された。田尻はともかく、ジンはまだ十八前だからフォークリフトの免許は取れなかったが、社屋内であれば無資格の社員も使っていたため、無免許で運転しても大目に見られていた。

仕事の配置換えとなって四日目、田尻が出社してこなくなった。

経理の大崎という若い女性に訊くと、怪我をしてしばらく休むということだった。

ジンは別の社員と組まされた。もともと倉庫担当をしていた坂巻という四十代の男性で、がっしりとした体軀に日焼けした顔。鼻の脇に大きなイボがあった。田尻と違って無口で、ジンといっしょに仕事をしていてもろくに会話がなかった。

昼は近くのラーメン屋によくいっしょに行ったが、いつも黙り込んだまま、カウンターについて定番の味噌ラーメンをすすっていた。まれにジンが何か話しかけても、坂巻は相づちを打つか、全くの無反応なことも多かった。

ある日の午後、いつものラーメン屋からの帰り道に、ジンは話しかけてみた。

「田尻さん……いつ、復帰するんですかね」

爪楊枝(つまようじ)をくわえ、作業服のまま猫背気味に歩いていた坂巻が、ポツリとこういった。

「あいつは戻らん」

「え」

隣を歩きながら、思わず坂巻の横顔を見つめた。

彼の不自然な言葉の濁し方に、ジンは不吉なものを感じた。もしや不法投棄が警察に発覚した原因は田尻にあったのではないか。酔った勢いで自分たちの仕事のことを、ホステスたちに冗談っぽく話すところを、ジンは何度か見たことがあった。

そのため、何らかの粛清を受けたのではなかろうか。

「あんまし詮索(せんさく)せんほうがええ」

「でも……」

「余計なことに首、突っ込まんで、忘れることじゃ」

ふたりは会社のゲートを抜けて、敷地に入った。

すでに午後一時を回って、倉庫作業が再開していた。ヘルメットをかぶった運転手が、壁際に積み上げられたパレットにフォークリフトを突進するように走らせ、隙間にフォークを差し込むや、それを持ち上げてクルリと反転して倉庫内に運んでいく。

坂巻は作業服の上着を脱いで、倉庫の壁に立てかけられた脚立に引っかけると、そこに置いてあった自分のヘルメットをかぶった。ジンも彼に続いて倉庫に入ろうとしたが、ふいにそれに気づいた。

会社の敷地の駐車スペース。何台かの車が停まっているところに、黒い大型車が一台。日産セドリックのようだった。ナンバープレートを見ると広島と読めた。

エンジンがアイドリング状態らしく、後ろの排気管から青い煙がかすかに洩れている。

外階段に続く社屋のドアが音を立てて開いた。

そこから出てきたのは清水社長と中川専務。ふたりに続いて長身の男が姿を現した。

灰色のスーツ姿。頰骨が突き出すように彫りの深い顔の中年男性だった。

その左の頰からこめかみの辺りにかけて、三日月のような形の白っぽい傷痕があるのに気づいた。

梶浦――。

田尻にいわれた名を思い出した。カミソリみたいに危険な男だといっていた。

男は社長たちといっしょに外階段を下りて、黒い車のところに歩み寄った。運転席のドアが開き、黒いスーツにサングラスの男が出てきて、後部座席のドアを開く。長身の男がそこに乗り込もうとして一瞬、動きを止めた。

ゆっくりと振り向いた。

男が何かに気づいたかのようにジンと視線を交わした。

「名前は？」

ふいに訊かれた。低い声だった。

うろたえていると彼がまたいった。

「なんちゅう名前かの？」

「安西……です」

仕方なく答えた。

射すくめられたかのように彼の目を見ていたジンは、それを振り払うように目を離した。しばし経ってからゆっくりと視線を戻すと、車のドアが閉まったところだった。

黒い大型車が会社の敷地から出ていく。

清水社長と中川専務は太った体を並べたまま、それが去って行くのを見送っている。

ジンもその場に立ち尽くしていた。

7

自転車の荷台に、カオルは横向きに座っている。両手はジンの腰に回されていた。彼女の頬が背中に当たっている。そのことにジンは気づいていた。

「私たち、恋人同士みたいだね」

後ろから、カオルの声が聞こえた。

ジンはなんと応えていいかわからず、黙っていた。

「やっぱしお前のその言葉が気になるのう。もしかして岩国生まれじゃないんか？」

意図的に話題を変えようとして、そんなことを訊いた。少し間があって、彼女がいった。

「沖縄の生まれなの」

「沖縄？」

「本当の名前は志良堂（しらどう）っていうの。志良堂ヨリ。志（こころざ）すに良心の良にお堂の堂。ヨリはカタカナ。なんか、おばあちゃんみたいな、変な名前でしょ」

「いや。かわいいと思うど」

「母さんは私を産んでから、すぐに病気で死んでね。父さんとふたりきりだった。父さん、米軍基地で部隊専属の通訳として働いてたんだけど、転属があって、私もいっしょに岩国に来たの」

「そうか」

「父さんも五年前に死んだ」

「なして？」

「ある晩ね、酔っ払って、基地の中でつまんない喧嘩をしたら、殴られて倒れたって話。打ち所が悪くてねえ。相手、米兵だったから、罪に問われなかったし。それで私ひとりになっちゃった」

「沖縄には帰らんかったんか？」

「あそこはいまだに日本じゃない。外国だからね。それに帰っても、親戚の顔もろくに知らないし」

「そうか……」

農協の角を曲がり、岩国基地に続く基地通りに入った。

百メートルばかり向こうを、赤と紺の浴衣姿の娘が歩いてくるのが見えた。

友沢直子だった。

抱えた洗面器に白いタオルが見えている。〈楠ノ湯〉からの帰り道なのだろう。

ジンはハッと驚いたが、ペダルをこぐ足を止めなかった。自分の腰に後ろから回されたカオルの両手を強く意識した。今さらブレーキをかけて自転車を停めたり、別の道に入ることなどできるはずもない。仕方なく、ジンはそのまま自転車を進めた。

下駄履きで路肩を歩いてくる浴衣の娘。

初めて直子のその姿を見たときと比べて、ずいぶんと大人びていた。

彼女もジンに気づいたらしい。顔の表情がわずかに変わった。目が少し見開かれたのがわかる。

が、そのまま彼女もジンの自転車のほうに向かって歩いてくる。

すれ違った。

お互いに目を合わせなかったが、彼女の姿が視界から消える寸前、ほんのちらりと、自転車の後部座席に座るカオルを見たようだ。しかしそれ以上、何の反応もなく、直子は歩き続けた。後ろ姿がやけにちっぽけだった。

ジンは唇を噛みしめながら、ペダルをこいだ。

少し走ってから、後ろからカオルの声がした。

「今の人、知ってるんでしょ」

なんて応えたらいいかわからず、ジンは黙っていた。

「あなたが付き合ってたって人？」

仕方なく、いった。「そう」

「無視しなくてもいいのに」

「じゃけど……」

それきり、ジンは何もいえなかった。


アパートに着くと、彼女に部屋に招かれた。

ジンにもわかっていた。

ドアを開き、三和土(たたき)で靴を脱いで上がり込むと、ジンは黙ってカオルの手を引き、ベッドに連れて行った。その場にカオルを乱暴に押し倒し、柔らかな体にむしゃぶりつくように彼女を抱いた。

8

翌朝、ジンが職場に出勤し、ロッカールームで作業服に着替えようとしたとき、勝俣(かつまた)という社員が彼を呼びに来た。

ジンの直属の上司である。大きな額に汗の玉を浮かべていた。

「安西。お前にお客じゃ。ちいと外に出てきてくれんか」

「俺に……」

ジンは驚いた。「誰です？」

「梶浦さんちゅう人じゃ」

勝俣が口にしたその名前に驚く。

「その人、俺に何の用ですか？」

「ええけえ、ついてこい」

問答無用とばかりに勝俣が歩き出す。選択の余地もなく、ジンも続く。

周囲で着替えていた他の社員たちが、あえてジンのほうを見ていないのがわかる。田尻のこともあって、みんななんとなくわかっているのだろう。噂は思った以上に広まるものである。

社屋の外に黒い車が待っていた。

日産セドリック。運転席にダークスーツの男が見えた。何度かここで目撃した同じ車だった。

思わず手前で足が止まる。

ふいに運転席の男が車外に出てきて回り込み、後部座席のドアが開いた。そこから長身の男が姿を現した。

灰色のスーツに黒っぽいネクタイを締め、高級そうなサングラスをかけている。そのレンズの奥にあの冷たい光を放つ目があるのは間違いなかった。

「行ってこい」

突き放すように勝俣にいわれ、仕方なく歩いた。

勝俣は踵を返すと、逃げるように社屋に戻っていく。ジンはまるでライオンの檻に入れられて、扉を閉められたような気分でゆっくりと歩を運んだ。

長身の男は肩幅に足を開き、背筋を伸ばしてすっくと立ちながら、ジンが近づくのを見ていた。

ふいに能面のような無表情さが消えたかと思うと、男が口元をつり上げた。

ジンが真正面に立つと、薄笑いを浮かべながら彼を見た。

「あらためてゆうが、榎本一家の梶浦克巳っちゅう者じゃ。安西ちゅうたかの？」

仕方なく頭を下げた。「安西仁です」

「そう、硬うなるなや。お前をどうかしようとは思うちょらんけえ、安心せえ」

梶浦と名乗った男は、自分で後部座席のドアを開けた。

「ちいと走りながら話させてくれんかの」

ジンは仕方なくそこに乗り込む。尻が沈みそうなふかふかのシートだった。梶浦が続いて乗ると、運転手の男が外からドアを閉めた。

運転手が席に戻り、エンジンをかけた。

ジンは緊張に体を硬くしたまま、車窓の外を見た。倉庫の周辺にいた職場仲間の男たちが、青い作業服に作業帽のまま、気まずそうな顔でこっちを見ている。社屋の外階段に立っているのは清水社長のようだ。太った禿げ頭で、すぐにそれとわかった。

車が滑るように走り出し、敷地の外に出た。

国道一八八号線を駅方面に向かっていた。交通量が多く、のろのろ運転だ。対向車線を黄色と青に彩られたボンネット型市営バスがすれ違う。

梶浦はスーツの内ポケットから煙草を取り出した。

「吸うか？」

「いいえ」

ジンが断ると、ふっと笑い、一本くわえてライターで火を点けた。

梶浦が差し出した青いパッケージに〈パーラメント〉と書かれていた。

「どこへ行くんですか？」

「港のほうじゃ」

くわえ煙草を揺らしながら梶浦がそういった。

「港……」

新港の近くに榎本一家の事務所があると聞いていた。

「安西仁、あの職場じゃジンっちゅうて呼ばれとるそうじゃが、俺もそう呼ばせてもろうてええか」

仕方なく頷いた。

「実はのう、うちでええ仕事があるんじゃが、受けてみる気はないか」

ジンは少し驚く。梶浦は煙草をくわえたまま、目尻に皺を寄せていた。その視線がすっとジンに向けられた。サングラスが一瞬、キラリと光った。

「俺に、ヤクザに……なれと？」

「そういうことじゃ」

彼は拇指で自分の胸を差した。「幹部推薦じゃけえ、多少の特別待遇もできるがの」

胸の動悸が収まるのを少し待った。そうして考えていた。

「どんとな仕事ですか」

「まあ、簡単なことじゃ」

そういって梶浦は愉快そうに笑う。「俺といっしょにおるだけでええ」

「あいにくと自分は女が好きです」

「そういう意味じゃない」

彼はまた笑った。「ゆうてみりゃ、アシスタントみたいなもんじゃ」

「アシスタント……ですか」

「若頭代理の俺の、そのまた代理っちゅうことじゃ。ま、金には困らせんが」

「え……」

「今の給金じゃ、なかなか食うていくのも大変じゃろうが。下っ端の組員は煙草代ぐらいしか稼げんが、お前は俺が面倒を見ちゃる。もちろん手柄を立てりゃ、幹部への道も開けるし、好きなだけ女も抱ける。ええことづくめじゃろうが」

「しかし、なんで俺なんですか。ろくに会うたこともないのに？」

するとの梶浦が口元をつり上げて笑う。

「前にもお前を見かけた。ええ目をしちょる。まるで飢えた狼みたいな目じゃと思うた。それから、あれこれとお前のことを調べさせてもろうたんじゃ。特別背任罪でパクられた親御さんのことはともかく、お前はあの杉坂晃のダチじゃったんじゃのう？」

だしぬけにそんなことをいわれてジンは驚く。

「桜会の笠岡さんに何発も撃ち込んで殺したそうじゃが？」

「俺には関係ないです。だいいち、あいつは何年も刑を喰らって、しばらく出てこんですけえ」

「お前があいつと同じ立場じゃったらどうするね？　笠岡さんを許せるか？」

答えられなかった。

梶浦はサングラス越しにジンをじっと見つめている。仕方なく視線を逸らした。

「お前のその目にはのう、狂気の火が点っちょる。俺の若い頃を思い出すんよ」

そういって口から煙草をつまみとり、煙を細く吹いた。

その指に銀色の大きな指輪がふたつ。ひとつは青や赤の小さな宝石がはめ込まれている。こめかみ辺りから頬にかけて、白っぽい傷痕が細長い三日月型に浮かび上がっていた。

榎本一家は表向き〈新港(しんみなと)産業〉という名の会社だった。

組長の榎本康三は社長であり、名刺では梶浦はそこの専務という肩書きだった。もっともそも何業なのか、何をやっているのかもわからない会社で、いわゆるヤクザ稼業以外のなにものでもないと、梶浦は笑いながらジンにいった。

地下駐車場のスロープに車が滑り込み、停車した。

ジンはそこで降ろされた。駐車場には数台の車、いずれもベンツなどの高級外車ばかりだ。コンクリの天井には監視カメラが数カ所設置されていた。

待っていた若い組員が二名、梶浦に頭を下げる。ジンや運転手を含めて全員が狭い通路を歩き、突き当たりにあったエレベーターに入ると、組員のひとりがスイッチを入れて扉を開ける。ガタガタと不吉な音を立てながら、エレベーターの箱がゆっくりと上昇した。

梶浦や他の組員たちは、ずっと黙っていた。

誰も、あえてジンに目を向けず、それがなんだか気味悪く思えた。

エレベーターが停まり、扉が開く。

そこもやはり、人ひとりがやっと通れるほどの狭い通路になっていた。二度、三度と直角に折れるから、まるで迷路のようだ。そこを歩かされながら、ジンはなるほどと思った。いざ、ヤクザ同士の出入りがあったとき、通路が広ければ攻め込む側に有利になる。戦国時代の城下町の発想と同じである。

突き当たりに豪華な木製の扉があり、全員がその前で立ち止まる。

ドアには〈本部〉と書かれた大きなパネルがはめ込まれている。

「若頭代理が戻られました」

ドアを開いて若い組員のひとりが中に声をかけた。

先に室内に入った梶浦がジンを招く。ジンに続いて若い衆も入ってきた。

広い部屋だった。

大きな窓が二面にあり、それぞれ鉄線が交差しながらガラスに入っている。

足元は高級そうな手織りのカーペットで、靴底が埋まりそうに柔らかい。向かいの壁には大きな額縁。〈任侠道〉と揮毫され、傍に神棚がかざられている。その下には大小ふた振りの日本刀が架台に横たえられている。

手前にはガラステーブルを挟んで高級そうなソファや長椅子が並ぶ。

そこにいかにもヤクザ然としたスーツ姿の男たちが数名。煙草を吹かしている。彼らの後ろには、白いツナギを着た若衆たちが壁際に立って並んでいる。

いちばん奥の大きなソファに、純白のスーツを着た初老の男が足を組んで座っていた。額はかなり禿げ上がっていたが、細く剃り込んだ口髭と切れ長の目に凄みがある。

「組長。安西……仁です」

梶浦がジンを紹介すると、彼が頷く。

「よう来てくれたのう。わしが榎本康三じゃ」

ソファで足を組んだまま、組長がそう名乗った。

黙っていると、横に立った梶浦に脇を小突かれた。「組長に挨拶せんか」

ジンは緊張で硬直していたが、自分の気持ちを変えるつもりはなかった。

「せっかくのお誘いですが……」

声が震えそうになるのを堪えた。「俺……組に入る気持ちはありません」

「なんじゃ、こらぁ！」

幹部たちがいっせいに立ち上がった。

鋭い視線が怒気とともに突き刺さるようだった。

しかしジンはたじろがなかった。ビビっていないといえば嘘になる。だが、弱さを見せるつもりはなかった。ここで半殺しにされようが、いや、殺されてしまおうが、自分を絶対に曲げないと、車の中で思っていた。

金になるといわれ、少し迷ったことはたしかだ。だが、ヤクザの下っ端になるつもりはなかった。それはきっとアキラのことが頭の中にあったからだ。

墨田清作が生きていれば、アキラもいずれその世界に入ったかもしれない。しかし、頼りにしていた清作は彼の母とともに死に、アキラは道を見失った。彼はふたりの報復を遂げるとともに、自分自身の未来も閉ざしたのだ。

そんなアキラが行きそびれたヤクザの世界に行くつもりはなかった。

「組長に向かって何ちゅうことをゆうちょるんか」

色つき眼鏡をかけた短髪の男が、恰幅のいい肩を揺らしてジンの前に歩いてきた。

「即刻、詫びを入れんとただじゃすまんど」

すると梶浦が素早く動き、ジンと彼の前に立った。

「こいつを気に入ったのは俺ですけえ。責任は俺が取ります」

その言葉にジンは少し驚いた。

「莫迦たれが。お前の指もろうてどうするんじゃ」

色つき眼鏡の男が怒鳴ったときだった。

「もうええ」

背後から組長の声がして、幹部たちがいっせいに振り向いた。

大きな長椅子から立ち上がった組長が、神棚の近くにある架台から日本刀をひと振りつかんで、ゆっくりとジンの前に歩いてきた。

る。

　鞘からスラリと本身を抜いた。

　その切っ先をジンの顔に突きつけた。刀の先が鼻に触れそうだった。

　しかしジンは目を逸らしもせず、組長の顔を見ていた。組長もジンをにらみつけている。

　幾多の修羅場をくぐっただろうヤクザの迫力が、切れ長の目の奥から炎のように吹き付けてきた。が、ジンは耐えた。足が震えているのは自覚しているが、両手の拳を力いっぱい握っていた。爪が掌に食い込んでいた。

　突如、組長が刀をすっと下げた。馴れた手つきで手元に戻すと、それを鞘に収めて若衆のほうに向ける。白ツナギの若衆が素早くやってきて頭を下げ、組長の手から刀を授かると、それを壁際の架台に戻しにいった。

「梶浦が見込んだだけのことはある。度胸はいっぱしじゃのう」

　そういって榎本組長が笑い始めた。それをジンは唖然として見ている。

「なんべんかやったが、これでションベン洩らさんかったのは初めてじゃ。こんなぁは、いつか大物になる器じゃろうて」

　そういうと榎本組長は自分のソファに戻り、ドッカと座り込んだ。煙草をくわえたとたん、若衆のひとりがやってきて一礼をし、ライターで火を点けた。

　他の幹部たちがぞろぞろと元の椅子に座り始めた。

「梶浦。そいつを家まで送っちゃれ」

組長にいわれて、梶浦が頭を下げた。

彼がジンの腕をつかむ。ふたりで部屋から出ようとしたとき、背後からまた組長の声がした。

――いつでも事務所に来い。歓迎しちゃるけぇ。

背後でドアが閉められた。

梶浦が前を歩き、ジンはその後ろ姿を見ながら、狭苦しい通路を歩いた。

9

五月になって、ジンは〈清水興産〉を辞めた。

彼は、榎本一家の構成員のひとりとして組で仕事(シノギ)をするようになっていた。

梶浦と会って以来、社員たちがジンを特別な目で見るようになっていた。同僚も上司すらも、怯(おび)えたような視線を彼に投げる。だから、けっきょく職場に居づらくなってしまったのだった。

堅気からアウトローになることへの抵抗が、いつしかなくなっていた。

もちろんアキラのことはずっと脳裡にあった。ところが、あいつのことを考えれば考えるほど、鏡のようにそこに映り込む自分が見えてくるのである。アキラがたどろうとしていた道が今、目の前にあった。

いつまでもまっとうな人生を歩めるような気はしなかった。彼が棄てた拳銃を手にしたときから、こうなるような予感があった。

梶浦は若頭代理という役職から、組長の直下である若頭に出世していた。

その付き人として、ほぼ二十四時間、彼と行動をともにしていた。十八歳になったばかりで、まだ自動車の免許は取っていなかったが、組員たちにしごかれて嫌でも運転を覚えた。無免許で運転しているうちに筋がいいと認められ、たまに梶浦が乗るセドリックの運転もするようになった。

いい服も買ってもらえた。ふつう幹部の付き人となる下っ端ヤクザはメリヤスなどの安い服がほとんどだが、上級幹部のお付きなら見栄が大事と、生まれて初めて高級なバーバリーのスーツとチャーチの革靴で身を固めることになった。お気に入りとなった細身のサングラスもグッチだった。

梶浦は高級幹部だけあって、所有するスーツはほとんどがアルマーニだった。いつも金のネックレスをつけ、セリーヌのベルトを巻き、いつもピカピカに磨かれている革靴はマドラス。腕時計はロレックス。煙草は決まってパーラメントだ。

ジンは相変わらず喫煙はしないが、兄貴のためにデュポンの高級なライターを所持していた。

梶浦が煙草をくわえたら、すかさず頭を下げ、火を点けねばならない。

むろんヤクザだから給料は出ない。しかし、梶浦は犬に褒美の餌を放るように、まめにジンにチップをくれた。

たいてい一万円札だった。

毎月末になると、まとまった金額を母親宛てに現金書留で送った。

何カ月もの間、梶浦という男に従っているうちに、彼の善し悪しが見えてきた。

見た目ほど怖い人物ではないと思ったが、やはり底知れぬ不気味さがたまに垣間見えることもある。いくら酒に酔っても、梶浦が自分の過去について語ることはいっさいなかったし、今現在の自分自身についてもほとんど何も話さなかった。ただ、あらかじめ決められていたようなスケジュールに従って、多忙な日々を送っていた。

榎本組長は異常なまでのゴルフ好きで、梶浦がいっしょのときは必ずジンも付き従っていた。プレー中のサポートはキャディの仕事だからとくにやることもないのだが、ゴルフ場を歩く梶浦に常に従い、おかげで顔が真っ黒に日焼けしていた。

休める日はなかった。とにかく四六時中、梶浦といっしょにいなければならなかった。

本人がいったように性的嗜好がノーマルなのはありがたかった。

梶浦はあちこちに女を囲っていたし、マンションの部屋やホテルでセックスするときも、その間、ジンは黙って表で待っていなければならなかった。広島に行って桜会の会長と面会したり、幹部たちと会食することもあったが、そういう場でもジンは宴会の場の外で待たされた。

そんなわけで、この半年、ジンは家に帰らなかった。

ノンタの見舞いも、あれきり行ってない。

岩国という狭い地方都市で、新興勢力の榎本一家はもともとこの街にあった尾方組に対抗していたが、さいわいまだ衝突はなかった。小競(こぜ)り合いすらもなく、たまに組員同士が街で遭うと、にらみ合いをしてすれ違うぐらいのことだった。

それでもいつかまた勃発するだろう戦争に対しての準備は怠らなかった。

その年の八月、ジンの父、安西幸夫が出所した。

そのことをジンはすっかり忘れていた。

10

八月の終わり――。

ノンタこと野田哲太は国病のベッドの上で目を覚ました。

最後に見ていた夢。

それは蒸気機関車の夢だった。

ノンタは煙を高く噴き上げながら、目の前を走り抜ける巨大な鉄の塊のような機関車を見ていた。

重たい車体が鉄路を踏みしめる音。レールが軋む音。怪獣の吐息のような蒸気が、断続的にシュッシュと洩れて、白煙をまとう機関車が轟然と駆け抜けていった。

そして汽笛。

まるで慟哭のようなその音色が、何度も繰り返され、谺となって心に残っている。

そうして彼は眠りの闇の底から、無理に引きずり出された。

ふだんのような眠りからの帰還と違って、それは異様な覚醒だった。視力はほとんどなく、声も発せなかった。体は金縛りに遭ったように動かなかった。

瞼だけは動いたので、何度か目をしばたたいた。

やがて少しずつ視力が回復してきた。

無機質な天井。カーテンの掛かった窓。焦点の合わない視界でいろいろなものを捉えているうちに、自分が誰で、どういう人生を歩んできたか――そんな記憶が少しずつよみがえってきた。

ドアが開き、真っ白なシーツを抱えて病室に入ってきた若い看護婦がベッドの横に立ったとき、ノンタは声をかけた。

——ここは、どこですか？

一瞬後、看護婦は悲鳴を上げた。

病室のリノリウムの床にシーツを落としたことにも気づかず、あわてふためいた様子で外の廊下に駆け出していった。

ノンタは不思議に思った。

眠りから覚めて、ここはどこかと訊いただけなのに、どうしてあの人はまるで〝死人が生き返った姿を見た〟ようなパニック状態で、この部屋を出て行ったのだろうか。

やがて外に乱雑な足音がして、白衣の数人が入ってきた。

彼ら全員が医者や看護婦だと気づいたとき、ノンタはようやく理解した。

そうだった。

自分は交通事故に遭ったのだ。だから、こうして入院しているのだ。

手足を確かめた。骨は折れてない。関節も動く。両手の指もすべてそろっていた。それどころかかすり傷ひとつない。きっと幸運だったのだ。

ただし、体が——重たい。まるで全身が鉛で覆われているようだ。

しかもひどく喉が渇いていた。

身をかがめて自分の顔を見つめる白衣の中年男性に、ノンタはこういった。

「すみません……水を……ください」

老人のようにしゃがれた声に、自分で驚いた。

自分自身が長期間の昏睡に陥っていたことは、二時間後に病室に駆けつけてきた両親から聞かされた。

それを息子に告げるかどうか、タクシーの中で親たちは迷っていたらしい。しかし、いずれは話さねばならぬことと決心し、父親がそのことを口にした。

二年間。

その長すぎる時間、自分はずっと眠り続けていたのだと、ノンタは知った。

11

十二月が来ていた。昭和四十二年もそろそろ終わろうとしていた。

ひどく寒い夜だった。

日の出町（ひのでまち）という海に面した地区。倉庫街が連なる港湾から望む真っ暗な水面（みなも）に、月が映り込んで揺れている。冷たい風が腐ったヘドロと重油の臭いを運んでくる。スーツの上に厚手のコートを着込んでいるのに、背筋に震えが来そうになる。

見上げると、月齢五日の三日月があった。

こんな月を見るたび、ジンは梶浦の横顔にくっきりと残る傷痕を連想する。

その梶浦が彼の隣に立っていた。

黒いコートの襟を立てている。さらに周囲に立っている背広姿の男たちがふたり、梶浦を含め、いずれも煙草を吸っている。三つの赤い光が闇に浮かぶように見えていた。相変わらず、ジンだけは吸わない。

埠頭の手前に、彼らが乗ってきた黒塗りのセドリックが停めてあった。

運転手はジンだ。

取引相手との約束の時間は午後十一時ちょうど。まだ十五分以上、時間があった。

米軍基地から流れてくる銃器や麻薬などの密売である。今日はヘロインだと聞いた。

前々からジンはそんなシノギがあることを聞かされていたが、実際にこうして立ち会うのは初めてだった。こうした取引現場に若頭が直々に出向くことはまずないのだが、今回は特別な取引なのだという。

「ジン。こいつを持っちょってくれんか」

傍らに立つ梶浦がふいにいった。

見ると、黒い拳銃を彼が背広の下から取り出したところだった。銃身の長いリボルバーである。それを受け取った。重たい。よく磨かれた回転弾倉に、月の光が一瞬、当たってギラッと冷たく光った。

「なしてですか？」と、訊いた。

「相手を安心させるためじゃ」

「梶浦さん。しかし丸腰でいいんですか」

「いざとなったらお前が撃て」

「俺が……？」

梶浦は冷ややかな目を細め、かすかに笑った。

「道具扱うの、初めてじゃなかろうが」

「え」

彼の口角がさらに吊り上がった。

「お前の手つきは素人じゃない」

今まで梶浦の所持する拳銃を渡され、何度か分解掃除などをしてきた。その扱いをどうやら見られていたらしい。

「実弾を撃ったことは？」

首を振った。

「ほいじゃあ、今夜が初めてになるかものう」

「まさか……これから、そんなことになるんですか？」

梶浦は煙草をくわえたまま、先端を赤く光らせた。煙を吐いてから、いった。

「どうも嫌な予感がする。こういう予感はの、だいたい当たるんじゃ」

その言葉にジンはゾッとした。

そのとき、車の排気音がかすかに聞こえた。さらにタイヤが砂利を踏みつける音も聞こえてきた。

ジンたちが振り向くと同時に、百メートルぐらい先にある倉庫の向こうから、ヘッドライトをぎらつかせて一台の車両が姿を現した。独特のエンジン音。基地の街に住んでいると、ジープの音はすぐにそれとわかる。

呆然と立っているジンのすぐ前に、それは停止した。

オープンの車内にヘルメットをかぶった人影がふたつ。すぐに車体の左右に降り立った。

迷彩柄の上下に編み上げのブーツ。どちらも米兵であった。

「車の中に入っちょれ」

梶浦にいわれ、ジンはゆっくりと後退した。代わりに手下のヤクザたち二名が梶浦とともにGIたちのほうに向かって歩き出す。ヤクザのひとりが片手に大きなボストンバッグを持っている。

ジンはセドリックの運転席のドアを開け、車内に入った。車窓を下ろし、彼らの様子をうかがった。

「ミスタ・カジウラだな」

右にいるやや小柄な兵士がいった。日本語が使えると思ったら東洋系の顔をしている。左の兵士は長身の白人だった。

「アーノルド・ナカヤマ軍曹。お題目は抜きで取引したい」

東洋系の兵士が頷く。

白人兵がジープの中からアタッシェケースを取り出した。それを梶浦の前で開けてみせる。白いものが詰まったビニール袋がいくつも中に入っているのが見えた。ヘロインのようだ。

「品質と純度は保証する。そっちのマネーを見せろ」

ナカヤマという日系人の兵士がいった。

「いいとも」

梶浦に促され、ヤクザのひとりがボストンバッグを開いた。

そのとたん、別のエンジン音がかまびすしく轟いた。

梶浦やヤクザたちがハッとそっちを見ると、別のジープがヘッドライトを点(とも)しながら倉庫の向こうから走り出してきた。さらにもう一台。どちらもいらだたしげな排気音を立てて、彼らに向かって疾走してくる。

先頭車両にふたり。運転席のヘルメットに白い文字で〈M(ミリタリー)・P(ポリス)〉と読めた。

——No use your resisting！

拡声器の男の声。無駄な抵抗はやめろという意味だ。

「騙したな」

梶浦がいった。

「お前たちとの取引は今夜限りだ」と、ナカヤマがいい、下品な含み笑いを浮かべた。

二台のジープが目の前に停まり、ＭＰたちが拳銃を握って車から降りた。

長いカービン銃をかまえている兵もいる。

彼我の間は十メートル近くあった。しかし訓練を受けた兵士なら、梶浦たちを倒すのに造作もないだろう。

「武器を棄てろ！」

ナカヤマが叫んだ。

梶浦が傍に立つふたりに頷く。

ヤクザたちは背広の下に隠していた拳銃を抜き、そっと足元に下ろした。

「カジウラ、お前もだ！」

「持っちょらんよ」

そういって梶浦はコートを脱ぎ、上着の前をめくってみせた。

「オーケイ。金をこっちによこせ」

ナカヤマの言葉に梶浦がわざとらしく首を傾げた。

「おかしいの。俺ら、逮捕されるんと違うんか」

「ノー、ミスタ・カジウラ。逮捕はない。我々がダーティな商売をしていたことを他に知られたくないんでね。だから、ここで死んでもらう」

その言葉を聞いた瞬間、ジンは決心した。

車のハンドルの付け根にあるイグニションのキーをひねった。セドリックがけたたましい排気音を放ち、車体が振動する。ナカヤマや他の兵士たちがあっけにとられた顔でこっちを見た。

ジンはクラッチをつなぎ、車を出した。

ハンドルを切りながら大きくカーブさせると、梶浦たちのほうに向かって走らせる。梶浦が肩越しに振り向いた。他のヤクザたちも驚いた顔で振り返っている。

ジンは猛スピードで梶浦たちをかすめるように走らせざま、ハンドルを思い切り回してブレーキを踏む。タイヤが悲鳴を上げ、梶浦たちのすぐ前で車が横向きに停まった。

梶浦らを狙うGIたちの火線が、見事に遮られたかたちになっている。

「早く乗ってください！」

ジンが運転席から叫んだ。

梶浦から預かった拳銃を助手席から拾うと、車窓越しに外に向けた。

MPたちのジープのタイヤを狙った。

思い切って引鉄を引く。耳をつんざく銃声とともに青白い銃火が闇を裂いた。

至近距離だったにもかかわらず、一発目は外れた。車体に派手な火花が飛んだ。が、二発目が命中し、たちまちジープがかしいだ。三発目も二台目のジープのタイヤを貫通する。

残る三発を、ナカヤマたちのジープに向けて立て続けにぶっ放した。

三台目のジープもタイヤを貫かれたようだ。

ジンは自分が冷静なのに気づいた。恐怖もなく、興奮もない。心が冷めていた。

梶浦が助手席、そして二名のヤクザたちがセドリックの後部座席に乗り込んできた。

ジンはアクセルを踏みつけた。

タイヤを鳴らしてセドリックが急発進する。

ミラーに銃をかまえる米兵たちの姿が映っていた。

「伏せて！」

叫びざま、ジンは自分も姿勢を低くした。

GIたちが発砲した。銃弾が車体に食い込む衝撃。リアウインドウとフロントウインドウが粉々に砕けた。数発の銃弾が唸(うな)りながら、車内を前方に抜けた。タイヤをやられたらアウトだが、幸い命中しなかったようだ。

ジンは海沿いのコンクリの堤防に沿って車を走らせた。

何度もミラーを見るが、追っ手の車はない。

時速七十キロ。

フロントウインドウの大きな孔から、風が鋭い音を立てて車内に入ってくる。無数のガラス片が髪の毛の中に入り、ときおりポロポロと音を立てて周囲に落ちる。

全員が無言だった。

ただ、風の音だけが続いていた。

そしてひどい耳鳴り。最前の銃声が鼓膜にダメージを与えていた。

新港の倉庫街を右手に見ながら走り、貯木場を行き過ぎたところにある交差点で市街地のほうに折れた。そのまま工場街の間を通り、やがて県道に出た。

前方に赤信号を見つけて、ジンはブレーキを踏んだ。

停止したセドリックをアイドリングさせながら、ジンはふうっと長い吐息を洩らした。ハンドルを握る手がひどく汗ばんでいた。いや、真冬だというのに顔もびしょ濡れだ。奥歯がカチカチと鳴っている。躰が震えているのだった。

ふいに肩を叩かれ、ハッと顔を上げる。

梶浦が助手席からジンを見ていた。

「命を救われたのう」

そういって彼は歯を見せて笑った。

12

カオルに自転車を借りて、国道一八八号線を南に向かって走らせた。

黒磯町の海が見える高台にある国病。

ジンが梶浦からもらえた、初めての休日だった。

坂道を立ちこぎで上り、久しぶりに来た駐車場に自転車を停めて、瀬戸内の海を見ながら目を細めた。カオルと自転車にふたり乗りをして、直子とすれ違った記憶も、すでにずいぶん昔のことのように思えた。

正面入口から入り、待合室のロビーを抜けた。

最後にノンタの見舞いに来てから半年が経つ。〈清水興産〉に退職願を出した日の午後、ここを訪れたのが最後だった。もしかしたら病室が移動になっているかもしれないと思い、受付カウンターでノンタのことを訊ねた。

中年の看護婦が内線を入れて調べてくれ、やがて彼女の口から出たのは意外な言葉だった。

「野田哲太さんは、だいぶ前に退院されておられますね」

唐突な言葉にジンは驚いた。「退院？」

「もう二カ月になります」

「何かの間違いじゃないですか」

「いいえ。たしかです」

だったら、ノンタは長い昏睡から目覚めたというのか。

「何しろねえ、あの子は二年も長いこと植物状態じゃったけえ、体を戻すのにだいぶ苦労されちょってみたいでしたけど。ここで二カ月ほどリハビリを頑張られて、なんとか車椅子の生活ができるまで回復しとられました。まだ若かったけえ、よかったんでしょうねえ」

さすがに長期昏睡の患者は珍しかったのだろう。すぐにノンタのことを思い出したらしく、笑いながら看護婦はそういった。

今は岩国市内にあるリハビリ専門の別の施設に入っているという。

その施設の名前も教えてもらえた。

テキパキとした口調で彼に伝えた看護婦は、すぐ次の見舞客への対応を始めた。しかしジンはしばし、その場にぼうっと立ち尽くしていた。

拍子抜けした気分だった。

素直に喜んでいいのかどうか。それすらもわからない。何しろノンタが目を覚ましたところを自分の目で見ていないのだから、どうにもピンとこないのである。

病院を出て駐車場の片隅に置いていた自転車のところに行き、遠くに見える瀬戸内の海を眺めているうちに、複雑な感情がわいてきた。

二年もの間、あいつは眠りながら、いったいどんな夢を見ていたのだろう。

積もる話もあった。ノンタに会いたかった。

だが――。

今の自分の身上をノンタに向かって告げる勇気がなかった。

あのとき、お互いの夢を語り合い、平家山の大きな樫(かし)の朽ち木にナイフを使って三人の名前を刻んだ。そして三十年後にまた会おうと約束し合った。

あのときの俺たちには希望があった。

しかしアキラは服役中だし、自分はヤクザになってしまった。

ふたりの将来――船乗りになる夢もミュージシャンになることも、いずれもかなわなかった。それぞれ誤った道を選んでしまったのだ。

冬の海。

茫漠(ぼうばく)と広がる黒っぽい海原(うなばら)に、無数の白いウサギが群れ飛ぶように、波が牙を剝いていた。海鳥たちが風に舞いながら、かすんだ空を飛び交っている。

13

翌年、昭和四十三年五月、ジンは十九歳になった。

自分の誕生日のことを、彼は周囲の誰にもいわなかった。何歳になろうが、それはおのれの人生には関係ないことだった。ましてや他人など。

何か変化があったとすれば教習所に通い、車の普通免許を取ったぐらいのことだ。

相変わらず、梶浦に付き従い、彼と行動をともにする毎日だった。

待遇は格段によくなっていた。あの夜の〝手柄〟のためだった。梶浦のみならず、他の幹部や組長からも信頼を勝ち取ったのである。

榎本一家のヤクザとして生きるようになって、もう一年が経っていた。以前ほど兄貴分の梶浦にピッタリついていなくてもよくなったため、時間がとれると決まってボクシングジムに通い、体を鍛えた。

身長は一八〇センチ。体重は七十キロ。

筋肉質で引き締まった精悍な体だった。

十九歳には見えない大人の風格があった。

煙草は相変わらず吸わないが、酒はよく飲んだ。梶浦とともに毎晩のように遅くまで飲み歩き、ときとして朝帰りもあった。しかし宿酔にはならなかった。アルコールに耐性がついて、いくら飲んでも深酔いしなくなっていたのだ。

それでもヤクザだから、トラブルは頻繁に舞い込んできた。

縄張りを歩いてあちこちの店などからみかじめ料を取る。が、素直に払わないときは実力行使に出る。口で脅すだけではなく、ときとして荒事もある。そんなとき、ジンの鍛え抜いた体が役立った。逆らって殴りかかってくる相手に二、三発も拳を叩き込めば、たいていはおとなしくなった。

梶浦は自分では決して手を出さず、いつも離れたところから彼の荒事を見ていた。

アキラの拳銃は肌身離さず携行していた。

弾丸をフル装弾した予備弾倉とともに、拳銃を腰のホルスターに入れていた。

革製のホルスターや分解掃除のための専用ツールは、米軍基地周辺の軍用品を扱うサープラスショップで入手できた。弾倉すらも合法的に売られていた。

人目につかない場所で、ジンは操作の練習をした。ホルスターから抜き、標的にポイントする動作を繰り返す。スライドを素早く操作する手さばきが上達した。

空弾倉をグリップから落としながら、同時に予備弾倉に交換する。拇指でストッパーを操作してスライドを閉鎖し、初弾を装塡する——そんな一連の動きが流れるようにできるようになった。

右手にしっくりとなじんだグリップ。小さなトリガーガードの中の三日月型の引鉄をどこまで絞り込めば撃鉄が落ちるか。そのタイミングを覚えた。フレームにがっちりと食い込んでいるのに、手をかければスムーズに前後に動くスライド。重量一キロを超える鋼鉄の塊——大型拳銃GIコルトは、今ではジンの手の一部のようだ。

アキラの店にこの拳銃を持ち込んだ米兵は、おそらくこれをベトナムで使用していたはずだ。前に墨田清作がいっていたらしいが、すでにその段階で何人か殺していたのかもしれない。その呪いのようなものが、黒光りするGIコルトから漂っているような気がした。

ジンはその妖気(ようき)に憑(とりつ)かれていた。

ベトナムではアメリカ軍と北ベトナムの戦争がさらに泥沼化していた。

一月末には北ベトナム軍と南ベトナム解放民族戦線のゲリラ部隊が南ベトナム軍および米軍に対していっせいに大規模な攻撃をくわえ、テト攻勢と呼ばれた。

米陸軍歩兵部隊の小隊が無抵抗の村民およそ五百人を虐殺する、いわゆるソンミ村虐殺事件が三月に発生し、それをきっかけにアメリカ国内では学生たちを中心とした反戦運動が激化し、日本の学生運動にも飛び火する。

しかし北ベトナムの支援を受けた南ベトナム解放民族戦線のゲリラ兵たちによる一般市

民への虐殺も発生、フエ事件と呼ばれていた。

この年、アメリカでは大統領選挙があり、民主党の代表予備選で有力だったロバート・ケネディが暗殺された。反戦運動の旗手であったマーティン・ルーサー・キング牧師が暗殺されたのもこの時期である。

一方、北ベトナムをともに支援していたソビエト連邦との関係が悪化し始めた中国では、相変わらず文化大革命が猛威を振るい、国をあげての狂乱状態が続いていた。

ノンタこと野田哲太は南岩国に新しくできたばかりのリハビリテーション専門の施設で、毎日のように歩行訓練をしていた。最初は車椅子だったが、やがて半年が過ぎる頃、少しずつ歩けるようになり、今では短い距離ならば松葉杖(づえ)を使って歩けるまで回復している。

不思議なことに、あの長い昏睡から覚めると、ノンタは自分自身がずいぶんと変わっていたことに気づいた。それまで典型的な肥満体型の少年だったのが、二年の眠りの間に別人のように痩せ細ったのは仕方ないとして、あれだけ自分を悩ませていた吃音(きつおん)がまったくなくなっていた。

眠っている間に体質がいろいろと変化していたようだ。

声変わりもあって、今はすっかり大人の声だった。

そしてアキラは――岩国少年刑務所で服役の日々を過ごしていた。

14

八月の終わりになって、ノンタはようやく自宅に戻ることができた。

およそ十カ月にわたる長期のリハビリの成果が出て、松葉杖の介助なくして自力歩行ができるようになったし、トイレや入浴など日常生活にはほとんど支障がなくなっていた。

ただ、歩き方がやや不自然だった。二カ所の足の骨折のうち、右大腿骨の手術でボルトが入っていた。腰骨のほうも整形が不充分なままだった。意識的にしゃんと歩けばいいのだが、気を抜くと少し足を引きずるような歩き方になってしまう。

自宅療養とはいえ、リハビリの施設には三日に一度は通い、歩行などのトレーニングを続けた。

そうしてまた年が過ぎ、昭和四十四年の一月。

ノンタは十九歳になった。

高校は交通事故以来、休学扱いだったが、けっきょく退学届を出した。もう一度、母校に行き直すよりも、働きながら定時制か通信で卒業しようと思い、後者を選んだ。

岩国駅前のデパートで配達助手の仕事をしながら、通信教育で勉強を続けた。

アキラとジンのことは忘れていなかった。

何度か、自転車あるいは徒歩で基地通りにあるアキラの家の前を通った。しかし〈BAR EDEN〉というネオン看板は点らぬまま埃をかぶっていたし、アキラの部屋である三階の窓はピッタリ閉じられ、カーテンが閉まったままだった。

一度だけ、ジンの姿を見かけたことがある。

いや、本人だという確証はなく、それらしい人物——背が高く、ポマードで髪をオールバックに固めた若い男が、ヤクザっぽい派手なファッションで、水商売っぽい娘とふたりして歩いていた。ノンタはあわてて電信柱の陰に隠れて、ふたりをやり過ごしていた。なぜ、そうしたのか自分でもわからない。

あの頃のようにでっぷりと太った体型ではないし、たとえ間近から見られても、自分だと気づかれなかったのではないか。あとになって、そのことに気づいたのだった。

二年にわたる長い眠り。

そのときに、何度かジンの夢を見たような気がする。

彼は当時の姿のまま、穏やかな様子で自分にずっと語りかけてくれていた。母親や世話になった看護婦たちの話だと、ジンは何度も病室に足を運んでくれていたそうだ。だから昏睡状態のままそれを意識して、ジンの姿が夢の中に出ていたのかもしれない。

自分自身はあの交通事故（ほとんど、当時の記憶はないのだが）に遭って以来、人生ががらりと変わってしまったが、ジンも、そしてアキラもきっと今は、どこか別の場所で彼らの人生を生きているに違いない。

いつまでもあのときのままでいられるはずがない。

もうひとつ。

長い眠りの間、何度となく夢に見た場所があった。

それはあの平家山だった。

自分とアキラとジン。三人であの山のてっぺんに登り、夢を語り合い、大きな樫の朽ち木に夢を込めて三人の名をナイフで刻み込んだ。

汽笛が鳴っていた。

濃い灰色の煙を引きながら、蒸気機関車が線路を走っていた。三人でそれを見下ろしていた。その汽笛の音がいつまでも耳の中で残響となっている。

あの機関車は彼らをどこかに連れて行ってくれるはずだったのではないだろうか。

今、あそこに行けば、まだあの朽ち木はあるのだろうか。

自分たちの名前は今も残っているのだろうか?

ある日、ノンタはたまたま街で見かけた〈警察官募集〉のポスターに目をとめた。

足を止めてしばし見入っていた。

自分がテレビで活躍する刑事のようになるのが夢だったことを、あらためて思い出した。その思いはまだ彼の心の中に残っていた。

ポスターに書かれていた電話番号にかけてみた。警察学校の在学十カ月の間は、完全な寮生活のため、通信制高校の月に数回のスクーリングに出ることができないが、警察官として配属されたらそれも可能だということがわかり、そのコースを選んでみることにした。

警察署に行ってもらってきた資料を見ると、山口県警の警察官の採用試験は大卒がAクラス、それ以外はBクラスと呼ばれ、受付は七月から八月にかけて、それから九月に一次試験、十月に二次試験があり、十二月に最終合格発表が出される。

それを目標に、試験合格を目指して勉強をしていくことにした。筆記試験とともに体力試験もあるため、体も鍛えていかねばならない。

今の自分は長い昏睡による運動不足で体力が極端に低下していて、骨と皮ばかりの体型になっていた。リハビリを終える頃には食欲もすっかり戻っていたが、身長が一六五センチで体重は五二キロ。もっと筋肉をつけねばと思って食生活を変え、ランニングを日課とした。

足腰の不具合も、その頃にはずいぶん良くなっていた。

最初は近所を軽く走ってみた。

衰えていた筋肉はリハビリでだいぶ回復していたが、やはり走ると応える。心肺機能もかなり衰えていた。それでも数百メートルの往復から町内一周へ。一キロ、二キロと距離を伸ばしていった。だんだんと楽に走れるようになってきた。

毎朝、起床して走り、デパートの仕事が終わった夕刻にも走った。

三角州となった川下地区をぐるりと一周すると、おおよそ五キロの道のり。それを四十分ぐらいで一周できる。日曜日などは時間があるため、門前川の対岸や反対の今津川の向こうまで足を延ばすこともあった。

15

七月最初の土曜日の夜。

ジンは久しぶりにひとりで川下の基地通りを歩いていた。

薄手のサマースーツの下は真っ赤なアロハシャツ。サングラスをかけ、よく磨かれた革靴を鳴らしながら往来をゆくと、たまに顔見知りから声がかかる。たいていは街娼の女たちだった。

この辺りは昔から尾方組の縄張りだが、ジンはかまわず足を運ぶ。

もともと自分が暮らしていた街だからだ。

あちらの組員と鉢合わせになることが何度かあった。ジンは梶浦と行動をともにしていたため、すっかり向こうに顔を知られていた。しかしだからといって一触即発の喧嘩が起こるわけではない。

川下戦争と呼ばれた派手な抗争が鎮静化して以来、双方は冷戦状態となっていた。たがいに牽制(けんせい)はし合うものの、実際に手を出すと、それをきっかけにふたたび戦争が勃発しかねない。双方、そのことがよくわかっていたからだ。

基地の正面ゲートに近い場所、雑居ビルの一階に〈シーキャンプ〉という新しいバーができた。

カウンターにいくつかストゥールが並び、テーブル席は三つ。薄暗くてウナギの寝床のように狭い店だが、とにかく静かに飲める店だった。ウイスキーなど、洋酒を中心としたメニューで、希少なバーボンやスコッチなどのボトルも棚に並んでいた。

マスターは痩せ細った三十代半ばぐらいの男で、顔の彫りが深く、鋭い目をしていた。パリッと糊(のり)のきいた白のワイシャツに蝶(ちょう)ネクタイ。無口で会話はほぼなく、注文に頷いては酒や軽いつまみを出す。

常連客たちに「キムさん」と呼ばれていた。木村(きむら)という名なのかもしれないし、言葉に少し訛(なま)りがあるため、もしかしたら韓国か朝鮮系の人間かもしれない。が、ジンにとって、そんなことはどうでもよかった。

客のほとんどが基地関係の外国人だったが、喧噪(けんそう)はまったくといっていいほどない。店内では落ち着いた声で英語の会話が交わされているだけだ。

　この店に入ったのは、たしか三度目だった。

　まだ時間が早いせいか、店内には誰も客がおらず、瘦せたマスターはカウンターの奥からジンをちらと見たきり、「いらっしゃい」の挨拶のひとつもない。かまわずカウンターの端に座り、オールドパーをロックで注文した。

　こういうときに煙草を吸わないのは、たしかに手持ち無沙汰だ。だが、ジンは煙という異物を自分の体内に入れることをよしとしなかった。だから、差し出されたチェイサーの水をちびちびと飲む。

　表にエンジンの音がした。

　バイクの排気音だと、ジンは気づいた。それも底力のある大排気量のものだ。

　ジンが振り返るとガラス扉の向こうに大型バイクが停まっていた。黒い革ジャンにジーパンの男がヘルメットを脱ぎ、扉を開いて店に入ってくる。

　えらく大柄な男性だった。痘痕面（あばたづら）がよく日焼けしていて、ボサボサに縮れて垂らした前髪。まるでアメリカのヒッピーのように、革ジャンに大小様々なワッペンを縫い付けている。夏場なのに革ジャンかと思ったら、上着の下は素肌だった。クマのように胸毛が濃く生えている。

　三つ離れたストゥールに腰掛けて、野太い声でマスターに注文した。

キープしていたワイルドターキーのボトルを受け取り、乱暴にグラスに注いであおっている。チェイサーに出された水には手も出さない。

見たところ、この店の常連らしかった。

立て続けに三杯、ストレートであおってから、男は口元を拭い、ふとジンに目をやった。

「どこかで会うたかの？」

ジンは前を向いたまま、いった。「いいえ」

彼はかすかに眉根を寄せた。が、ふいに破顔する。

「カタギじゃなかろうが、お前。どこの何モンじゃ」

しばし迷ってからいった。

「榎本一家の安西です」

「ああ、梶浦のお付きの若造っちゅうのはお前か」

「あなたは？」

「大野木」

名前に心当たりがあった。

「故買屋の大野木……重光さん？」

彼が頷く。

故買屋というのは隠語のひとつだ。市内あちこちの組に出入りしている密売人で、米軍基地から銃器や麻薬を流しているという噂だった。

「榎本のダンナとはどうもソリが合わんでのう。最近は、もっぱら稲田さんのほうと付き合うちょる」

稲田組はもともと戦後から岩国にあったテキヤ系の小さな組だったが、数年前から岩国駅近くに事務所をかまえ、構成員を増やしてきた。尾方組と同じく、山口の日吉一家の傘下にある。当然、榎本一家とは敵同士であり、派手な抗争も何度かあったようだ。尾方組に比べて稲田組は武闘派ぞろいだという噂だった。

「稲田さんところはええど。組長に人徳があるし、幹部に凄腕がそろうちょる。お前も鞍替えせんか？」

「いや……さすがに」

気まずく眉根を寄せるジンを見ていた大野木が、ひとりで大きな肩を揺すって笑った。

それから自分の罎とグラスなどを手にして、席を移ってきた。

ジンの隣に大柄な体で座った。

「ところであの晩、お前らは新港でMPらを向こうに回して、派手にドンパチやったたっちゅうが」

だしぬけにいわれてジンは困惑した。チラリとマスターを見る。

するとおお大野木がいった。

「ここは大丈夫っちゃ。脛に傷のある人間がようけい出入りしちょるし、マスターはあのとおり無口じゃけえ、よそでしゃべったりはせん。安心せえ」

ジンはホッとする。

「どうしてそんなことを？」

「この世界は狭いけえ、何でも耳に入る。梶浦も無茶しよったもんじゃ。俺の仲介なしで、直にあいつらと取引ができるわけないのに」

「そうなんですか」

「ビジネスには信頼がつきものじゃけえのう。コネもそのうちじゃ、大事な手順も踏まんとやりゃ、切られるか利用されるのがオチちゅうことじゃ」

あのとき、日系人のGIは所持していたヘロインを渡さずに梶浦たちの金だけを奪い、彼らの身柄をMPに引き渡すどころか、その場で殺そうとしていた。

「武器はともかく、コネものうて麻薬に手を出すのは御法度じゃけえの」

「何でですか」

「なして米軍基地にヘロインやコカインがあると思う？　それも大量に」

ジンはかぶりを振った。「わからんです」

アメリカ人だから普通に麻薬をやる。そんなところだろうと思っていた。

「ベトナムで戦うちょる兵士に必要なんじゃ。深いジャングルの中で、いつどこから銃弾が飛んでくるかわからん。さっきまで生きちょった部隊の仲間が、いきなり頭を撃ち抜かれたり、地雷で下半身を粉々にされたりする恐怖を少しでも和らげるために、あいつらにゃ麻薬がいる」

大野木はまたグラスの酒をあおった。

まるで自分が戦場に行ったようにつらそうな顔をしていた。

「戦争中、日本も航空隊基地の海軍航空兵はヒロポンを常用しちょった。特攻隊の士気を高めるとか、眠気防止とかでの。それとおんなじことっちゃ。戦争と麻薬は切っても切り離せん」

ジンは驚いた。そんなことは知らなかった。

「じゃがの、それはあくまでも部外秘なんじゃ。米軍が公然と麻薬の使用を認めちょるっちゅうことがわかったら、それこそ反戦運動にさらに火が点くけえの」

「つまり、銃も麻薬も大野木さんが仕切ってるということですね」

彼は満足げに笑う。

「顔が利くっちゅうのはそういうことじゃ。ただし、それなりにピンハネはするがの」

「俺が大野木さんに依頼したら、基地の麻薬を流してくれるんですか」

唐突にいわれて彼は面食らった表情になった。

が、ふいに大きな肩を揺らして笑った。

「おもろいことをいうのう。なして俺がお前なんかに、大事な手札を見せんといけんのんかい」

そういうと大野木はグラスを手にし、それが空だと気づくと、傍らのバーボンの罎を取った。自分のグラスに注ぎ、ジンのグラスにも乱暴に注いでくれた。

ジンはそれを少し飲み、チェイサーのグラスが空になっていたため、マスターに頼んだ。

痩せ細ったマスターは、さっきからふたりの会話を聞いていたはずだが、まるで動じる様子もなく、ただ機械的にグラスを拭いては棚にきれいに並べていた。

彼からチェイサーを受け取り、ジンは喉を鳴らして飲んだ。

「もうちぃと修羅場を踏んで貫禄がついたら、また会おうや」

そういわれてグラスを置く。「もう充分に修羅場だと思っとりますが」

「極道の世界を甘く見んほうがええど」

釘を刺されたようにジンは黙った。ややあって、大野木がいった。

「お前、煙草は吸わんのか」

「昔から嫌いなもんで」

大野木は顔を歪めて笑い、ジンの肩を乱暴に叩いた。

「なんか知らんが俺ら、案外と気が合うちょるの」

そういってまたグラスを豪快にあおった。

16

昭和四十五年四月。

ノンタこと野田哲太は、山口市の郊外にある山口県警察学校に入校した。

山口線の仁保駅に灰色のマイクロバスが迎えに来てくれていて、彼は大勢の同期生たちとともにそれに乗り込んだ。じきに警察学校前に到着し、ステップを踏んで下りた。目の前に大きなグラウンドがあり、すぐ近くには県警本部機動隊の宿舎があり、訓練場も隣接している。

ボストンバッグをひとつぶら下げて、ノンタは少し緊張したまま、警察学校の建物を見つめている。

これから十カ月間、警察官になるための訓練を受け、教養を学ぶことになる。

「お前ら、何をぐずぐずしちょる。行くど」

バスに同乗していた若い教官がいい、同期生たちは彼について敷地内に入っていく。

正門のすぐ傍に警察犬らしいシェパードを連れた警備の警察官が立っていて、背筋を伸ばし、すっと指先をそろえた敬礼を入校生に送ってくれた。傍らに停座する犬の涼やかな目が印象的だった。

学校内に入るなり、彼らは宿舎に案内された。

二十畳はありそうな広い部屋に、十名の新入生が寝泊まりすることになる。いっしょにこの部屋に入っていたのはノンタのような県内出身者だけでなく、広島や九州から来た若者もいて、それぞれが自己紹介をし合った。

自分の寝場所を決めると、荷物の整理を始めた。

ボストンバッグには着替えやカメラなど、岩国から持ってきたものがいろいろと入っている。ペンケースやノートなどの文具もある。大学ノートを開こうとしたとたん、中に挟んでいたものがヒラリと畳の上に落ちた。

彼が切り取っていた新聞記事だった。

ノンタはそれを開き、しげしげと見入った。

山火事で百世帯が避難　和木(わき)村~岩国市

三十日午後一時半頃、玖珂(くが)郡和木村瀬田(せた)の道開山(どうかいさん)あたりから出火し、山火事となっ

た。

私有林約二ヘクタールを焼いて四時間後に鎮火したが、同日午後六時頃からまた燃え始め、隣接する岩国市の平家山などにも燃え移った。

当日は空気が乾燥していて、また風速十メートル前後の北風にあおられて山火事が大規模化したもよう。

現場のすぐ南側は室木町の住宅地であり、火災からもっとも近いところで約三十メートル。同町一、二、三丁目の約百世帯四百人が近くの麻里布中学校に避難した。

瀬戸内新聞　昭和四十五年三月三十一日朝刊

ようやく鎮火　岩国市内の山林火災

三十日午後に発生した山林火災は、一日になっても消火ができず、なおも延焼。

市山林火災対策本部の要請で、陸上自衛隊山口駐屯部隊の二個中隊三百六十名が駆けつけ、地元の消防団員など併せて千人が消火活動を続けた結果、午後二時半頃に鎮火となった。

この火事で和木村は道開山など八十五ヘクタール、岩国市は平家山や岩国山など、百九十ヘクタール、合計二百七十五ヘクタールの松や雑木を焼き、被害額はおよそ一千万円とみられる。

瀬戸内新聞　昭和四十五年四月二日朝刊

汽笛の幻聴が聞こえている。

長く尾を引きながら、まるで慟哭のように頭の中に響いている。

平家山の火事。

おそらくアキラやジンとともに、ナイフで名前を刻んだあの樫の朽ち木も、燃え落ちてしまったはずだ。そこにあったはずの三人の未来の証(あかし)は、今はもうない。

だが、自分にはまだ夢が残されている。

警察官になるという夢。

ノンタは新聞記事をクシャクシャに丸めると、近くにあった屑籠(くずかご)に放り込んだ。


翌年の昭和四十六年、二月。

ノンタは警察学校を卒業し、希望通りに岩国東署外勤課に配属された。

西岩国にある錦見交番に勤務し、さして事件のない平穏な田舎の警察官としての日常を繰り返していた。

さらに次の年、四十七年二月、連合赤軍によるあさま山荘事件が勃発。

五月、沖縄返還。

六月にはアメリカでウォーターゲート事件が発覚。

そして七月――ノンタがかつて愛読していた小説『野獣死すべし』に影響され、犯行に及んだ〝少年ライフル魔事件〟の犯人の死刑執行が行われた。

享年二十五だった。

17

昭和四十九年、一月――。

アキラは岩国少年刑務所での刑期を終えた。

懲役十年の判決だったが、刑期のおよそ八割が過ぎ、改悛の情が認められるということで仮釈放が決まり、二年早く出てくることができたのだった。

杉坂晃、二十四歳。

刑務所にいた八年間は、想像を絶するような過酷な毎日だった。そんな日々を過ごしながらも、アキラは体格に恵まれ、たくましい青年に成長していた。

服役中の髪型はずっと坊主頭で、今でもそうだ。服装はボーダーのラガーシャツに白いスラックス。手にしている青いボストンバッグの中には、着替えなど生活用具一式と、作業賞与金——つまり服役中の作業で得た若干の現金収入が入っているだけだった。

身元引受人は松川五助という初老の男だった。

職業は中古自動車を扱うディーラー。ごま塩頭で黒いセル縁の眼鏡をかけ、ひょろりと痩せた体軀であまりしゃべらない。ふたりで出所の書類手続きを取り、なじみの刑務官に見送られてアキラは出所した。

刑務所の外に立ち、何度か深呼吸をしていると、漆黒の大型車が静かに走ってきて道路の向かいに停まった。助手席のドアが開き、黒いスーツ姿の男が出てきて、後部座席のドアを開ける。そこから下りてきたのは、背が高く、恰幅のいい中年男だ。同じように黒のスーツ姿。髪はどこか尖ったような角刈り、細身のサングラスをかけている。

どう見てもヤクザだった。

アキラは少し緊張した。八年と少し前、桜会の笠岡を撃ち殺した。そのことがいやでも脳裡によみがえる。しかし横に立つ身元引受人の松川はべつだん驚くふうでもなく、そこに向かうようにアキラを促した。

「どういうことですか？」

「ええけえ、わしといっしょにあの人んところに行こうや」

にべもなく松川がいった。

松川が歩き出し、仕方なく続いた。

漆黒の自動車はベンツのようだ。その前に立っている長身の男が、かすかに口元をつり上げて笑いをこしらえた。サングラスを取り、柄を折って胸ポケットに入れた。

油断ならない獣のそれのような目だった。大きな口を左右に引っ張るように、わざとらしく笑うのが癖のようだ。

「杉坂晃くんじゃね」

「そうです」

仕方なく、そう答える。

ベンツの後部座席のドアを開き、男が作り笑いでいった。「まあ、乗ってくれや」

松川が先に乗り込み、アキラも従うしかなかった。続いて男が乗り込んでくる。香水とヤニの混じった臭いが鼻についた。

運転手が後部座席のドアを閉じると、席に戻り、ベンツが滑り出す。

アキラはヤクザと松川の間に挟まれて、身を縮ませるしかなかった。松川は平然とした顔で、車窓の外を眺めている。

「わしは谷垣宏治（たにがきこうじ）ちゅう者じゃ。墨田清作さんにはようしてもろうた」

角刈りの男がそういった。

「やっぱり組の方ですか」

谷垣と名乗った男が頷く。「尾方さんとこで盃をいただいて、もう十二年になる。君が出てくるのをずっと待っちょった。何しろ恩人みたいなものじゃ」

「まさか、俺がですか」

「桜会の笠岡には、うちの者が何人もやられちょった。とうとう墨田さんものう。それをまんまと片付けてくれた。しかもたったひとりでじゃ」

「だから……？」

「君の身柄を、うちの組で引き受けとうての」

「尾方組に入れっていうんですか」

谷垣は当然のようにいった。「もちろん断るのも自由じゃが」

「でも……」

アキラはまた松川を見た。まるで知らん顔で口を閉じている。

「心配せんでもええ。君がまた刑務所に舞い戻るようなことにはならんけえの」

なるほどとアキラは悟った。谷垣と松川との間には裏取引があるのだろう。そう思ったとたん、すさまじい嫌悪感に襲われた。

「お断りします」

きっぱりといった。とたんに谷垣が肩を揺らして笑い出した。

「ふたつ返事は期待しちょらんかったよ。ともかく、まあ事務所に来てくれ。茶のひとつでも出すけえ。それとも、もう大人じゃけえ、酒のほうがええかのう？」

アキラは眉間に深く皺を刻んだ。

「家に帰りたいんです」

すると谷垣は莫迦にしたように鼻で嗤い、上着の中から煙草を取りだした。ケントだった。それを一本ふりだして、アキラのほうに向けた。

アキラは黙って知らん顔をしていた。

谷垣は自分でくわえて金色のライターで火を点けた。

「おい。基地通りに向けろ」

谷垣は運転している男にそういった。

米軍基地に近い基地通りの途中でベンツが停まった。

いかにもヤクザといった男たちを乗せた黒塗りの大型車を見て、何人かの通行人が恐々とした様子で遠巻きに歩き去っていく。運転手の男が外からドアを開け、まず谷垣が降りた。

続いてアキラ。最後に松川が降りてくる。

「ホンマにええんか？」

松川が険しい表情でアキラを見ていった。「組の世話になりゃええのに。前科者が職に就くのはしんどいど」

アキラはまだ黙っていた。

フッと谷垣がまた笑みを洩らし、アキラの肩を軽く叩いた。

「いつでも来てくれや」

いい残してベンツの中に入り、松川が続いた。

突っ立っているアキラの前から、ベンツがゆっくりと走り出し、通りを去って行く。

しばし立ち尽くしていた。

それから自分が住み慣れた家を見た。

〈BAR　EDEN〉のネオン看板が煤けたように白っぽく、古びていた。店の入口のドアも埃にまみれている。谷垣にはああいったが、こんなところに帰ってきても、誰が待っていてくれるわけでもない。

周囲を見渡すと、通りの様子はだいぶ変わっているように思えた。

家の隣にあった煙草屋は、コーラなどの自動販売機コーナーになっていた。真向かいにあった自転車屋もつぶれたのか、正面のシャッターを下ろしている。

そこらのバーやスナックなどの飲み屋も、店の名前が変わっているのに気づいた。こうした繁華街は栄枯盛衰が激しいのはわかるが、それにしてもまるで知らない街になってしまったようだ。

八年という時間をタイムスリップしたような、奇妙な感覚にとらわれていた。

アキラは自分の家に向き直り、諦めたようにドアの前に立った。自宅の鍵を取り出し、ノブの孔にそっと差し込んだ。

18

英国マッキントッシュのロングコートが、ジンのお気に入りだった。

カラスの羽根のように真っ黒なコートを、冬の風にひるがえらせながら歩く気分は最高だった。髪をオールバックに撫でつけていて、それが彫りの深い顔によく似合っていた。

梶浦のお付きの役目から解かれて以来、今では若衆らを率いる兄貴分のひとりになっている。二十四歳にしては驚くほどの出世だが、やはり駆け出しの頃、港で梶浦たちの危地を救った功績が大きかった。組長の榎本康三がジンを気に入り、自ら近く幹部に推薦するといってくれたおかげだ。

彼の下につく若衆は柏木(かしわぎ)純太(じゅんた)、奏太(そうた)という双子の兄弟で、広島の呉(くれ)出身。ともに十八歳で、彼を兄貴とよく慕っている。ふたりは〝スタジアムジャンパー（スタジャン）〟と呼ばれるアイビールックでそろえ、髪を派手な金色に染めている。

本通りと呼ばれる岩国駅前のメイン商店街を抜けた場所に、三笠橋と呼ばれるループ橋がある。昭和三十五年三月に完成した山陽本線の跨線橋である。

高架下、コンクリの橋梁に色とりどりのスプレーによる落書きがあった。その前に改造したバイクが数台、停まっていて、革ジャンや派手なツナギ姿の若者たちがたむろし、煙草を吸っている。

バイクのタンクなどに真っ赤なサソリのシルエットが描かれている。

暴走族〈スコルピオン〉だった。

一昨年辺りから、バイクを駆るツッパリたちがそれぞれのグループを結成し、徒党を組んで公道を走るようになった。昔はカミナリ族と呼ばれて、ただバイクで集団走行するだけの存在だったが、だんだんと不良化し、反社会的なグループとされ、いつしか暴走族と呼ばれるようになっていた。

彼らは暴走行為のみならず、一般市民を恐喝したり暴力をふるったり、あるいはグループ同士での乱闘を繰り返す。今年は全国で八十件以上の暴走族による抗争事件が発生し、それが社会問題となっている。

彼らの前を通りかかったジンたちと目が合った。

しばし視線が絡み合う。若者のひとりが剣呑な表情をこしらえ、わざとらしく顎を突き出しながら歩いてくる。顔じゅうが月面のように痘痕だらけだ。

「兄さん。ええコート着ちょるのう」

とっさに前に出ようとした純太と奏太の兄弟を、ジンは片手で制止する。

そして口の左右をわざとらしくつり上げて笑った。

「お前ら貧乏人には不似合だろうが。え？」

とたんに痘痕面の若者が眉根を寄せ、顔を傾げて威嚇してきた。

「何ゆうとんじゃ、こら」

ジンは無造作にその頰を片手ではたいた。

派手な音で肉が鳴り、若者がよろけて倒れかかる。踏みとどまって振り向く痘痕だらけの顔が、真っ赤に上気して憤怒に突き上げられている。

「殺しちゃるど、おい」

ジーパンの尻ポケットからナイフを取り出し、スイッチを押してブレードを突出させた。

――カツヒコ、やめちょけ！

後ろにいた数名の暴走族のひとり、口髭を生やした男の声。雰囲気からしてリーダーっぽかった。

「なんでじゃ？」と、痘痕面が振り返る。

——その人は榎本一家の安西さんじゃ。

口髭の男にいわれたとたん、今度は痘痕面の若者が蒼白になった。

「す、すんませんでした！」

あわててナイフをしまい込み、頭を下げた。

ジンは薄笑いを浮かべながら歩き出す。純太と奏太がそれに続く。

三笠橋に近い雑居ビルの地下に〈マンハッタン〉という店があった。表向きは狭いカウンターだけの小さなバーだが、奥の扉を開くと、その向こうは広いカジノルームになっていて、〝会員〟と呼ばれる者だけが、そこに入ることができる。いわゆる地下賭博場であった。

経営は個人の名義になっているが、実情は榎本一家によるもので、企業の重役クラスなどの富裕層から市会議員に至るまで、多種多様な金持ちたちが遊興にふけっていた。

この店の営業を尾方組が妨害するようになったのは、二カ月ばかり前からだった。

バーの客を装ったチンピラが何人か、戯れに奥の扉を開けてカジノに押し入り、品のない声を荒らげながら狼藉を働く。たびたびそんなことが起こるために、今ではすっかり客足が遠のいてしまっていた。

カウンターの向こうに、白い上下のスーツ姿の雇われマスターがいる。白石という丸顔の中年男性で、引きつったような彼の表情を見て、奴らがカジノに入り込んでいることはジンにもすぐにわかった。白石に目配せをすると重たい扉を引いて、カジノルームに入る。双子の若衆たちが続く。

広い店内に四名。

そのうち三人は、どうみてもカタギの衆ではない。いずれもダークスーツ姿の中年であるが、眉を細く剃り、クルーカットのように髪を短くしていた。ひとりがルーレットの台の縁に腰掛けている。あとひとり――蝶ネクタイに黒のベスト姿のディーラーの男性は、少し離れたフロアにぽつんと立っていた。面食らったような表情の中におびえの色がうかがえる。

さいわい客の姿はないようだ。

ジンたちがカジノルームに入ると、ダークスーツの三人が振り返る。

「お前が安西か……」

背の高い男が肩越しに振り向き、彼の名を口にした。

座っていたルーレット台から下りると、革靴を鳴らして、フロアに立った。

ジンはフロアの一角に立ち止まり、純太と奏太が彼の左右に並んだ。

「たしか、尾方組の佐々木さんですね。カジノへようこそ」

ジンはわざと落ち着いた声で挨拶した。

佐々木と呼ばれた長身の男は、ふてぶてしさを顔に張り付かせながら向き直る。あとの二名も。どちらも三十代ぐらいでまだ若衆らしい。

「ちぃと遊ばしてもろうちょるど」

そういって佐々木が口の端をつり上げた。真っ赤なネクタイがわざとらしかった。

「あいにくとここは会員制でして。本来はメンバーの推薦が必要で、入会費もいただかんと入れんのですがね」

「どちらもなけりゃあ、どうするんじゃ？」

笑いを張り付かせたまま、佐々木がいう。落ち着いた口調だった。修羅場に馴れているのだろう。

「ここから出て行っていただくまでです」

ジンがいったとたん、佐々木の傍にいるふたりが同時に足を踏み出してきた。

スーツの内ポケットにそれぞれ利き手を差し入れている。

「ほんなら、この場でわしらを追い出してみぃや」

そういって佐々木が、ルーレット台のラシャの上に重ねられた色とりどりのチップを、何枚か無造作につかんだ。

しばし掌の中でそれをお手玉のようにもてあそんでいたかと思うと、だしぬけにジンに向かって投げてきた。

いくつか、ジンの顔に当たった。ジンはわずかに顔を逸らしただけだ。

「何すんじゃ、われ！」

ジンの右にいた奏太が怒声を放った。

憤怒にまかせて前に出ようとしたのを、ジンは片手で制止した。

近くにあった木製の椅子を引っ張ってくると、フロアの真ん中にそれを置いた。逆向き――すなわち椅子の背もたれを佐々木たちのほうに向け、両足を左右に広げて、ゆっくりとそこに座った。

背もたれに左手を載せて横たえた。右手は自然にだらんと垂らしている。

そんな一連の行動を佐々木たちは黙って見ていた。

「そりゃあ、何のつもりじゃ。安西」

佐々木の顔がわずかに歪んでいる。

「生きて店から出るのも、死体になって出て行くのも、そちらの自由ですから」

そういってジンは笑ってみせた。

その笑みを見て、佐々木の中で何かが切れたようだ。

真顔に戻りざま、素早く上着の下に右手を入れた。その手に握られた拳銃がわずかに見えたとたん、ジンが中腰に立ちながら、コートの下から大型拳銃を引き抜いた。ＧＩコルトである。

それを見た佐々木の目が大きく開かれた。あわてて右手の拳銃をジンに向けた。

一瞬速く、ジンが発砲した。

耳をつんざく轟音とともに、青白い銃火が薄闇を切り裂く。

佐々木が右肩付近をぶち抜かれて、顔を歪めながら後ろに倒れた。彼の手から吹っ飛んだ中国製らしい自動拳銃が、フロアに音を立てて落ちた。

銃声の残響が消えないうちに、純太と奏太がリボルバーを抜いてかまえていた。対峙する尾方組の残るふたりもそれぞれ拳銃を抜いていた。

「道具を捨てえや」

純太の声。

佐々木といっしょにいた尾方組の男ふたりは、まだ銃を持ったまま硬直していた。

「早う、どっちも道具を床に放るんじゃ」と、奏太が叫んだ。

尾方組の男たちは、仕方なく拳銃をフロアに放った。重々しい音とともに転がったのは、それぞれフィリピン製らしい、玩具のようなチャチなリボルバーだった。

「佐々木を連れて出ていけ。とっとと医者に運ばんと、出血多量で死ぬぞ」

そういいながら、ジンはまた椅子に座った。

右手に握ったままの拳銃を、背もたれの上に横たえている。銃口から青白い硝煙がかすかに洩れている。

仰向けになり、意識を失ってぐったりした佐々木の左右から、男たちは彼の腕を取って引きずり始めた。板張りの床にどす黒い血の跡が蛇行しながら伸びていく。

ひとりが無言でカジノルームの扉を開け、そのまま外の店へと佐々木を引きずり出していく。

やがてバネの力でドアが閉まった。

ジンは椅子から立ち上がると、ＧＩコルトに拇指でセフティをかけた。コック・アンド・ロック——すなわち撃鉄を起こしたまま、安全装置をかけた状態の拳銃を腰のホルスターに差し入れ、ホックを留めた。

それから座っていた椅子を元の場所に戻した。

フロアの一角に転がっていた金色の空薬莢を見つけると、ジンは革靴の底で踏み潰す。

それをつまんで拾い上げ、コートのポケットに落とした。

「騒がせたな」

振り向くと、棒立ちのままのディーラーの男の肩を軽く叩いた。

19

二日間、アキラはただ部屋の中で呆けていた。

食べ物は近くのパン屋で買ってきた調理パンぐらいで、あとは飲み物。缶コーヒーなどをいくつか買い込んでいた。ただ甘いだけでたいして美味(うま)くはなかったが、たまに喉を潤すにはちょうどよかった。

八年も空けたまま放置した部屋はカビ臭く、湿気がこもっていた。だから窓を開けっぱなしにして、外の風を入れていた。

しかし真冬の風は冷たく、ずっと窓を開放していると身体が冷えてくる。

何日ここにいても意味がないと思って、アキラは外を出歩くことにした。出所のときに渡された作業賞与金はいくらもないため、早急に職を探さねばならない。

家を出ると、基地通りを歩いた。近くにあるサープラスショップで米軍放出の軍用コートと迷彩ズボンを安く買った。坊主刈りの頭が冷えるので、ニューヨーク・ヤンキースのロゴが入った黒いベースボールキャップをかぶってみた。

やはり通りは八年の間にずいぶん変わっていた。

車や歩きのＧＩや基地関係のアメリカ人の姿がやけに少なかった。

一ドルが三百六十円という為替(かわせ)レートの固定相場制だったのが、去年から変動相場制に変わり、円高が進んでしまったためだといわれたが、経済事情に疎(うと)いアキラにはどうにもピンとこない。ただ、あれだけ賑(にぎ)やかだった通りが閑散とした光景になっていることに、寂しさを感じるばかりだ。

それでも子供の頃からの思い出をたどるように、メインストリートから小さな路地に至るまでそぞろに歩いた。

〈楠ノ湯〉は営業をやめていた。入口の大きなガラス扉には《長らくのご愛顧をありがとうございました。昭和四十四年二月》との貼り紙が色あせて、風に剝がれかかっていた。


狭い住宅地の一角で足を止めたのは、見覚えのあるオート三輪が見えたからだ。この頃はほとんど商業車も軽トラックばかりになっていて、こんな車両は珍しかった。

車体の横に〈川下農協〉と書かれた文字がかすれている。

ふとそこにある朽ちかけた古い平屋が、墨田清作の実家であることを思い出した。門柱にはたしかに墨田と書かれた表札があった。しかし建物のすべての窓は閉ざされ、人が住んでいる気配はない。低い生け垣に囲まれた狭い庭は草が伸び放題。蜘蛛（くも）の巣がかかった門扉にはこんな看板がかけられている。

《管理　（有）川下不動産》

オート三輪もよく見ればナンバーが取り外され、タイヤの空気がすっかり抜けて車体が沈み込んでいた。

ふいに隣の二階建て住宅の玄関の扉が開き、エプロン姿の中年女性が出てきた。ホウキで玄関前をあわただしく掃き始めた。

「あの……」

声をかけるといぶかしげな顔を向けてきた。

軍用コートに黒いキャップといった自分の姿は、いかにも怪しげだと、今さらながらアキラは気づいたが、仕方ない。

「お隣についてうかがいたいのですが。いつからこちらは空き家に……」

女性の顔に困惑の色が浮かんだ。

「もうずいぶんですかねえ。おじいさんが亡くなったのはたしか、五年前ぐらいじゃったかねえ」

「五年前……」

墨田伍平が他界していた。アキラが入所して三年目だ。

「何が原因でお亡くなりに?」

「たしか、脳梗塞(のうこうそく)じゃね。ひとり暮らしじゃったもんで、倒れてから長いこと誰にも気づかれんで、たまたま訪問した民生委員の人が発見したんよ。それから警察やらいっぱい来て、えらいことになっちょったけど」

「ありがとうございます」

頭を下げてから、アキラは歩き出す。女性はホウキを持ったまま、ずっと彼の後ろ姿を見ている。寒風にコートの裾(すそ)をひるがえし、ポケットに両手を突っ込んだまま、アキラはうつむき加減に歩き続けた。

農協のビルがある角を曲がり、基地通りに戻ってきた。

〈車町写真店〉の大きな看板がかかったショーウインドウの前で、アキラは立ち止まる。ここは川下地区でも古くからやっている写真屋で、アキラが通っていた小中学校の卒業写真などを店の主人が撮影しにきていた。

ふと、母親の昌代の浴衣姿を思い出した。

アキラが生きている母を最後に見たのがこの場所だった。

清作といっしょに映画を観るのだと嬉しそうに語っていた。そして赤い日傘を少女のようにクルクルと回しながら歩き去って行った。あのとき、アキラはあの日傘に血の色の予感を感じた。

それは自分自身の運命に対する予感でもあったのかもしれない。

笠岡を撃ち殺した日。その朝からの記憶は、なぜかほとんど残っていない。一日、まるで夢遊病者のように町をうろついていた。そしてたまたま仇敵に出会った。

拳銃を持っていたことからすれば、最初から母や清作の仇を討つつもりだったのだろう。しかし、憎悪や復讐心に駆られての行動だったような気がしない。気がつけば銃を発砲していた。

七発の銃弾を全弾、笠岡に撃ち込んだ。

その間、アキラの心は冷え切っていた。八年の懲役は地獄のような日々だった。きっとそれ以来、自分自身の心も死んだのだろうと思った。

娑婆に出たとたん、その反動で拍子抜けしたようになっていた。写真屋のショーウインドウに、自分の姿が映っている。影が薄くて、まるで亡霊がそこに立っているようだ。

俺は——本当に今、生きているのだろうか。

そうしているうちに、いつしかアキラの視点がウインドウのガラスの中に移っていた。そこにいくつかの見本写真が飾られている。男の子の七五三の写真や、入学式らしい小学校の正門前で撮影された小さな姉妹の写真。そんな中に結婚式の記念写真があった。

紋付羽織袴の若い新郎が背筋を伸ばして立ち、扇子を握っている。その傍に座っている色打掛で着飾った新婦の顔を見ているうちに気づいた。

友沢直子だった。

花嫁らしく濃い化粧をしていた。写真の縁に《白崎八幡宮　昭和四十八年五月》と読めた。去年の春だった。

アキラはじっとそれを見ている。

つきあっていたジンと別れ、別の男性と結婚したのか。

新郎は整った顔立ちの細身の男で、少し緊張したような表情で立っている。隣に座る直子の表情は、なぜか寂しげに見えた。

安西仁――ジンはどこで、どんな生き方をしているのだろうか。

ノンタこと野田哲太も。

八年の懲役の間に、アキラは過去をすべて失っていた。おそらく未来も。

ひとつだけわかったこと、それは今の自分に居場所も行き場所もないという事実だ。

20

カチカチと時計が深夜の時刻を刻んでいる音。

ジンはひとり、夕刻からマンションの自室にこもっていた。黒染めが剝げかかった拳銃が目の前のテーブルの上に置いてある。

ヤクザ同士の抗争で、この銃口から放たれた銃弾は二十発以上になるだろう。相手の体に撃ち込んだ数回のうち、ひとりやふたり、死んでいるかもしれなかった。

発砲のありなしにかかわらず、定期的に分解掃除もした。銃腔内にブラシを通し、エキストラクターやディスコネクターという名の小さな部品までていねいに磨き、オイルを噴いて組み立て、動きを確かめる。

拳銃のクリーニングをする静かなひとときは至福の時間だった。

そんなとき、きまって心の中を『野獣死すべし』の不協和音が流れているのを意識する。ノンタの前であの小説を朗読していた頃、主人公・伊達邦彦が心の中に聴いていたその曲がどんなものか想像もできなかった。むろん今になっても、具体的に思い浮かぶわけではない。しかしその不吉な旋律は今、たしかにジンの心の中で奏でられていた。

何度となく読み返した小説の一節を、彼は記憶していた。

――凶暴な威力を秘めた愛銃を、邦彦は一個の物体としては感じない。それは意のままに確実な死を送る自分の肉体の一部なのだ。

作中で大藪春彦は何度となくローン・ウルフと主人公を呼んでいる。ジンはその言葉が気に入っていた。自分は一匹の野獣だと思っていた。

拳銃はその野獣のゆいいつの武器であった。

やがて表のドアの施錠が解除される音がして、カオルが帰ってきたのがわかった。

カオル――志良堂ヨリと同棲していた。

いっしょになっておよそ四年近くになる。

ふたりの住まいは、岩国駅に近いマンションの最上階の部屋だった。窓からは山陽本線が見下ろせた。三年前に最後の蒸気機関車が走って時代が変わり、すっかり電化した路線を青と黄色に彩られた長い電車がガタゴトと音を立てて走る。

それをジンはよく窓辺の椅子に座って眺めていた。

反対側の窓からは、山火事ですっかり焼けてしまった平家山が見える。今では黒焦げの山頂に大小の岩がゴツゴツとしていて、荒れ果てた様子がよくわかる。

あの山のてっぺんから、長い煙を引きながら町中を走る蒸気機関車を見下ろしていたのは、いったい何年前のことだったか。今でも夢の中で、あのときの汽笛が聞こえることがある。少年時代の残滓（ざんし）のように――。

カオルは二十七歳。相変わらず水商売で日銭を稼いでいた。今は新港近くにある外国航路の船員相手のクラブでホステスをやっている。

去年と一昨年の二度ばかり、カオルは妊娠して子供を堕（お）ろした。

そのことについてジンは何も言及しなかった。そして当のカオル本人も。ただ、産婦人科に行ってきたと、二度ともそっけなく報告しただけだった。

ジンの子分である柏木純太と奏太の双子の兄弟は、マンションの部屋に毎朝、彼を迎えに来た。だから、カオルともすっかりなじみになっていた。毎晩、夜遅くまで店で働いて帰ってくるのに、彼女は朝早いジンを送り出すために早起きしている。

その朝も洗面所で髪を固めてから、服を着込んだところでチャイムが鳴った。

純太と奏太はトレードマークのようにいつもスタジャンを着込んでいる。

「姐(ねえ)さん。おはようございます」

いつものように声をそろえてカオルに挨拶する。

めったに笑わなくなった彼女がかすかに相好(そうごう)を崩すのは、ふたりのおかげだ。ちっともヤクザっぽくない、まるで若い漫才コンビのようなひょうきんなキャラクターゆえに、カオルは彼らのことを気に入っている。

ジンはふたりとともにマンションを出て、エレベーターで地下の駐車場に下りる。車は黒のトヨタ・セリカ1600GT。いつものように奏太が運転席に、純太が助手席に入る。

ジンが後部座席に座ると車が走り出し、スロープから一気に外の道路に出た。

21

青色のダンプカーが大量に残土を運んできた。

モーター音とともに荷台が傾げ、一気に目の前に流れ落ちて山となる。

荷台を戻してダンプが去って行くと、ショベルを持って待っていたヘルメットに作業服姿の男たちが、いっせいに土の山に挑んでいく。

その中に混じって、アキラもショベルをふるった。

土を掘ってはその場を均していく。五分も動いていないのに汗だくだ。

錦川の中流域の河川敷が今日の現場だった。

気温は五度を下回り、粉雪が今朝からちらついていたが、頭にかぶったヘルメットの中から滝のように汗があふれ、顔を伝って顎下からしたたる。

三十分もしないうちに次のダンプが到着するから、それまでに山積みになった残土をできるだけ平らに均しておかねばならない。だから休む間もなくショベルをふるい続ける。

その年の三月から、アキラは岡部工業という土建屋で働き始めた。

身元引受人の松川は前科者が働く場所はなかなか見つからないといっていたが、職業安定所に何度か通っているうちになんとか就職が決まった。日雇いで過酷な肉体労働、仕事内容は「土工」と呼ばれ、建設現場での資材の片付けや生コン打ちの手元作業など。日払いの賃金も薄給だという。

もっともアキラにとってみれば、雀の涙のような賃金だとしても、その日食えていけさえすればよかった。

毎朝、会社の正面からマイクロバスに乗せられ、市内のいろんな現場に通い、日が暮れるまで働きづくめ。帰社して茶封筒に入った日当を受け取ると、そのまま繁華街に出かける男たちも多かったが、アキラはいつもひとり、自転車で帰宅した。

職場の同僚たちがアキラを敬遠していたこともある。

彼が前科者だという情報はすぐに伝わったし、ヤクザの大物を拳銃で撃ち殺したという噂も広まっていた。周囲には荒くれた男たちもいたが、それがゆえにちょっかいを出してくる者は皆無だった。

何日かに一度、松川が自宅や職場にやってきた。

身元引受人であるため、出所したアキラに会いに来ることが彼の仕事だからだ。周囲に迷惑をかけたりトラブルを起こしていないか、そんなことを確認する。会話の端々に皮肉や嫌みを混ぜるのは松川の癖だ。というか、出所後に谷垣の誘いに乗って尾方組に入らなかったことが気に入らないらしい。

おそらく松川には組から何らかの謝礼が約束されていたのだろう。

「お前が無事に娑婆で暮らせるか、ムショに送り返されか、こっちの目利き次第じゃけえのう」

それが松川の口癖だった。帰り際に捨て台詞のように言葉を残していった。

岡部工業の現場はさまざまで、時には県境を越えて広島まで行くことがある。また、数日間、飯場に寝泊まりしながら作業をすることもあり、そんな中でもアキラは常に孤立していた。

22

昭和五十年一月――。

ノンタは「山口県警」と車体に書かれたパトカーを運転していた。

岩国駅の東、昭和町と呼ばれるエリアを、彼はゆっくりと走っている。

警察官を拝命して五年目だった。

警察学校を出て、希望通り岩国東署外勤課に着任となり、最初は交番勤務だった。西岩国交番で二年、それから室木交番に移動になって二年。ようやく本署に引っ張られてのパトカー乗務となり、今は二カ月目だった。

もちろん通信制高校のほうもずっと続けてきていて、去年、大学入学資格検定に無事に合格している。

警察官は四交代制で、四日に一度、夜勤がある。第二当番と呼ばれる徹夜の日である。

時刻は午前一時をまわり、街は眠りにつき、静まりかえっていた。ヘッドライトに照らされた道路は寒々しく、ときおり街灯が前から後ろへと流れてゆく。

彼の隣、助手席に座るのは大嶋茂明巡査長。四十歳。丸顔で眉が太く、がっしりとした体軀で、外勤課では古株のベテラン警察官である。二カ月前にふたりは組まされて、パトカーによる警邏の仕事に就いていた。

大嶋巡査長は課内では強面として知られ、暴力団担当の刑事たちからも一目置かれるほどの存在だった。そんな大嶋が新人のノンタと組まされたのだから、当人は不機嫌だろうと思っていたら存外、ノンタとは気が合った。

ベテランらしく教え方が上手で、そのおかげでノンタは警察官の仕事をいろいろと理解して飲み込めたし、非番のときは飲みにつれていってくれたりした。子供はいなかったが、妻とふたりの家庭に招待され、夕食をいっしょにしたことも何度かあった。

常に話題になるのは、ノンタが十代のときに交通事故に遭って、二年もの長い昏睡状態に陥っていたということだった。大嶋はそのことに関して、興味をもって何度となく訊いてきた。

しかしその間、ノンタの記憶はほぼ皆無といってよく、なんと答えていいのかわからなかった。まるで二年を一気にタイムスリップしたようなものだというしかない。もちろんそのあとの、身体を回復させるための過酷なリハビリに関してもいろいろと話した。

さいわい、外勤課の仕事について二週間目に侵入窃盗犯を逮捕できた。

たまたま非番のとき、夜中に街を歩いていて、自動車修理工場の前に横付けしたトラックを不審に思った。工場の明かりが点いていないのに、エンジンをかけっぱなしで運転席のドアも開けたまま。ちょうどそこに建物の扉を開け、大きな段ボール箱を抱えて出てきた中年男性に職務質問をかけ、逃げだそうとしたところを捕まえた。

刑事課の刑事らが取り調べをしたところ、倉庫荒らしの常習犯だった。

「そこ、右に曲がってくれんか」

ふいに大嶋にいわれ、ノンタは意表を突かれた。

「いつもの巡回コースから外れますが、いいんですか？」

大嶋は制帽を脱いで、短くした坊主頭をざらりと掌で撫でた。「ちぃと気になる情報があるけえ、様子を見たいんじゃ」

そういってまた帽子をかぶる。

「わかりました」

交差点で右折車線に入り、方向指示器を出した。

「お前、秋山さんの噂、知っちょるか」

だしぬけにいわれてノンタは驚く。刑事課長の秋山のことだとすぐにわかった。

「噂って何ですか」と、とぼけてみせた。

すると大嶋はわざとらしく横目で彼を見る。

「お前もちぃと耳に挟んじょるじゃろうが。ここ何年か、榎本一家から賄賂をもろうちょるちゅうて」

「ええ、なんとなく」仕方なく頷いた。

何しろ小さな警察署だから、噂はすぐに伝わってくる。

「マスコミにすっぱ抜かれたら、東署の死活問題じゃの」

「どうするんですか」

「副署長が署長にかけ合うちょるそうじゃ。課長の代わりに別の誰かが人身御供にされるちゅう話もある。どうやら椎名さんが切られるんじゃないかっちゅうていわれちょるし」

「あの人、いい刑事だって話じゃないですか」

「それがのう、稲田組に深ぅ関わりすぎちょるらしい」

「あの椎名さんもヤクザから賄賂を?」

「いんや。もちっと個人的な事情らしいがの」

「個人的な……」

そのとき、大嶋が前方を指さしていった。「そこで停めぇ」

反射的にブレーキを踏んで、パトカーを減速させる。

方向指示器を出し、路肩に寄せて車を停めた。

前方にまばゆい光がいくつか重なって見えた。けたたましい排気音が重なり合い、ピッタリと閉じた車窓越しに聞こえてくる。

そこは二年前に閉店になったパチンコ屋の駐車場だった。幾台かのバイクが集合して派手にエンジンを吹かしている。大勢の人影もまばゆい光の中に見え隠れする。

「赤灯とライトを消せ」

大嶋にいわれ、ヘッドライトのスイッチを切った。パトライトも消した。

ノンタにはすぐにわかった。暴走族と呼ばれる連中である。

彼らは文字通り、走る暴力集団だ。警察官になって、これまで何度か関わってきたが、道交法違反で検挙しようものなら、暴力団顔負けの暴れぶりで抵抗し、鉄パイプなどで逆襲されて怪我をした同僚も多い。

広い駐車場をサーキット会場にしているように、何台ものバイクが行ったり来たりを繰り返している。いずれも改造したマフラーのおかげでけたたましい排気音だ。片足を地につけて軸にし、バイクをせわしなく回転させている者もいる。

「大嶋さん……」

ブレーキを踏みつけ、ハンドルを握ったまま、ノンタはつぶやく。

緊張で顔がこわばっている。「気になる情報っちゅうのはこのことじゃったんですか」

大嶋は頷いた。「実は〈スコルピオン〉がそこに集まるちゅう垂れ込みがあってのう。やっぱりそうじゃったか」

〈スコルピオン〉は市内に存在する暴走族の中でも、きわめて好戦的でやっかいな連中だ。

「どうします？」

「まず署に連絡じゃ」

大嶋にいわれ、ノンタは車載無線のスイッチを入れて、マイクをとった。

東署に現状報告を入れながら、彼はフロントガラス越しに様子をうかがった。

連絡を終えてマイクを戻す。

「出て行きますか？」

「いや」大嶋は前を見ながらいった。「応援が来るのを待つ」

「わかりました」

自分の声が少しだけ震えているのに気づいた。

パチンコ屋の駐車場まで二百メートルぐらいの距離がある。ライトを消しているため、向こうから気づかれることはまずないだろうとノンタは思った。相手は二十人はいるし、こっちはふたり。多勢に無勢もいいところだ。大嶋が応援を待つといったのは正しい。

ところが予期せぬ出来事が起こった。

パチンコ屋のある通りは二車線の狭い県道。沿道には歩行者用の道があり、コンクリで護岸されたドブ川が並行している。そこを人影がふたつ歩いてくる。

「大嶋さん……」

気づいたノンタがつぶやく。

「おお。見えちょる」と、大嶋がうなるように声を洩らした。

ふたりは女性のようだ。それも若い。

夜中の一時という時刻、女性ふたりがどうしてかと思ったが、どうやら水商売らしい。どちらもコートを羽織って高いヒール靴を履いていた。暴走族の立てる騒音は耳に入っているはずだが、自分たちには無関係と楽観しているのかもしれない。

何人かの暴走族がバイクを駆って、駐車場から外の往来に飛び出してきた。

女性ふたりが足を止めた。

その周りを、まるでサメが獲物を狙うように三台のバイクが旋回した。ライダーの男たちは、たびたび下品な声を放って挑発している。女性たちは身を寄せ合い、動けずにいるようだ。

「野田、行くど」

大嶋の声がした。

ノンタはハッとなって、その横顔を見つめた。「ええんですか？」

「警察官が行かんでどうする」

「わ、わかりました……」

うろたえたまま返事をし、ノンタはイグニションを回してエンジンをかけた。

「サイレンを鳴らせ」

「了解！」

ノンタはサイレンアンプのスイッチを入れた。アクセルを踏み込み、パトカーを道路に出して走らせた。汗ばんだ両手でハンドルを強く握りながら、彼は歯を食いしばる。

どんな危険があっても、市民を守る。それこそが警察官の使命だ。

警察学校で教官からくどいほど叩き込まれた言葉だった。ノンタはそれを心の中で自分にいい聞かせた。

だしぬけに現れたパトカー、それもサイレンを鳴らしながら走ってくる車両を見て、暴走族のメンバーたちはさすがに意表を突かれたようだ。走り回っていたバイクがいっせいに停まった。

彼らに絡まれていた女性たちの傍に、パトカーを急停止させる。

怯えきった顔をしていたふたりが駆け寄ってきた。二十代前半ぐらい。どちらも髪の毛を派手な色に染めていた。コートの下は薄手のドレスのようだった。

大嶋が助手席のドアを開き、外に出た。

ノンタも運転席から飛び出した。

「岩国東署だ。即刻、解散しろ！」

大嶋の野太い声。

ノンタは女性二名をパトカーの後部座席に誘導し、次々とそこに押し込むように乗せた。

バタンとドアを閉め、向き直った。

暴走族〈スコルピオン〉のメンバーは四人いた。素肌の上に黒の革ジャンを羽織った者。ジージャンに赤いサソリのマークを刺繡した者。頭に鉢巻きをしたり、耳に大きなピアスをぶら下げたり、金色に染めた髪を固め、眉を剃った者もいる。

「なんじゃ、ポリ公。邪魔しちょんじゃないど！」

革ジャンのメンバーがにじり寄ってきた。

警察官が二名しかいないことに気づいたのか、急に高飛車な態度になる。

爆音がして、ノンタが見ると、パチンコ屋の駐車場からさらに何台かのバイクが走り出し、こっちに向かってくるところだった。その騒々しい爆音が耳朶を打つ。

暴走族のひとりがパトカーのボディを乱暴に蹴飛ばした。

中にいた女性ふたりが悲鳴を放った。

「俺らをなめんな！」

革ジャンの若者が大嶋の制服を片手でつかんだ。

「ええんか。お前ら、器物破損と暴行罪。公務執行妨害でしょっぴくど！」

大嶋がいったとたん、彼がニヤッと笑う。

「上等じゃ」

片手に持っていた棍棒(こんぼう)を振りかざした。とっさに大嶋が左手で防ごうとした。骨が折れる異音がした。棍棒ではなく鉄パイプだ。

大嶋が顔を歪め、よろけた。後ろのパトカーに背中をぶつけ、そのまま路上に転倒する。若者が革ブーツの靴先で大嶋の横腹を蹴った。

ノンタは夢中で若者の腕をつかみ、向き直らせると、払い腰で相手を投げた。

革ジャンの男が路面に落ちて、苦悶(くもん)の声を放った。

――このクソポリ公が!

――しばきあげたれ!

大勢がかかってくる。

ノンタは夢中だった。倒れた大嶋をかばうように、その上になった。

大勢の靴先がノンタの胴や太腿に叩き込まれる。容赦ない攻撃にノンタは必死に耐えた。

――こいつらの拳銃を奪え!

そんな声がしてノンタは驚く。

腰の拳銃を取られたら大変なことになってしまう。何度も蹴られながら、必死に右腰のホルスターに手をやり、奪われないように守ろうとする。が、大勢の手がノンタの腕を引き剝がした。

ホルスターの蓋が開けられようとしたときだった。

パトカーのサイレンの音が重なって聞こえた。

ノンタを包囲して拳銃を奪おうとしていた若者たちが、ハッと動きを止めた。その隙に目の前にいたひとりを拳で殴りつけ、ノンタはよろりと立ち上がる。左腰から警棒を抜き、それをかまえて彼らの前に仁王立ちになった。

暴走族の若者たちの顔から、敵意が消えていた。

こっちにやってくるパトカーが数台。彼らはいっせいにそっちを見ている。

――やばいど。逃げろ！

ひとりの声がし、他の若者たちがいっせいに走った。

それぞれのバイクにまたがり、ハンドルを握って急ターンさせる。爆音が重なり、さらに高まった。わざとらしくクラクションを鳴らす者もいる。

やってきたパトカーとは反対方向に、彼らは次々とバイクを走らせ、去ってゆく。

到着したパトカーは四台。そのうち三台がふたりの前を通過し、逃げていく暴走族のバイク集団を追いかけ始めた。

目の前に停まった一台のドアが開き、警察官が二名、外に出てきた。

同じ外勤課の同僚たちだった。

「野田。大丈夫か！」

ノンタは頷く。まだ右手に警棒を持ってかまえていることに気づいた。

それを腰のホルダーに戻すと、倒れている大嶋を見た。

半ば身を起こしたまま、大嶋が片手で口元を拭い、ノンタにいった。

「お前に助けられるとはの」

ノンタはまだ呆然としている。

全身が硬直し、足がブルブル小刻みに痙攣（けいれん）していた。それを必死に隠そうとする。

立ち上がりかけた大嶋が、ふいに苦痛に顔を歪めた。右手で左腕を抱くようにしてかばっている。

「大嶋さん……その腕！」

すると大嶋が無理に笑った。「心配せんでええ。ちぃと折れただけじゃ」

またサイレンが聞こえて応援のパトカーがさらに三台、駆けつけてきた。次々と目の前に停車し、それぞれのドアを開いて警察官たちをあわただしく吐き出す。

何人かが、ノンタたちのパトカーの車内にいた女性ふたりを車外に出した。

娘たちは抱き合って、激しく泣きじゃくっていた。ボロボロとこぼれた涙で、顔の化粧がすっかり流れている。

23

梶浦克巳はこの半年の間に明らかに痩せていた。

顔色も優れず、あまり夜遊びをしなくなった。一日三箱も吸っていたパーラメントをすっかりやめ、強い酒は口にしなくなった。それでも子分たちを連れて歓楽街に出向く。縄張りに顔を出すのがヤクザの仕事のようなものだからだ。

ジンも純太たちとともにそんな梶浦と店に入る。

いつものようにいちばん奥のボックス席。その中央の長椅子に腰を下ろし、梶浦は足を組む。昔は高級ブランデーやウイスキーをストレートであおっていたが、今は水割りだ。ジンはその近くに座って周囲を見る。

ヤクザたちが入ってくるなり、たいていの客はそそくさと勘定を済ませて店を出て行く。残っているのはだいたい顔なじみの実業家や起業家ぐらいで、ひとりひとりが席を立って梶浦に挨拶にくる。

もとよりあまり長話を好まない梶浦は、彼らを早々に追い払う。

やがて左右に座るコンパニオンの娘たちに手を上げ、ひとり立ってトイレに向かった。ジンもすかさずそれを追いかける。

男子トイレに並んで小用をしながら、ジンは梶浦の肉が落ちた横顔を見た。

何かをいおうとしたとたん、梶浦に口火を切られた。

「来月早々、いよいよ尾方組と決着をつける」

さすがにジンが驚いた。「マジですか」

「ようやく武器もそろうたことじゃし、広島のほうからもだいぶ突き上げがきちょるけえ」

「桜会が、何かいってきてるんですか？」

「檜垣会長がせっかちでのう。いつまで岩国で遊んじょるんかちゅうて皮肉をゆうてきたそうじゃ。ホンマじゃったら、もう何年も前に尾方んところを壊滅させちょるはずが、途中から稲田がのし上がってきよったもんじゃけえ、こっちも戦力が分散してしもうた」

いくら広島の桜会のバックがあるとはいえ、相手は同じ日吉一家系列の組がふたつ。おいそれとこちらから手を出せば、向こうのふたつの組は結束して反撃にかかってくる。だから、ここのところずっと膠着状態が続いていたのだ。

「警察のほうは、押さえてますか」

梶浦はふっと笑う。「たんまり賄賂をはずんじょるけえ、少々のドンパチじゃ奴らも出てこんよ。そろそろお前も準備をしちょけ」

「わかりました」

そういってから、ジンはまた彼を見た。「梶浦さん。ここんとこやつれましたね」

すると彼はかすかに口元に笑みをこしらえる。

「肺癌（はいがん）じゃけえの」

あっけらかんといわれ、ジンは戸惑う。

「ホンマですか？」

「先週、医者から宣告された。放射線治療を受けんかぎり、余命三カ月ちゅうことじゃ。まあ、今まで好き勝手にやって生きてきたけえ、そろそろ年貢の納め時じゃのう」

そういって他人（ひと）ごとのように笑う。

「治療を受けりゃいいじゃないですか」

「考えちょく」

体を揺すってジッパーを上げると、梶浦は踵を返して手洗い場に行った。水を流し、ていねいに手を洗っている。ジンは隣の手洗い場に行って、梶浦をまた見た。

「あんまり無理せんで、家で休んでたほうがいいですよ」

「莫迦たれが。ヤクザは見栄が勝負じゃ。最後の最後まで見栄を切る。それをやらんようになっちゃおしまいじゃ。逝（い）くときは潔う逝くわ」

「梶浦さん……」

ジンは思い切って訊いてみた。「前々から聞きたかったんですが、なしてここまで俺を引っ張り上げてくれたんですか」

梶浦はしばしジンを見ていたが、ふっと目を細めて笑った。

「お前は死んだ息子によう似とる」

「息子さんに？」

「十八のときに病気でな。それからじきに女房とも別れた」

「そうだったんですか……」

「昔のことじゃ」

そういってハンカチでていねいに手を拭くと、梶浦は先にトイレから出て行った。風が吹けばさらわれていきそうな、頼りない後ろ姿だった。

ジンは閉まったドアを、しばし呆然と見つめていた。

それからゆっくりと視線を戻し、鏡に映る自分の顔を見た。ふいに水音が聞こえてきて、さっきから蛇口を開きっぱなしであることに気づいた。

24

二月最初の土曜日だった。

尾方組の初代組長、尾方佐久男（さくお）の葬儀が、門前町にある寺院でしめやかに行われている。

死因は脳出血だった。自宅で倒れ、救急車で運ばれたが帰らぬ人となった。

喪主は二代目を継いだ尾方宗士。三十二歳、一流ブランドのスーツでぱりっと決めているが、キザな眼鏡が似合わず、あまりヤクザっぽくない。彼の並びに幹部らの顔ぶれがそろっている。若頭の佐久間健次。そして若頭補佐の谷垣宏治。

アキラこと杉坂晃は彼らの中にいた。

尾方組の盃を受けて五カ月が経っていた。

中堅扱いなので、幹部たちより少し下がった場所だった。

アキラはいつも革ジャンやジャケットにジーパンといった格好だったので、喪服として急いで新調した黒いスーツは体に合ってなくて、肩の辺りがかなり窮屈だった。眠気を催しそうな読経の中、革靴の底で砂利を踏みしめながら、自分の過去を振り返っていた。

土木現場での仕事は三カ月と続かなかった。町工場でやっと職を見つけ、旋盤工の見習いとして働き始めたはいいが、先輩工員から執拗な嫌がらせをされ、とうとう喧嘩になった。相手はアキラより十センチも大柄な男だったが、しょせんアキラの敵ではなく、その工員は全治二カ月という重傷を負った。

仮釈放され、保護観察中の暴力行為は、当然、処罰の対象となる。罰金で済めばいいが、それ以上の刑に処せられる場合、仮釈放が取り消しとなって刑務所に戻ることになる。

そんなときに、またあの谷垣が自分から会いに来た。

――お前が娑婆にいられるためには組に入るしかない。

谷垣はそういった。

もともとアキラに選択肢はなかったのである。

長い葬儀がようやく終わり、組長の遺体が入った白木の棺が霊柩車に運び込まれ、寺院を出発した。ヤクザたちが乗った黒塗りの車が列をなして、その後に続く。

アキラは三台目のベンツの後部座席に乗っていた。隣は谷垣である。

「うちもすっかり斜陽じゃのう」

煙草をくわえながら谷垣がつぶやいた。

自分で取り出したライターはジッポーだった。やけに使い古していて、周囲は銀メッキが剝がれて真鍮の色が剝き出しになっている。それを擦ってケントの煙草に火を点けた。

尾方組の構成員は組長以下、十一名。ひと頃は四十名の組員を抱えて大所帯だったが、桜会との抗争勃発以来、死亡者や離脱者が増え、昔の勢いは見る影もなく、組は弱体化の一途をたどった。

二代目となった宗士にカリスマ性は皆無だったし、何よりもヤクザとしての気概に欠けていた。

実質、今の尾方組は若頭の佐久間が動かしている。

「稲田さんところが頑張っちょるけえ、桜会や榎本一家もおいそれとこっちの縄張り荒らしはせんようになったが」

葬列には稲田組からも組長、稲田信雄以下、幹部ら数名が参加していた。

同じ山口の日吉一家の傘下として、双方は兄弟関係にあるが、稲田組のほうがここでは後発なので、やや格下になる。ただし、構成員の数は稲田組が二十九名と遥かに多い。しかも急進的に勢力を伸ばし、武闘派集団といわれ、今や古株の尾方組を凌駕しつつある。

「稲田の組長は、四年前に死にかけたって話でしたね」

アキラがいうと、谷垣はかすかに頷く。

右足を上下に激しく揺らしていた。貧乏揺すりは谷垣の癖だった。そうしながら右手でジッポーのライターをもてあそんでいる。拇指で蓋を開いたり閉じたりする。その音がやけに耳障りだった。

「料亭から出てきたところに不意打ちを食らって、桜会の刺客がひとり突っ込んできたそうじゃ。組員が体を張って稲田さんを守った」

「その人、匕首の達人だったって聞きました」

「刀根っちゅう有名な男じゃった。一瞬で相手の腕を切り落としたらしい」

「凄いですね」

「稲田さんとこは昔気質のテキヤじゃった。港湾業から成り上がったうちなんかより、よほどヤクザの王道を行っちょる。ほいじゃが、今は匕首や刀の時代じゃない。お前があんとき笠岡をやれたのはピストルを持っちょったおかげじゃ。銃口を向けて引鉄を引きゃ、いやでも相手は死ぬ」

アキラは黙った。

あのときの記憶が脳裡を過ぎった。

「ヤクザの世界もどんどん変わっていくのう。うちの二代目は大学出のボンボンじゃ。斬った張ったのきの字も知らん。それでいて汚い金儲けには手を出す。経営者としての手腕はあるかもしれんが、人望も人徳もないくせして、いっぱしに喧嘩っ早い」

「そうなんですか」

「先代の頃は無茶もやったが、引き時ちゅうもんをちゃんと知っちょった。これ以上、一線を越えたらいけんちゅうルールをわきまえちょった。じゃけえ、それぞれの組同士が仲良うならんでも、お互いに共存できちょったんよ。今の若い連中はそれを知らん。そのくせプライドばっかし高うて、すぐに癇癪玉みたいに弾けよる」

指に挟んだ煙草から紫煙をくゆらせ、谷垣は目尻に皺を寄せる。

「自分もそうならんよう戒めます」

アキラがいうと、谷垣はちらと彼を見た。

「お前はもう吹っ切れちょるじゃろうが。笠岡を弾いたときにな」

　アキラは黙っていた。

「まだ、うちで預かって何カ月かじゃっちゅうのに、しっかり極道ぶりが板についてきたのう。さすがに墨田さんが見込んだだけのことはあるわい」

「ありがとうございます」

「そういや、榎本んとこにも道具の扱いが上手いのがひとりおるらしい。まだ、お前ぐらい若い奴らしい」

　その話は聞いていた。

　一年前、三笠橋近くにある榎本一家の息がかかった地下カジノにちょっかいを出していた尾方組の幹部、佐々木武(たけし)が、店内でその男に肩を撃ち抜かれている。他に二名、尾方組の若いヤクザがいたが、手も足も出なかったそうだ。

「ありがたいことに榎本は今、稲田組との抗争にかかりきりじゃけ、うちのほうはのんびりやれちょるがの。いつなんどきまた修羅場になるかわかりゃあせんけえ、お前も自分の道具をしっかり磨いちょけ」

　アキラは頷いた。

「明後日(あさって)は二代目の襲名披露じゃ。よそから客もようけえ来るけえ、油断せんとしっかり見張っちょけよ」

「わかりました」

そういったとたん、谷垣に笑われた。

激しく貧乏揺すりをしていて、その揺れがシートを通じてアキラに伝わってくる。

「もしも――」

そういいかけて、谷垣はふっと口を閉ざした。

アキラは彼を見た。遠くを見るような谷垣の視線が気になった。

「俺に何かあったら、うちの組を出てもええ。ここはのう、お前みたいに有能なのが、いつまでもおるところじゃないけえ」

「どうしてそんなことを？」

「あの組長じゃ、この先、長いことシノギをやっちょれんじゃろう。そうなったら稲田さんのところへ行け。あそこの組長とは懇意じゃけえ、お前のことはようゆうちょく」

「でも……」

「墨田さんが生きちょった頃はまだ良かった。わしらぁ、しょせん田舎ヤクザじゃけ、のんびりしちょったしのう。堅気の衆にも迷惑かけんで極道がやれちょった。それがだんだんと時代が変わってきたんかのう」

アキラはふっと清作のことを思い浮かべた。

自分がまだ十代で、清作がアキラの家に出入りしていた頃、たしかにヤクザのあり方は今とはだいぶ違っていた気がする。

戦後を引きずっていた時代だったせいもあるだろうが、彼らはいかにも極道らしく仁義の世界に生き、ある種の必要悪として市民と共存していた。しかし、今のヤクザは仁も義もなく無軌道な暴力に走り、互いの抗争を繰り返しているばかりだ。

彼が生きていたら、今の自分を見てどういうだろうか。

25

雪が舞っていた。

積もるほどではないが、空一面を覆う鉛色の雲から絶え間なく粉雪がひらひらと落ちてくる。底冷えのする寒い朝であった。

ジンは久しぶりに川下地区の土を踏んでいた。

車は目立たぬように白い日産ローレルをチャーターしてきた。運転手は奏太。助手席に純太。ジンは後部座席だ。

最後にここに来たのは〈シーキャンプ〉という店で密売屋の大野木と会ったときだから、もう五年以上前になる。それ以後、ジンはシノギに追われる多忙な日々だった。カオルがいるマンションに何日も帰れないときもあった。

榎本康三組長の号令で、いよいよ明日、尾方組の事務所に討ち入りをすることになった。

その前日の下調べである。

作戦はできあがっていた。先陣を切るのはジンである。

事務所ビルの図面はすでに警察を通じて入手していた。要塞のように堅牢なヤクザの事務所ビルだが、やはり弱点はある。

組員も十名しかいなくなっていて、弱体化は明白だった。

しかも二代目組長は大学出の青二才と周囲から噂され、組を率いる実力に欠ける。いくら頭が良くても、独特のカリスマ性がなければ組織を引っ張っていくことは難しい。おそらく組員らの士気は低下しているだろう。

尾方組のビル前を何度か通過したが、とくに警戒している様子はない。たまにジャージ姿の若い衆がぶらぶらと出入りをしているぐらいだった。

初代組長が病死し、二代目の尾方宗士が跡を継いだ。その襲名披露が三日前に終わったばかりだった。そのときに襲撃すれば、難なく奴らを壊滅させることができただろう。しかし、それだけはしてはならないことだった。

ヤクザにとってもっとも大事な儀式のときに、武力で制圧する。それはもっとも卑怯で、忌むべき行為であった。たとえそれで相手を壊滅させても、それを実行した榎本一家は極道の世界でシノいでいけなくなる。

それにしても――と、ふと思い出す。

あの墨田清作がいた尾方組。そのことを思って少し複雑な気持ちになる。

もしも彼が生きていたら、アキラは清作の招きで組に入っていただろうか。船乗りになるなんて気取っていっていたアキラだった。やはり、他に生きるべき道はなかったのかもしれない。

あいつはまだ少年刑務所にいるはずだ。少なくとも、あと一年。


やがて彼らは川下地区を出て、新寿橋（しんことぶきばし）を伝って今津二丁目に入った。

ふたつ目の信号が赤になり、奏太がローレルのブレーキを踏んだ。停止線で停まっていると、左の街路樹のところから横断歩道を渡り始めた女性がいた。セミロングの髪を茶色に染め、コート姿でブーツを履いている。薄茶色のバッグを肩からかけていた。

その横顔を見て、ジンはハッと気づいた。

直子だった。

思わず彼はドアロックを解除し、後部座席のドアを開いて外に出ていた。

横断歩道の途中で、彼女がびっくりして振り向いた。

お互いの視線が絡んでいた。

ふいに直子が眉根を寄せた。しばし目をしばたたかせ、それからふっと吐息を投げたようだ。向き直ってから、こういった。

「ジンくん。久しぶりね」

「久しぶりじゃの」

だが、直子はどこか冷めたような表情だった。

「その格好……ヤクザでもやってるの？」

ふいにジンは自分の服装を見下ろした。

真っ黒なコート。その下は黒のスーツに真っ赤なシャツ。首から派手な金色のネックレスをぶら下げている。髪はオールバックに撫でつけていて、いかにもヤクザそのものだ。

「ああ」

ふっと直子が笑った。「なんか……びっくりした」

しばし黙っていたジンは、思い切ってこういった。

「少し時間をくれんか。茶でも飲まんか」

ちょうど近くに喫茶店の看板が見えていた。直子が振り向いた。

「え……いいけど？」

クラクションが聞こえた。

信号が青に変わり、ローレルの後ろについている水色のバンの運転手がいらだっているのが見えた。

ローレルの助手席のドアが開き、純太が外に出て怒鳴った。

「なんじゃ、われ。文句あんのか」

バンの運転手は地味なローレルに乗っていたのがヤクザだと知って、さすがに驚いている。あわててバンを後退させると、車をUターンさせて、すぐ近くの路地に消えていった。

直子が少し肩をすくめ、それを見つめていた。

「悪いが先に帰っとけ」

ローレルの外にいる純太に、そういった。

「ええんですか？」

「あとでタクシーつかまえて戻る」

純太は頷き、車内に戻る。

ローレルが走り出す。運転席の奏太が奇異な目でこちらを見ているのがわかった。

〈風車(かざぐるま)〉という名の小さな喫茶店だった。

木造りの扉を開くとカウベルが鳴った。

クラシックの曲が静かに流れ、暖房がよく効き、コーヒーの香りが店内に漂っている。

ふたりとも、頭や肩に少し雪を載せていた。直子がバッグから薄桃色のハンカチを出して拭いてくれた。

客が他にいなかったので、ふたりは窓際の四人がけの席を選んだ。直子は傍らの席にバッグを置いて座った。ジンはコートを脱ぎ、隣の席の背もたれにそれをかけたが、上着は脱がなかった。

腰に拳銃をつけたままだった。

五十代ぐらいの髭のマスターは、いかにもヤクザなジンを見て複雑な表情だったが、黙ってグラスの水とメニューを持ってきた。

ふたりはホットコーヒーを注文した。

コートを脱いでワンピース姿になった直子は、少し瘦せていた。肩の辺りで切りそろえたセミロングの茶髪が似合っていた。耳元には小さなシルバーのイヤリングが揺れている。口紅など化粧は薄めだった。

「結婚……したんか」

左手薬指の指輪を見て、ジンがいった。

直子がテーブルの上の自分の指に目を落とし、またジンの顔を見つめた。

「一昨年の五月。そこの白崎の八幡さまで式を挙げたの」

「そうか」

傍らの椅子に置いてあるバッグはグッチだった。着ているワンピースも一流ブランドのもののようだ。

「旦那さんは、いい身分みたいじゃの」

彼女は頷いた。

三十代になったばかりだが、市内の沿海地区にある石油化学関連の企業の重役をしているのだといった。今津川に近い場所に新しく建ったマンションにふたりで暮らしているそうだ。

グラスの水を飲んで、ジンがいった。

「言葉遣いもすっかり変わったのう」

「あの人、東京からこっちの企業に転任してきたの。家の中で私だけ岩国弁じゃ、ちょっとおかしいし」

そういって、少しだけ視線を逸らした。窓の外に降る雪を見つめているようだ。

ジンも少年時代ほど訛ってはいないが、直子ほどではない。

店内に流れるクラシックの曲が変わっていた。

演奏中のレコードのジャケットを、壁の小さなラックにかけておくのが店主のやり方らしい。ショパンの第十五番変ニ長調『雨だれ』。ウラディーミル・アシュケナージ指揮と読めた。

ジンは視線を戻して、いった。

「それで……幸せなんか？」

直子は横顔のまま、小さく頷く。なぜか寂しげな瞳が揺れている。

「あなたは？　あのときの可愛い人とまだつきあってるの？」

自転車でふたり乗りをしている姿を見られたことを思い出した。

「結婚はしとらんが、ずっといっしょに住んどるよ」

「その人、幸せ？」

ジンはかすかに眉をひそめた。「たぶん」

直子は傍らの椅子に置いていたグッチのバッグを開き、中から煙草を取りだした。ジンが知らない銘柄で、女性の絵が描かれたアールデコ調のデザインのパッケージにｅｖｅと名が記されている。細身の煙草だった。

「あなたも吸うの？」

「いや」

ジンが首を振ると、彼女は爪にピンクのマニキュアが塗られた細い指に煙草を挟んだ。店の備え付けのライターで火を点け、傍らに向かって細く煙を吹いた。その横顔にかすかに痣のようなものが青く残っているのに気づいて、ジンは訊いた。

「お前、ホンマに幸せなんじゃろうのう？」

直子は何もいわなかった。煙草の煙を細くくゆらせながら、窓越しに降る雪を見つめている。

「ね。野田くんのこと、知ってる？」

そう振られて、ジンは首を傾げる。

「そういや、ずいぶん前に国病に見舞いにいってみたら、少し前に目覚めたちゅうて看護婦にいわれてびっくりした。あれきり、あいつとは会うちょらん」

「彼ね。おまわりさんになったのよ」

ジンはさすがに驚いた。

「ノンタが……？」

「去年の春頃だったかな。新聞に記事が載ってたの。交通事故の障害で二年の昏睡からよみがえり、そのハンディを克服して警察官になる夢を実現させたって。写真を見ると、昔の野田くんとはぜんぜん違って、たくましい顔つきになってた」

「そうか」

平家山で誓い合った三人の夢。

あのとき、すでにノンタは将来は刑事になるといっていた。

しかし自分とアキラは――。

「それにしても、あなたがヤクザだなんて、ちょっとびっくり」

そういって直子がかすかに笑う。「ミュージシャンになる夢は捨てたの？」

今度はジンが黙り込む番だった。

店主がトレイを運んできて、ふたりの前のテーブルにそれぞれコーヒーを置き、伝票を伏せて置いて去って行った。直子はブラックのままで口に運び、少しすすって戻した。

「それとも、あのアキラくんの影響かしら」

服役中の彼のことを思ってジンはつらくなった。

「あいつのほうがまっとうかもしれん。アキラのことじゃし、出所したらきっと真人間になるじゃろうが、俺はこのとおりのハグレ者じゃけえの」

「男の人って、どうして自分を抑えられないのかしらね」

何度も自問したことだった。しかし答えは出ない。

「彼女を泣かすようなことだけは絶対にしないでね」

ジンは何もいえなかった。

カオルがときおり見せる、悲しげな表情を思い出したからだ。

直子が煙草一本吸う間、ふたりはあれこれと会話を交わしたが、お互いの近況についてはどちらもほとんど触れなかった。

やがて直子が灰皿の中で煙草を押しつけて揉み消した。

「じゃあ、買い物があるからもう行くね」

直子が立ち上がり、テーブルの伝票を取ろうとしたので止めた。

「ええよ」

「そう。ありがとう」

グッチのバッグを取ると、彼女は背を向けた。

扉のカウベルを鳴らし、直子は表に出て行った。かすかな化粧の香りだけが残った。

ジンはじっと椅子に座ったまま、まったく口をつけていなかった自分のコーヒーを見つめていた。

クラシックの音楽が静かに店内に流れている。

トマゾ・アルビノーニの『アダージョ』。壁にかけてあるレコードのジャケットにそう読めた。心を揺さぶるような重く、悲しい旋律だった。

静かに耳を傾けているうち、ふと、『野獣死すべし』のことを思い出した。

ノンタがきっと深く愛しただろう小説。冷たい情熱を心に秘めて社会に復讐するタフな一匹狼の物語。しかしノンタはアウトローではなく、法の番人である警察官になった。

一方、ジンは――。

もう、俺は引き返せない。

このまま突っ走るしかないのだ。

かすかな足音がして、窓の外を直子が去って行く後ろ姿が見えた。

足早に車道を渡り、歩道沿いに小さくなってゆく。猫背気味で、右手にバッグ。左手は口元を覆っているようだ。

泣いているのだとわかった。

その姿に被さるように粉雪が風に舞い、かすかな音を立てて窓ガラスに当たっている。

26

三日後、ジンは尾方組の事務所ビルの前にひとり立っていた。

よく晴れた日の朝だった。

お気に入りのマッキントッシュのコートを羽織り、ズボンのポケットに両手を突っ込んでいる。サングラスはレイバンのトラディショナル。足元はいつもの革靴ではなく、動きやすいレッドウイングのワークブーツである。

やがて正面のドアが開き、数人のヤクザたちが出てきた。

監視カメラにジンの姿が映っていたからだ。むろん、彼の素性は明らかになっている。

たちまち周囲を囲まれたが、ジンはたじろぎもしない。

「何じゃ、安西。ひとりで何をしにきよったんじゃ」

尾方組の若衆のひとりがドスのきいた声を放った。

ふたたびドアが開き、焦げ茶のスーツにでっぷり太った体を包み、たるんだ顎の下に贅脂のネクタイを締めた男が姿を現した。尾方組の若頭、佐久間だった。

「組長さんに挨拶にきた」

すました顔でジンがそういった。「二代目の顔を見たくての」

「なめちょんのか、おら！」

別の若衆が突っかかったが、佐久間が止めた。

「組長が会いたいちゅうとる。入れ」

ジンがふっと笑った。

佐久間が踵を返し、太った体を揺すって歩き出す。ジンが続き、周囲を若衆が囲んだまま移動する。

ビル入口から入ったとたん、佐久間が振り向く。

「そこの壁に両手をつけや」

いわれるまま、ジンは冷たいコンクリの壁に両手を当てた。

すかさず若衆がふたり、ジンの身体検査をする。袖口から脇の下、ズボンの裾に至るまですべてをチェックする。もちろん拳銃は持ってきていない。刃物もだ。

「兄貴。丸腰です」

若衆にいわれ、佐久間が納得する。

階段を上り、二階のフロアに到着した。通路も狭いが、フロアも同じだ。が、重たい扉を開けると、突然、目の前が大きな広間になっていて、そこが尾方組の事務所だ。

ヤクザの事務所はどこも似たような構造である。

豪華なソファがいくつかテーブルを囲み、奥に組長が座るソファがある。

お決まりの神棚に先代の写真。〈仁義〉と大きく揮毫された額。窓は大きいがすべて鉄板で覆われていて、光は天井の照明だけだ。そんな中に大勢の組員たちが立っている。

全員が緊張し、険阻な顔をそろえていた。

二代目を継いだ組長、尾方宗士はいちばん奥のソファに座っている。

噂通り、まだ若い。高級ブランドらしいスーツをまとい、メタルフレームの眼鏡をかけて、髪は七三分けだ。ヤクザ独特の凄みも感じられなかった。

彼の前に若頭の佐久間が立っている。その近くに若頭補佐の三上(みかみ)、片岡(かたおか)がいる。しかし、同じ若頭補佐の谷垣宏治の姿がなかった。

尾方組でいちばん腕の立つ男という噂だった。

あと、ひとりを除いて――。

「何しにきた」と、三上が訊いた。

「二代目にご挨拶じゃっちゅうて、さっきからゆうちょりますが」

にべもなくいうジンに若頭の佐久間が目を細める。

「敵味方で挨拶も何もないじゃろうが。極道の仁義も知らんくせして」

　ジンは黙って笑みを浮かべた。

「ようも、うちの佐々木を撃ってくれたの」

　組長がそういって、ゆっくりとソファから立ち上がった。

「向こうさんが先に抜きよりましたけえ」と、ジン。

「先だの後だの、西部劇かの」

　組長がいったので、周辺のヤクザたちがわざとらしく笑った。佐久間は無表情のままだ。ジンの出方を待っているのだろう。

「なんぼ早撃ちが得意でも、丸腰じゃあしょうがないのう」

「それが、どうですかのう」

　そういってジンが不敵に笑った。

　ふっと冷めた表情に戻り、何気なく視線を横に投げた。傍らにある椅子を見つけると、自分でそれをとって、ゆっくりと腰掛けた。

　背もたれを前に、両足を左右に広げたかたちだ。

　そうして背もたれの上に片手を横たえた。

「横着な奴じゃ」

　佐久間がいったとき、だしぬけに事務所の電話が鳴り出した。

その場にいたほぼ全員が仰天していた。

「こんなときに……」

佐久間がいらだたしげにいい、子分のひとりに向かって顎を振る。

パーマをかけた若衆がテーブルの上の電話を取った。

「組長。表からです。喫茶店からコーヒーがとどいちょるっちゅうて」

尾方組長がしらけた顔になった。

「何じゃ、さっきの注文かいや。とんだタイミングじゃの」

他の組員たちがまた笑い始めたが、ジンだけは無表情に椅子に座っている。

27

ノンタが運転するパトカー〈岩国東6〉が、今津地区を走っている。

信号が赤になり、ノンタはブレーキを踏む。

アイドリングの音が眠気を催す。当番日で午前九時からパトロールに出たばかりだが、昨夜はなぜかあまり眠れなかったからだ。昨日から妙な胸騒ぎのようなものがあった。こういう〝予感〟は、ノンタの場合、当たることが多い。

助手席は大嶋巡査長。左腕を吊っていた包帯は先週とれたばかりだった。暴走族に鉄パイプで折られた骨は、さいわい単純骨折だった。痛みは少し残っているが実務に支障はないという。

「何を浮かん顔しちょる。お前、近いうち刑事講習に推薦されるちゅう話ど」

ふいにいわれて驚いた。眠気がいっぺんに消し飛んだ。

「本当ですか？」

刑事講習とは、文字通り刑事になるための講習である。これは上司の推薦がなければ受けられない。

「うちの課に赴任直後に倉庫荒らしの現行犯逮捕。こないだの暴走族のときは、体を張って俺をかぼうてくれたじゃろうが。武道のほうの成績も悪ぅない。ほいで、うちの課長が推薦するようじゃの」

「俺が……刑事に……？」

「じゃが、刑事講習を受けたからっちゅうてすぐに刑事課に異動できるわけじゃないけえの。試験に合格して、刑事課からの人事補充を待っちょらんといけん」

ノンタは黙っていた。

「何か浮かん顔をしちょるの？」

横合いから見られて、ノンタはやはり戸惑う。

「嬉しいんですが、秋山課長のことが頭にあって……」

大嶋はまたふうっと溜息をついた。

「そんとなことはええじゃろうが。警察官も出世してなんぼじゃ。くよくよ迷うちょらんで刑事をめざしゃええんよ」

信号が青に変わり、ノンタはアクセルを踏み込む。

今津川にかかる新寿橋を渡った。

川下地区に入ってしばらくすると、大嶋がふっといった。

「ここらは昔から変わらんのう」

「そうですか」

ハンドルを握りながらノンタが返す。「大嶋さん、生まれは川下じゃったですね」

「戦争が終わった年は、まだ十一歳じゃった。ここらはあの頃のまんまじゃ」

「戦争中の爆撃で、基地も町もみんなやられたんかと思いましたが」

すると大嶋がふっと悲しげな笑みを浮かべた。

「それが町はともかく、基地にゃ一発も爆弾が落ちんかった」

「どうしてですか?」

「アメリカさんはのう、戦争に勝ったらあの飛行場を使おうと考えちょったんよ。ほいじゃけ、基地の滑走路や格納庫はほとんど無傷じゃったの。その代わり、狙われたのは民家とか掩体壕じゃった。とくに岩国駅の周辺なんかは徹底的に叩かれた」

ノンタは両親からそのことを何度か聞かされている。

岩国は九回におよぶ空襲を受けた。それも焼夷弾ではなく爆弾だったそうだ。家屋を焼くのではなく、施設を徹底的に破壊するためだった。

B29爆撃機から何千発という爆弾を落とされて、一帯は無数の擂り鉢状になっていたという。

「駅前とかあの辺りにゃ、零戦の格納庫やら製油所や燃料廠やらがあってのう、それを狙うて爆弾をようけ落とすし、グラマン戦闘機が機銃掃射で町の人間やら徴用工やらを狙い撃ちしちょった。あとで知らされたが、そんときはすでに日本の無条件降伏が決まっちょって、アメリカにも伝わっとったらしい。終戦の前日じゃった……」

暗い顔をする大嶋が小さく吐息を洩らす。「あんとな恐ろしい時代、もう二度と来んようにせんにゃあなあ」

ノンタは彼の顔を見ることができなかった。

「暗い話をしたの」

大嶋はだしぬけにノンタの腕を軽く叩いた。

「いや。ええんです。そういう話、大事だと思います。だから、たまには――」

言葉の途中で、大嶋がふいにいった。

「おい。そこで停めれ」

反射的にミラーを見て、ノンタはブレーキを踏んだ。

前方、十字路の交差点がある。その数メートル手前で路肩に車を寄せた。

交差点の向こうにトラックが二台、停まっていた。いずれもカーキ色の幌をつけていて、まるで軍用車両のようだ。もちろん基地関係ではない。米軍はフォードなどアメリカ製のトラックを使うが、そこに停まる二台はいずれもいすゞ、つまり日本製だった。

「あのトラックが何か？」

ノンタが訊いても、大嶋は黙ったまま、フロントガラス越しに前方をにらむようにしていた。やがて、こういった。

「あの向こうに何があるか、知っちょるか？」

いわれて気づいた。

「たしか、尾方組の事務所、ですね」

ノンタは気づいた。「出入り、ですか？」

大嶋が眉根を寄せながら口を引き結んでいる。

「署に、現状報告」

「は、はい」

ノンタは車載無線のマイクを取って、尾方組事務所ビルの近くに不審なトラックが二台、停まっていることを報告した。これからヤクザ同士の抗争が始まる可能性があると。

しかしややあって、無線連絡担当の婦警が意外なことをいってきた。

――すみやかに帰署してください。

「どうしてですか？」

あせったノンタが訊き返す。しかし、向こうは冷たい声でいってくる。

――〈6号車〉はただちに帰署。課長命令です。

ノンタは思わず、助手席の大嶋と視線を合わせた。

28

来客を知らせるチャイムが鳴り、事務所の壁に設置されたいくつかのモニターに映る白黒画面の中に、出前箱を持って立つスタジャン姿の若い男性の姿が映っている。野球帽をかぶり、眼鏡をかけていた。傍らにはスーパーカブが停まっている。

ざらついた画面の中で、ぽつねんと立っている様子だ。

「何やっちょるんじゃ。ぐずぐずしちょったら冷めるけえ、早う、コーヒー持ってこさせんか」

組長がいうと、若衆のひとりがあわてて事務所を出て行った。

やがて組員に連れられてアルミの出前箱を抱えた若い男が事務所に入ってきた。

「失礼します! 喫茶〈ノワール〉です!」

大きな声でいって、ソファに囲まれたテーブルの上にコーヒーを配り始める。

「おう、いつもの姉さんじゃないんか」

組員のひとりにいわれ、野球帽にスタジャンの若者がヘコヘコ頭を下げた。

「今日は風邪を引いて休んじょりますけえ、臨時の代役です」

ジンは相変わらず椅子を前後逆にして座り、背もたれに肩肘を載せている。喫茶店の使いの若者とちらと視線が合う。

双子の弟、奏太である。むろんジンにはあらかじめわかっていた。

この事務所が一日、最低でも三回は近くの喫茶店からコーヒーの出前をとっているという情報をつかみ、店に手を回していたのだった。表のチャイムを彼が鳴らした段階で追い返されたらアウトだったが、まんまとうまく行った。

奏太は大きなテーブルに七つばかりカップとソーサーを置いて、それぞれにポットからコーヒーを注いだ。スプーンを並べ、スティックシュガーを添える。最後にミルクの入った小さなポットをテーブルの真ん中に置いた。

「最近、お前んとこのコーヒーはいつも冷めちょるけえのう。電話でゆうたとおりに、ちゃんとアツアツにして持ってきたか、え？」

佐久間に訊かれ、奏太が野球帽の鍔を持って頭を下げた。

「——そりゃもう、体が焼けるぐらいアツアツにしちょりますけえ」

さも愉快そうにいいながら、空になった出前箱から、黒い大型拳銃を取り出して、それをジンに放った。

ジンは座っていた椅子を倒して立ち上がる。

ゆっくりと回転して飛んでくる拳銃。空中でその銃把をつかんだジンは、なめらかに旋回させるように組長の頭に向けた。

引鉄を絞る寸前。

——やめろ、ジン！

その声に、ジンは思わず目をやった。自分の渾名が呼ばれたことに驚いた。

事務所の入口のドアが開き、そこにふたりの男が立っていた。

スーツ姿のひとりは角刈りのヤクザ、若頭補佐の谷垣宏治だ。

しかし、今の声は谷垣ではなかった。

その隣に立っているのは、革ジャンにジーパン姿の長身の若者。彫りの深い顔。ややブロンドでウェーブがかった独特の髪を見て、ジンは驚く。

「アキラ……」

あっけにとられた顔で、その名を口にした。「まさか、お前？」

そのとき、視界の隅で谷垣が懐から素早く銃を抜いた。

黒い拳銃がジンに向けられ、すさまじい銃声とともに青白い銃火が網膜を焼いた。

29

銃声——。

パトカーの中にいるノンタには、それがはっきりとわかった。

目の前の尾方組の事務所ビルの中からだった。

同時に近くに停まっている二台のトラックに動きがあった。運転席や助手席のドアが開き、さらに荷台の幌の後部が開けられて、大勢の男たちが姿を現す。いずれも特攻服やツナギなどを着て、手に手に匕首や拳銃らしきものを握っている。ヤクザたちだ。

おそらく銃声を合図に突入という段取りだったのだろう。

「大嶋さん！」

ノンタは焦って助手席に声をかけた。「これでも署に帰還ですか?」

しかし大嶋は何もいわない。口を引き締め、眉根を寄せている。

「行きましょう！　目の前で事件が起こってるんですよ」

「ダメだ」

彼は身じろぎもせずにいう。「俺たちは上からの指示に従わんといけん」

ノンタはとっさに無線のマイクを取った。

「〈岩国東6〉から本署。尾方組のビルで抗争事件が勃発。指示を願います！」

ややあって、無線機から通信担当の婦警の声が戻ってきた。

——〈6号車〉、ただちに帰署してください。

「〈6号車〉から本署。もう一度、願います。なぜ戻らなければいけないんですか」

——繰り返します。これは課長命令です。

「しかし……！」

横合いから手が伸びてきて、マイクを奪われた。

大嶋がいってマイクを架台に戻した。

「〈6号車〉、これより帰署します」

ノンタは焦って前方を指さす。二台のトラックから出てきた男たちは、それぞれが血走ったような目つきで尾方組のビルに向かって走っている。さらにトラックが一台、いらだたしげなエンジンの唸りを上げながら、すさまじいスピードで走り出す。

道路の真ん中で、そのトラックは大きくカーブした。タイヤが悲鳴を放った。

トラックは後ろ向きに尾方組のビル正面へ激突した。

ガラスが破砕する派手な音。

いったん前進してから勢いをつけ、ふたたびビルに突っ込む。

出入口のドアが破壊されたようだ。

またトラックが前進したとたん、待ちかまえていたヤクザたちが、破れた出入口からビルの中へとなだれ込んでいく。

30

谷垣が発砲する寸前、ジンは横っ飛びに射線を避けていた。

弾丸が唸り、体をかすめた。

硬いリノリウムの床に落ちると同時に、ジンは反転して拳銃をかまえた。

床に倒れた状態で、ジンは谷垣を撃った。弾丸が腹に命中して、谷垣が目を剝いた。両膝(ひざ)を落とし、右手から彼の拳銃が転げ落ちた。

それを助け起こしたのは――アキラだ。

ちらとジンのほうを見たが、そのまま被弾した谷垣を介抱している。

ジンはすかさず銃口を向け直すが、尾方宗士二代目組長は背中を見せて、すっかり逃げの体勢になっている。裏口らしい奥のドアに向かおうとしていた。

片膝をついて立ちざま、ＧＩコルトを撃った。一発目は外した。二発目が背中のどこかに命中したらしく、スーツが裂けて血煙が舞うのが見えた。

尾方が突っ伏すように転がり、組員たちの向こうに見えなくなる。

女の金切り声に似た甲高い悲鳴が聞こえている。

つかの間、銃声が途絶えた。

間断のない発砲のせいで、ジンの耳がおかしくなっている。鼓膜が圧迫され、ひどい耳鳴りがしていた。

尾方組の男たちは、ほとんどが硬直していた。とくに若衆は斬った張ったの経験もなく、撃ち合いなど皆無だ。突然、始まった銃撃に誰もが思考停止状態になっていた。

奏太もアルミ製の出前箱から、銃身の短いリボルバーを引っ張り出していた。それをぎこちなく右手にかまえるが、誰を狙えばいいか判断がつかないらしい。顔が引きつっていて、まるで不細工なカカシのようだ。

それでも奏太は撃った。へっぴり腰にかまえた拳銃を連射でぶっ放した。おかげで尾方組の組員がパニックを起こしたように逃げ回った。

事務所の外がふいに騒がしくなった。

何かがぶつかるようなすさまじい音がして、ビルが揺れた。それが二度。やがて怒声が重なり合い、複数の足音が聞こえた。事前の打ち合わせ通り、外のトラック二台に待機していた榎本一家のヤクザたちが、このビルに突入してきたのだ。

ビル内にいた尾方組のヤクザたちとの戦いが始まったようだ。銃声が聞こえ、悲鳴や怒鳴り声がそれに重なる。

ジンは尾方にトドメを刺そうと前に踏み出し、銃を両手で握り直した。

その前にアキラが素早く立った。

黒い中型の自動拳銃トカレフを右手で握り、ジンの顔に向けた。ジンもＧＩコルトをアキラの顔に向ける。

「なんでお前がここに——」と、ジンがいった。

「お前こそ」

アキラの顔は悲しげだった。

ジンは撃てなかった。迷いがあった。アキラも引鉄に指をかけたままだ。

互いの視線だけが交差している。まるで時間が止まったようだった。

だしぬけに怒声が聞こえた。

佐久間だった。

アキラの体を片手で突き飛ばすようにして、ジンに向かってくる。

手にしているのは拳銃ではなく匕首だ。それを鞘から抜きざま、低くかまえて突っ込んできた。太った巨体のわりには意外に素早かった。

ジンは佐久間の胸の辺りに銃口を向け、引鉄を絞る。耳をつんざく銃声とともに、佐久間の動きが止まる。狙いが外れ、肩口付近に命中したようだ。さらに撃った。二発。三発。そして最後の一弾！

佐久間の巨体を包む高級スーツが千々に裂けて、派手に血潮が飛ぶ。

胸や腹に弾丸を喰らい、巨漢のヤクザがたまらず仰向けに倒れたまま、動かなくなった。自分の血で真っ赤になった顔に、白目だけがふたつ浮いてみえた。

それを見た尾方組の若衆たちが、悲鳴を上げて事務所から逃げ出した。しかしビルの出入口からは、大勢の榎本一家のヤクザたちが押し入っている。彼らも生きてここを出ることはできないだろう。

ジンは全弾を撃ちつくしていた。スライドが下がったまま停まった拳銃から空弾倉を落とし、叫んだ。

「奏太！　予備をくれ！」

その声を聞いて、奏太が放ってきた予備弾倉をキャッチし、銃把に叩き込み、スライドを閉鎖させた。その銃口をめぐらせて尾方組長を狙う。

スーツの背中にどす黒い染みを作って、尾方宗士が這いながら逃げようとしている。ヒイヒイと泣くような悲鳴を洩らしている。

その姿に狙いをつけたとたん、ジンは足を滑らせた。床にいくつも転がっていた空薬莢に、足を取られたのである。

無様（ぶざま）に転倒したが、ジンはかまわず拳銃を向けた。その標的の前にアキラが立った。アキラはふたたび拳銃を向けてきた。殺気立った彼の目に迷いはなかった。

「兄貴!」

ジンを助けようと、前に飛び出したのは奏太だ。

アキラの発砲と同時に、奏太の手にある拳銃が火を噴いた。

奏太の狙いははずれ、アキラの放った銃弾は奏太の胸を撃ち抜いていた。スタジャンに血飛沫が飛んで、奏太が無言で倒れた。床に横倒しになっているジンのすぐ前に、生気のない、うつろな目を開いた奏太の顔があった。

左胸。心臓付近に銃痕が見える。

ジンは歯を食いしばり、立って向き直る。その顔に奏太の体から飛んだ血飛沫が、斑模様を描いている。

「アキラ――!」

ジンが叫んだ。怒号であった。

彼は立ち上がりざま、自分の拳銃をアキラに向けた。今度こそ、躊躇はなかった。

発砲した。

硝煙の向こうで、アキラの体がクルリとひっくり返った。どこかに命中したのだ。

アキラは背後のコンクリ壁に激突した。そのまま反転して床に倒れ込んだ。

ジンはハッと我に返った。

右手にある自分の拳銃。銃口と排莢口付近から硝煙を洩らしているコルト・四五を凝視した。

アキラを――撃った。

この手で撃ってしまった。

ドカドカと乱雑な靴音が聞こえ、事務所入口から大勢が乗り込んできた。

榎本一家のヤクザたち。その中に梶浦の姿もある。血に染まった開襟シャツの袖を肘までまくりあげ、右手に刃の長い匕首を握っていた。切っ先から血がしたたっている。

「ジン、生きちょるか」

そういいながら、梶浦が歩いてきた。

白いスーツ姿だった。袖や肩口の辺りに血が付着していた。

ジンは呆けたように立ったままだ。右手に拳銃を握っている。

「奏太――！」

大声がする方を、ジンは見た。

事務所に飛び込んできた純太が、床に倒れている弟のところに駆け寄った。その上体を抱き上げるが、奏太はすでに事切れている。それに気づいて純太が大声で泣いた。

子供のように泣き叫んでいた。

やがて他の榎本一家のヤクザたちがやってきて、何人かで抱えて奏太の遺体を運び出していく。純太もうなだれた様子でそれに続いた。

「尾方宗士の首は取った。引き揚げじゃ」

梶浦がそういった。高揚した表情。

ジンはふたたび目の前に倒れているアキラを悲しげに見つめた。

ゆっくりと歩み寄った。横向きの顔は血の気がない。しかしまだ息はある。体を仰向けにしてやると、弾丸は胴体ではなく左膝付近に命中したようだ。ズボンのその部分が赤黒く濡れていた。

意識を失ったのは銃創のためではなく、壁に頭をぶつけたせいだろう。

やがて瞼が痙攣し、アキラが目を開けた。かすかに眉根を寄せ、ジンを見上げた。

「お前を……撃っちまった」

アキラがふっと笑いを見せた。仰向けのまま、いった。

「今さら後悔しとんのか」

「いや」

「だったらええじゃろ。今や、俺らは敵味方だ」

なんと答えたらいいか、ジンにはわからなかった。

「早く行け、ジン。ぐずぐずしちょると警察が踏み込んでくる」

アキラにいわれて考えた。思い切ってこういった。

「お前も連れて行く」

「なぜ」

「清作さんのいなくなった尾方組に、なしてそんな義理があるんか?」

アキラは応えず、視線が揺らいでいる。

「また刑を喰ろうたら、今度は十年じゃすまんだろう?」

アキラはふっと眉間に皺を刻んだ。

無理やりにアキラの上体を起こした。弾丸が砕いた左膝は、まったく用をなさないようだ。背後から抱き上げ、壁につかまらせて立たせてみた。左腕を持ち、肩を貸した。

少し離れたところに谷垣が両膝を落としていた。

さっきからずっとその姿勢だった。

ジンの・四五口径弾を一発、腹に喰らったまま、死にきれずにいるようだ。床についた膝の間に大量の血溜まりができていた。

梶浦がその姿に気づき、ジンにいった。

「先に外に出ちょれ。こいつと話があるけえ」

だが、ジンはアキラの腕を自分の肩にかけたまま、足を止めていた。

梶浦は谷垣の前に立っていた。

谷垣はゆっくりと顔を上げて、梶浦を見上げた。

「……悔しいが、俺らの負けじゃの……」

谷垣の言葉に、梶浦が小さく頷く。

「皮肉なもんじゃ。お前とは、ガキの頃から不良仲間じゃったのに、なしてこうやって敵味方になったんかのう」

その言葉を聞いてジンは胸が痛んだ。傍らのアキラを見つめた。

谷垣がかすかに笑ったようだ。唇が小刻みに痙攣していた。

「慈悲じゃけ。頼む」

かすれた声に、梶浦がふうっと息を洩らした。

匕首をそっと鞘に収めると腰に差し、懐から小さなリボルバーを引き抜いた。黙ってそれを谷垣の右手に握らせた。

「すまん」

谷垣がそういった。

「俺もじきに後を追う」

そういい残すと、梶浦は険しい表情のまま、ジンたちを促して歩き出した。アキラを支えながら、ジンが彼に続いた。ゆっくりとふたりで歩き続けた。

後ろは振り返らなかった。

事務所を出て、階段を三段ばかり下りたとき、背後から銃声がひとつ、轟いた。

31

ノンタと大嶋は、まだ尾方組事務所ビルの近くにパトカーを停めていた。

建物の中から、何度も銃声が聞こえ、男たちの怒号や悲鳴が洩れていた。まさに阿鼻叫喚である。しかし彼らは警察官として動くことはなかった。

撤退命令が出ているのにその場を動かなかったのが、せめてもの意地である。

やがてヤクザたちが次々と出てきた。中には自分の足で歩けず、仲間に引きずられて出てくる者もいる。

「やっぱし賄賂ですか」

ノンタはそういった。「秋山刑事課長だけじゃなくて、もしかしてうちの署の他の何人かがヤクザと関係を結んでるんですか」

大嶋がつらそうな顔になる。「警察署も市議会も、いろいろと裏の世界に通じちょる」

「それを認めろと？」

「俺らは警察っちゅう歯車のひとつじゃ」

そのとき、車載の警察無線が入った。

――東署から各移動。中津町の尾方組事務所ビルにて発砲音との通報。大至急、現場に向かってください。

今さらなにをとノンタは思った。

事件の収束を見計らって、しかるのちに警察が動くように指示されていたのだろう。しかし考えてみれば、この無線が入ったということは好機でもあった。彼らの車両は現場にいちばん近い。

運転席のドアを開けようとした。

「待て！」

大嶋に腕をつかまれた。「機捜が先だ。俺たちはバックアップに回る」

「県警の……機捜ですか？」

苦虫をかみつぶしたような顔で大嶋が頷いた。

機捜——機動捜査隊は初動捜査のためのチームだ。彼らは県警本部に所属するが、東部分駐隊から出動する。しかし通常であれば、いちばん現場に近い〝移動〟つまりパトカーなどが現場に急行し、事件を認知、連絡を受けたのちに機捜が到着するというケースが多い。いきなり機捜がトップで現場に入ることは、ごくまれである。

つまり、すべての段取りはできていたということだ。

ビルを襲撃したヤクザたちは、ひとりまたひとりとトラックの荷台に乗り込んでいる。しばらく見ているうちに、ややあって三人ばかりビルから出てきた。

ひとりは白のスーツ姿。それが血にまみれているのが見えた。続いて怪我をしたらしいひとりを支えながら、黒のコートをはおった若いヤクザが建物の出入口から姿を現す。

その顔を見てノンタは驚き、目を疑った。

「ジン……」

その彼に支えられている若者は、他ならぬアキラだった。

32

「お前らといっしょに行くわけにはいかん」

ジンに腕を取られながら、アキラがそういった。足を止めると、汗ばんだ顔でジンを見ている。ジンは考えた。アキラは尾方組の組員だ。

「そうか」

トラックの幌の荷台に乗り込もうとしていた梶浦が振り向いた。

「何しちょるんか」

「先に行ってください」ジンは彼にいった。「俺は残ります」

「何ゆうちょる。グズグズしちょったら警察が来るど」

ジンに支えられたアキラを見て、梶浦はいった。「そいつは置いときゃええ」

「そうはいかんです。こいつとは腐れ縁だから」

梶浦はしばしじっとジンたちを見ていたが、そのままトラックの荷台に乗り込んだ。排気音を立てて、二台のトラックが出発する。それを見送ってから、ふたりでゆっくりと歩き出した。

ジンはアキラの左腕をとって肩に担(かつ)いだまま、ゆっくりと歩いた。アキラは左足を引きずりながら、ゆっくりと歩調を合わせた。

楠(くすのき)の大樹が並んでいる土手に出た。

そこから錦川が見下ろせた。

川面が太陽の光の下できらめき、コンクリの低い堰堤(えんてい)である井堰(いせき)が対岸に向かってまっすぐ延びている。楠は十一本もあり、大きいものは樹齢三百年あまり、高さ三十メートルにもなる古木である。

並木の付近に人はおらず、中年男性が運転する白い軽トラックが、ゆっくりとふたりの傍を通過しただけだった。くわえ煙草のドライバーは、彼らに目も向けずに去って行った。

二月の風は冷たく、川から吹き寄せてくる。

汗ばんだジンにはそれが心地よかった。

アキラを抱えるようにして、坂道を下り、やがて井堰のコンクリの斜面を少し歩いたところで足を止めた。

錦川はここで今津川と門前川に分かれ、下流側は海に近いために潮の満ち引きがある。そのため、今は引き潮でテトラポットが露出している。そこで子供たちが数人、遊んでいるのが見えて、今日が日曜日だとジンは思い出した。

「少し座って休まんか」

ジンがいうと、アキラが頷く。

ふたりで冷たいコンクリの上に腰を下ろし、下流側に向かって座った。

羽音に気づいて肩越しに振り向くと、真後ろから大きな白鷺(しらさぎ)が飛んできて、頭上を通過し、少し下流の浅瀬に下りたって翼を閉じた。

「井堰か……久しぶりに来たな」と、アキラがいった。

「俺も広島から転校してきた頃は、なんか寂しくて、しょっちゅうここに来とった」

そういってジンが微笑む。「川を見てたら気が紛れるんだ」

「俺もだ」

それからしばし、ふたりで黙り込んでいた。

ジンはアキラの脚を見た。ズボンが血塗られている。

「……その傷、大丈夫か」

「膝を撃ち抜かれただけだ。お前の下手くそな射撃のおかげで、命を取り留めたわ」

出血は止まっているようだが、もし骨が砕けているとしたら、左足は使い物にならなくなるかもしれない。

しかしジンはアキラの脚を撃ったことを後悔していなかった。

それがなぜか自分でもわからない。

「ジンがこんな人生、選んでるのは意外だった。しかしなんでなんだ？　もしかして俺のせいか？」

いわれてジンはしばし考えた。

「きっとこうなる運命だったんだろうな。俺はミュージャン、お前は船乗り。どちらもその夢をなくした」

「夢か……」

アキラが肩を揺らした。ジンも笑う。

しばし、ふたりで悲しげに笑い合った。

ふいにアキラがジンの腰を指さす。

「お前の拳銃を見せてくれ」

ジンはホルスターから引き抜いた。

大型の軍用拳銃を見て、アキラはふっとまた笑う。「やっぱしそうか。あんとき、俺が棄てたのを拾ったのか」

「お前が警察に行って、すぐに捜しに行った。あれからずっと憑かれてた」

アキラが奇異な顔で振り向く。「憑かれる?」

「麻薬と同じだ。こいつがなくちゃ生きていけんようになっちまった」

「清作さんがいってた。それはベトナムで何人か殺した銃かもしれんって。俺もそれを持ってたとき、異様な感覚をなんべんも感じた。人を斬りたくなる妖刀があるとしたら、銃にもそういうものがあるのかもしれん」

アキラはまたジンの手の中にある拳銃を見つめ、彼の横顔に目をやった。

「憑かれたら、引き返せなくなるぞ」

ジンは作り笑いを浮かべた。「もう、とっくに引き返す場所を通り越しとるよ」

茶化したつもりの言葉が、アキラをひどく落ち込ませたのがわかった。

しかしいったん口にしたものを、取り消したり、引っ込めたりはできなかった。

静かな中にかすかに瀬音だけが聞こえている。岸辺近くの浅瀬に立つ白鷺は、首を曲げたまま、じっとそこにたたずんでいた。

ジンは傍らのアキラに目をやった。

「いつ出所した」

「去年の一月だ。二年早く、仮釈放された」

「それでもうヤクザか」

あきれた顔でジンが訊いた。だが、アキラは笑わなかった。

「カタギになりたかったが、そうはいかんかった。組に入るしかなかった」

アキラは唇を噛みしめていた。そのつらそうな横顔がジンには気になる。

「少年刑務所に八年。地獄みたいな毎日だった。あそこにはもう戻りたくない」

「そんなにか？」

アキラはゆっくりとうつむく。「新入りだったときから上に目をつけられてな。とくに初犯は〝サラ〟って呼ばれて、殴られ蹴られは当たり前だったし、何回も便所に連れ込まれて、ケツの穴がただれるまでカマを掘られた」

ジンは思わず眉根を寄せた。日米ハーフであるアキラ。ブロンドがかった髪の毛や、少し中性的な顔は性に飢えた奴らからすると、格好のターゲットだっただろう。

「誰も止めないのか」

「刑務官は見て見ぬふりだった。それが当たり前の生活だった。けっきょく、そういう虐めを受けんようにするために、わざと懲罰を受けて独居房にぶち込まれた。そこのほうが遥かにましだったからだ」

「ずっとそんなだったわけか」

「三年目に少し変わった。俺が桜会の笠岡を撃ち殺したことが噂になって、ムショの中に広まった。同じ〝サラ〟でもコロシで入ると格が違うらしい。しかも相手は広島の暴力団の大物だったし」

　アキラはそういって、革ジャンの上着の懐から煙草を取り出した。キャメルだった。

　一本振り出してからくわえた。

「お前は相変わらず吸わんのか」

　ジンは頷く。

　アキラはジッポーで火を点けた。

　パチンと音を立ててライターの蓋を閉じた。

「ムショ暮らしもそれで少しは楽になったが、今度は刑務官からいろいろやられての。生意気とか、気に喰わんとかで殴られ蹴られだ。何日かメシを抜かされたこともあったし、小便を飲まされたこともある」

「ひどいな」

　あそこに帰りたくないというアキラの気持ちが、ジンにも痛いほど伝わった。

「お前もヤクザ稼業を続けてたら、いつかはムショ送りになる」

「覚悟はしとる……」

　そうはいいつつ、アキラから聞かされたことはかなり応えた。

　ふいに子供たちのはしゃぐ声が聞こえた。

見れば、テトラポットの上で小さな魚を釣り上げたところだった。

ハゼ科のゴリという川魚だった。それを見ていて、ジンは思い出した。

「昔、ここで直子と会った。あれが付き合いの始まりだった」

額に垂れていた前髪をかき上げ、ジンはいった。「だいぶ前にあいつと別れたよ。今は別の男と結婚してる」

アキラがいうので、ジンは驚いた。

「写真屋のショーウインドウに結婚写真があった。たまたま見つけた」

「俺もこないだ今津で見かけて、ちょっと茶店で話した」

ふいにジンが眉根を寄せた。「直子から聞いたが、ノンタは警官になったらしい。新聞記事で知ったそうだ」

「そうか、あいつがオマワリか。俺らはいったい、何をしちょるんかの」

「なあ。平家山のことを憶えてるか。あれから十年になるか」

ジンの言葉にアキラは頷いた。

「あそこら一帯は、ひどい山火事ですっかり丸坊主になっちまった。おそらく俺らが名前を刻んだあの木も、もうない。三十年経ったら、あそこに集まって再会の約束を果たすといってたのに、それはもうかなわぬことだ」

「アキラはこれからどうする」

アキラはまたつらそうな表情を作り、風に乱れた前髪をかき上げた。「稲田組に厄介になるつもりだ」

ジンはふうっと息を投げた。

「稲田組に？」

「俺はヤクザの生き方しかできんし、他に行くところがない」

ジンはアキラを見てから、川面に目を戻す。水面がキラキラ光っている。

「お前は俺の舎弟のひとりを撃ち殺した。お前がヤクザでいるかぎり、これの落とし前はつけんといかんが」

「俺もただ黙ってお前に取られるわけにはいかんな」

そういって、アキラが悲しげに眉をひそめた。

「今度、会うときには決着をつけるか」

「ああ」

ジンは傍らに落ちていた小石を拾い、川に投げた。小さな波紋ができた。

白鷺が突如、大きな翼を広げて水際から飛び立った。空に舞い上がり、ゆっくりとふたりの上を旋回してから、西の空へと飛んでゆく。

ふいに後ろから風が吹いてきた。

肩越しにふたりが振り向く。

上流側の水面に無数のさざ波が生じていた。ふいに寒さがつのってきた。ずっと川の向こう、城山が見える辺りに灰色の雲がかかっている。

33

四月三十日、ベトナムのサイゴンが陥落した。

二年前にすでにアメリカ軍は撤退していたが、ベトナム政府軍と共産軍の戦いはずっと続いていた。それがとうとう政府軍の敗北が決定的となり、およそ三十年の長きにわたるベトナム戦争がついに終結した。

さらに月日が過ぎて、春が過ぎ、猛暑の夏が去って行く。

十月になっていた。

ノンタ——野田哲太は岩国東署刑事課の部屋に自分の机を持っていた。

刑事講習を受け、任用試験に合格。

ちょうど刑事課に人事の空きができていたおかげで、警察官になって五年目に刑事となれた。それも高卒でこの早さは異例である。やはり勤務の功績があり、さらに外勤課の課長推薦が大きかったのだろう。

スーツもネクタイもよれよれで、ズボンの折り目は不器用なアイロンがけで二重になり、ワイシャツは何日も着っぱなしなので襟首が黒くなっている。刑事課員になって支給されたものだが、すでに着古した状態である。

警察官を拝命し、岩国東署に赴任以来、ずっと独身寮だったが、ようやく署の近くにアパートを借りて住むことになった。ところが多忙が続き、そこに戻れない日も多かった。

この日も朝から刑事部屋には大勢が詰めていたが、それぞれが担当の現場に出かけていった。ノンタのような若手はとくに早朝から市内を飛び回る。今日はノンタもたまたま出番がなく、書類仕事に没頭できていた。

無精髭をザラリと撫でながら欠伸をしていると、向かいの机から声がかかった。

「野田よ。ちぃと、昼飯につきあわんか」

そこに座る真藤充樹巡査長の顔を見た。同じようによれよれになったワイシャツ姿。無精髭に覆われた口元に、短くなったハイライトをくわえている。短く刈り上げた白髪交じりの頭髪。太い眉の下に鋭い目が油断なく光っている。

刑事課の先輩だった。ノンタが課に着任して以来、コンビを組まされている。

「報告書がまだ終わってないのですが」

「そんとなもんはええよ。秋山さんも今日は休んじょるし」

刑事課長の秋山は風邪を引いたということで、今日は出勤していなかった。

仕方なくノンタは報告書をバインダーに挟んで、書類立てに差し込んだ。

開け放した刑事部屋の窓から、米軍の戦闘機の轟音が飛び込んできた。ノンタの隣の机で電話をかけていた寺崎という中年の刑事が、あからさまに不機嫌な顔で耳を押さえ、受話器に向かって大声で怒鳴っている。

　真藤は灰色のスーツの上着をとって刑事部屋を出ようとしているところだった。

　ノンタはあわててあとを追った。


　岩国東署を出て、岩国駅に続く本通りの雑踏の中を歩いた。真藤はズボンのポケットに両手を突っ込み、くわえ煙草だ。

　ちょうど前方から歩いてきたふたり組の男。角刈りに眉毛を剃り、派手なシャツを着ていて、明らかにヤクザ者だとわかる。それが真藤に道を空けて、そろって頭を下げた。

「ご苦労様です」

　三カ月、この男といっしょにいて、すっかりなじみになった光景だった。

　真藤は挨拶を返しもしない。すれ違って少ししてノンタが後ろを見ると、肩越しにこちらを見ながら立っていたふたりの姿。そのうち、ひとりが傍らに唾を吐いた。

　駅前ロータリーの傍にある中華そば屋に入った。真藤と昼となると、いつもここだ。

　入口脇のカウンターでプラスチックの食券を買い、テーブル席で待つ。じきに中華そばがふたつ運ばれてきた。真藤はいつも背脂をたっぷり入れてもらう。ノンタは一度、それを真似して腹を壊したことがある。

テーブルに置いた二枚の食券を取って、女性店員がそそくさと厨房に戻っていった。胡椒を振りかけると、割り箸を割ってすすりながら、真藤がいった。

「仕事、ちぃたあ馴れたか？」

「ええ……いや、まだ」

正直にいってしまったノンタは、ごまかすようにどんぶりの汁をすする。

「毎日毎日、外回りと書類書きの繰り返しじゃ。刑事がこんとに地味な仕事じゃとは思わんかったろ」

「そうですね」

もともと警察官になりたかったのは、子供の頃から刑事ドラマが好きだったからだ。テレビではいつもかっこいいスーツを着た男たちが街中で捜査をし、ときには拳銃を使って犯人を逮捕していた。

ノンタにとっては正義の味方のような憧れがあった。

「それに安月給じゃしの」

そういって真藤はおかしげに笑う。

「安月給だからって、真藤さんはヤクザから賄賂をもらってるんですか」

ノンタがいったとたん、彼はむせそうになり、あわてて水を飲む。周囲を見てから、小声でこういった。

「いなげなこというなや。誰かに聞かれたらどうするんじゃ。ありゃあのう、警察と組の間にパイプを作って情報をスムーズに行き交いさせるためじゃ。適度に仲良うしちょらんと、奴らは貝みたいに口を閉ざしよるけえの」

「だけどその金、真藤さんのポケットマネーになってるじゃないですか」

「ボーナスみたいなもんじゃ。いちいち慈善事業に寄付するわけにもいかんじゃろう?」

「そりゃまあ、そうですが」

店の奥、棚に置かれた小さなテレビで、昼のローカルニュースを放送している。

岩国市内川下地区で勃発した、一連のヤクザ抗争事件について、地方新聞の記者を交えて解説されていた。

山口にある日吉一家系列のふたつの組、尾方組と稲田組が岩国に事務所を持っていた。広島桜会と、その下部組織となった榎本一家が彼らの縄張りを狙って仕掛けてきた。事務所への威嚇発砲、組員同士の小競り合い、やがてそれは血で血を争う本格的な抗争へと発展し、第二次川下戦争とマスコミに呼ばれるまでになった。

一時は争いも鎮静化していたはずが、今年になって突如、再発した。

そして二月、尾方組初代組長が亡くなり、二代目になってまもなく、榎本一家が尾方組の事務所を襲撃し、すさまじい戦闘が繰り広げられた。

死者八名、重軽傷者十三名を出して戦いは終結した。とりわけ襲撃を受けた尾方組は、構成員のほとんどが死傷または逃走し、事務所は壊滅状態となった。

アキラとジン。

ふたりのことを思い出して、ノンタは胸が痛くなる。

彼らがどうしてあそこにいたのか。今となってはなんとなくわかるような気がした。

もとよりアキラはヤクザになる道を選んでいた。それは彼自身の諦観のようなものだった。自分が生きてたどってきた線路が、つまるところ、そこに向かうしかなかったことを、自分自身でわかっていたのだろう。

だがジンは違うはずだった。彼には彼の夢があった。

なぜその夢を捨てたのか。

ノンタはリハビリから自宅に戻った際、一度、ジンらしい人物を見かけた。いかにもヤクザっぽい衣装で、女性を連れて歩いていた。今にして思えば、あれはたしかにジンだったのだろう。

あの銃撃の現場でふたりを見かけ、ノンタはなすすべもなく彼らが去って行くのを見送るしかなかった。むろん上からの命令というか圧力もあって、その場で動けなかったこともあるが、それ以上に何かが自分自身を呪縛していた。

アキラもジンも、すぐ近くにノンタがいたことを知らないはずだ。

「お前、例の現場におったそうじゃの」

まるで考えを読まれたように、真藤にいわれてハッと我に返る。

「あ……大嶋さんとふたりでした」

ノンタはそうつぶやいた。「指をくわえて見てるしかなかった」

「仕方なかったのう。いくら拳銃を携帯しちょっても、お前らだけでどうなるわけでもなかったろうし」

真藤のその物言いに皮肉というか、棘を感じた。

「すみやかに機動隊を出すべきでした」

思い切ってそういった。

「前もってわかっちょったら、県警に打診できたかもしれんがのう」

「前もってわかってたんじゃないですか。垂れ込みがあって」

真藤の視線がかすかに揺らいだ。

「秋山さんの噂か」

「課長だけじゃないでしょう。署長に副署長、それに市会議員まで」

真藤はしばしノンタを見つめていたが、ふと視線を落とし、どんぶりを抱えて汁をすすり、飲み干した。それを置いてから、ズボンから取り出したハンカチで口を丹念に拭き、爪楊枝を一本とって歯間をほじくった。

「ほいじゃがの。あの時点で奴らの殺し合いを止めとったら、いつまでもおんなじことの繰り返しじゃったろう。さいわい尾方組が壊滅して、暴力団の組織がひとつ無うなった」

いわれてノンタは口をつぐんだ。

たしかに結果としてはそういうことだ。警察にとってみれば、いや世間にとってみても、ヤクザ集団がまるまるひとつ壊滅すればありがたい話だ。だが、やはり納得がいかない。法の番人として社会正義を守る警察が、そんな悪辣な手を使ってもいいのか。

考えていると、真藤がこういった。

「お前が刑事課に引っ張られたのは欠員があったからじゃ」

「知ってます。椎名さんですよね」

「稲田組のヤクザとつるんじょったけえの。罪に問われず馘になっただけ幸運じゃ」

「はめられたって噂ですが」

「噂は噂いや。それともお前、本人を知っちょるんか？」

「いや。椎名さんの同僚だった岡田さんから、ちょっとうかがっただけです」

「ほんなら、何もいわんほうがええ。いらん波風立てると、お前までうちにおられんようになるど」

そういってから、眉を寄せて困ったように笑う。

「ええけえ、早(はよ)う食え。すっかり麵(めん)が伸びちょるじゃろうが」

くわえていた爪楊枝を灰皿の中に放ると、煙草のパッケージから一本振り出し、店の備え付けのマッチで火を点けた。

34

アキラは軍用の長いコートを羽織り、夜の町を歩いている。

左足を引きずるたびに、ジーパンの上から脚部に装着した鉄製のギプスが軋む。その異様さに道を空ける通行人もいる。しかしアキラはかまわず黙然と歩を運ぶ。

片手に黒いボストンバッグをぶら下げている。

ジンに撃ち抜かれた左膝は、手術をしても健常な状態には戻らなかった。わずかに曲げ伸ばしすることができるので車の運転だけは不自由がない。しかし風呂に入るにも、服を着替えるにも苦労する。装着した鉄製のギプスはネジ止め式なので、それをいちいち外さなければならない。

その独特な歩き方と風体は、街のヤクザたちの間では有名だった。

自然にそこにいるだけでもある種の凄みがある。だから、稲田組の中でも彼は孤立していたし、特異な存在であった。

もっともアキラにとってはそれが好都合だった。行き場のない自分を拾ってもらっただけでも組には恩があるが、自分が極道であり続ける理由は別のところにあった。

安西仁——ジンという存在である。

彼はすっかりヤクザの世界に入ってしまった。アキラが刑務所にいた八年の間に、ズブズブと深みにはまっていったのだ。そのきっかけが自分にあることはわかっている。そして、あの拳銃である。

尾方組の事務所でアキラはジンの舎弟を射殺した。意図したわけではないが、斬った張ったの世界では落とし前をつけることが常道なのである。

今さら引き返せないのはアキラも同じ。

だとすれば、やはり互いに決着をつけるしかないのだろう。

ジンを見ていると、アキラは鏡の中の自分自身の姿を覗いているような気がした。おそらくともに、同じような人生をたどり、アウトローの世界に入ったためだろう。しかしそれ以上に、自分とジンはあまりにも酷似している。

鏡の中の自分に向けて銃を撃つ。それは自分をも殺すということだ。

運命だとしたら、仕方がない。

アキラは口を引き結んで左足を引きずり、歩き続けた。

稲田組の組長、稲田信雄はブランドもののスーツがよく似合う初老の男性だった。多めの髪を後ろに撫でつけ、鼻の下に豊かな髭を蓄えている。年齢は六十五だが、十歳は若く見えた。

煙草はダンヒル。ヤクザの親分や幹部によくいるように、子分がいちいちライターで火を点けることを好まず、自分でマッチを擦って煙草の先に持っていく。いらぬ見栄には無縁な男だった。

――はっきりゆうて、うちも落ち目でのう。

初めて挨拶に事務所を訪れたとき、稲田は目尻に皺を刻み、自嘲気味に笑いながら、そういった。

――経営状態もようないけえ、本来、今さら新入社員は雇えんのじゃが、亡うなってしもうた谷垣さんもじゃが、何よりも墨田さんにはえらい世話になった。このことだけは忘れんよ。

そんなふうに義理に篤い昔気質のヤクザだった。それを知っていて、谷垣はアキラに稲田組を紹介したのだと気づいた。

一度だけ派手な出入りがあった。

自宅から出てきた組長が車に乗り込もうとしたところ、横合いから突っ込んできたトラックから武装した数名が飛び出し、銃撃をくわえようとした。いずれも榎本一家のヤクザたちだ。

それを防いだのは助手席にいたアキラだった。

車外に出て撃ち合いになったが、彼はひとり悠然と立ったままで拳銃を抜いて反撃、二名に重傷を負わせた。残った榎本一家のヤクザたちは怪我人を抱えて這々(ほうほう)の体(てい)でトラックに逃げ込み、遁走(とんそう)していった。

以来、アキラは組長の専属ボディガードの役を仰せつかった。

銃の腕よりも度胸を買われた。

ふつうは撃ち合いになると、どうしてもビビってへっぴり腰になり、ヤクザ独特の撃ち方になるのに、アキラは違っていた。背筋を伸ばして半身になった姿勢で銃の狙いをつけ、引鉄を絞る。だからアキラの弾丸は相手に命中する。

先の出入りでもアキラは外さなかった。二名にしか傷を負わせられなかったのは、粗悪な中国製の拳銃が不発を起こしたからだ。確実に撃てる銃が必要だった。稲田組の組長はそんな彼に金を渡し、銃の密売人を紹介した。

岩国駅から北西にまっすぐ伸びる中央通りの一角に、小さなビリヤード店があった。

古びた三階建てビルの二階に〈栄光(えいこう)〉という店名の袖看板が点り、錆(さ)び付いた鉄製の外階段を上ってそこに入るようになっている。

店の前に大型バイクが停めてあった。車体に英語で〝Harley-Davidson〟と読めた。アメリカのオートバイメーカーの名だということは知っていたが、そのバイクが目印だと約束の相手にいわれていた。

〈休業〉という札がかかったガラス扉をかまわず開くと、薄暗い照明の下、広いフロアにいくつかのビリヤード台が並び、壁際にジュークボックスが居座っている。

ただひとりを除いて客はいなかった。

その男──黒の革ジャンにジーパンの大柄な人物が、ポケット台にかがみ込んでキューをかまえたまま、ゆっくりと振り返る。

「稲田組の杉坂か」

アキラは頷いた。

「大野木?」

「そうじゃ。早いのう。約束の時間は七時ちゅうたのに」

大野木という巨漢は向き直り、キューで球を撞いた。乾いた打撃音とともに、ひとつがポケットに落ちた。

店の壁にかかった時計は六時四十分を指していた。

よく見ると、店の奥に小さなカウンターがあり、その向こうに赤いベスト姿の店主らしい男が座って新聞を読んでいた。かぐわしい匂いが店内にこもっていると思えば、男がパイプをくわえていた。

アキラはボストンバッグを持ったまま、板張りのフロアを踏んで、大野木のところに歩いていく。

左足のギプスが軋む音が気になるのか、大野木がまた振り向いた。

「稲田のおやっさんから聞いたが、桜会の笠岡を弾いたそうじゃの」

カウンターの向こうの店主が気になり、アキラは彼を見た。相変わらずパイプ片手に新聞に目を落としている。

「ここなら大丈夫じゃ」

顎を軽くしゃくって彼がいう。

白髪交じりの髪を短く切った店主は、彫像のようにそこにいるだけだった。

おそらくその筋の人間なのだろうとアキラは思った。

「金は持ってきたか」

アキラは黙って自分の足元にボストンバッグを置いた。

それを見た大野木は、隣のビリヤード台の上に横たえていた小さなアタッシェケースを持ってきて、自分の前の台に載せた。ロックを外して蓋を開く。

ケースの中にはウレタンクッションが敷かれていて、黒光りする拳銃が横たわっている。

弾丸の紙箱もふたつばかり、そこに収まっていた。

「アメリカ製の大口径のリボルバーがええちゅうたのう」

アキラは頷き、こういった。「無理な注文だったか？」

大野木がふっと笑う。

「俺が手に入れられんブツはない。銃とヤクに限ってはの。じゃが、なしてリボルバーがええんか？」

「確実に全弾を撃てる」

アキラはそういった。

自動拳銃には作動不良がつきものであるため、回転式のほうがいいと思ったのだ。それも粗悪な中国製やフィリピン製などではなく、アメリカの拳銃に限る。

「残念ながら・四五口径が手に入らんかったが、こいつは・三五七マグナムじゃ。・三八口径と同じでも火薬量が倍あって、・四五口径よりも威力がある」

アタッシェケースをクルリと回してアキラに向けてきた。

彼は黙ってそれを取り上げた。

木目がきれいに出たゴンカロの太い銃把。ガンブルーに染まったフレームとシリンダー。四インチ銃身の側面に〝SMITH & WESSON〟と小さく刻まれていた。フレーム側面のサムピースを押して、回転式のシリンダーを振り出す。六連発のレンコン状の弾倉は空だ。

「弾丸は・三八口径が五十発、箱に入っちょる。それと・三五七マグナム弾を五十発、サービスでつけちょく。どちらも、その銃で撃てる」

「マグナムだけでいい」

「銃身が細身じゃけ、マグナムばっかし撃っちょると、そのうち亀裂が入るっちゅう話じゃ。ふだんは・三八を使うて、いざっちゅうときにマグナムを撃つほうがええ」

アキラは納得した。銃をケースに横たえると、蓋を閉じた。

それから自分の足元に置いていたボストンバッグを大野木のところに持って行く。

「きっちり百万ある」

バッグを隣のビリヤード台に無造作に置いた。「確認してくれ」

「稲田さんとこじゃし、信用しちょる」

アキラはアタッシェケースの把手をつかんで持った。重量が伝わってくる。

「それで榎本の首を狙うんか」

またビリヤードのキューをとって台にかがみ込み、大野木がそういった。

「榎本じゃない」

アキラは踵を返した。ギプスの音を立てながら歩き出す。球を撞く音のあと、大野木の声がした。

「あそこには安西ちゅう腕利きがおるの？」

アキラは足を止めた。

「よく知ってるよ」

そう答えて、また歩こうとしたとき、こういわれた。

「その足はもしや？」

しばし黙っていたアキラは、彼を見ていった。

「あいつに撃たれた。恨みはないが、ケリはつける」

「撃つときは二発じゃ」

アキラがまた彼を見た。

ビリヤード台に寄りかかったまま、大野木が指をふたつ立てている。

「頭と心臓を狙え。相手は確実に死ぬ」

アキラはふっと笑い、向き直り、また歩き出した。

左足のギプスが軋んだ。

カウンターの向こうにいる店主を見たが、最前とまったく変わらない姿でパイプの煙をくゆらせているばかりだ。

35

四日後のことだった。

午後一時過ぎ、岩国駅に近い麻里布町の消費者金融業、いわゆるサラ金の強盗事件が発生した。

犯行直後に被害を受けた店から岩国東署に通報が入った。重要事件になる可能性があって、県警の機動捜査隊が出てくることになったが、東署刑事課にも現場急行の命が下った。

ノンタはまたほぼ徹夜明け、しかも昼抜きで書類書きに没頭していたが、報告を聞いて椅子を蹴るように立ち上がった。課員のほとんどが押っ取り刀で飛び出していく中、彼は真藤巡査長の机を見る。

今朝から彼は留守だった。ホワイトボードにはただ「外出」と書いてあるだけだ。

課長のデスクに座っている秋山と目が合った。

が、すぐに視線を逸らされてしまう。

「自分も真藤さんと現場に向かいます」

「居場所、わかっちょるんか」

課長にいわれ、仕方なく頷いた。「たぶん」

椅子の背もたれにかけていた上着を取った。

鋭い視線を感じながら刑事部屋を出た。駐車場に置いてあるカローラに乗り、エンジンをかける。次々と出て行く捜査員たちの車両とは別方向に曲がった。

中通りの近くの枝道にカローラを停め、警察車両とわからせるために赤灯を屋根に載せた。少し歩いて中通りに行き、〈パレス岩国〉というパチンコ屋に入った。

自動ドアを開くと、たちまち騒音が耳朶を打つ。音楽は〈軍艦マーチ〉だ。

真藤は思ったとおり、三列目のいちばん奥の台に向かっていた。いつも彼はそこ——というか、独占していて他の客を絶対にそこに座らせない。

ワイシャツの袖を肘までまくり、ネクタイをゆるめた格好。くわえ煙草で大股を広げ、パチンコ台に向かっている。足元には獲得した玉が山積みになったケースが三箱あった。

彼の近くにノンタが立つと、真藤は振り返った。

「何じゃ、お前か」

「事件です」

とたんに渋面(じゅうめん)になった。

「両替してきてくれるか」

そういわれた。

真藤が貯めていた玉のケース三箱を抱えて店のカウンターに持って行き、「両替でお願いします」とノンタがいうと、店員からプラスチック製の色分けされたカードを何枚か渡される。

それを持って店の外に出る。

パチンコ屋から少し離れた場所に景品交換所がある。

角の煙草屋のような店構えで小さな窓口があり、中に女性がいた。カードの束を渡すと、それに応じた現金を札と小銭で渡される。ノンタは黙って受け取った。

パチンコの出玉をそのまま現金にすることは違法である。だから三店方式というやり方が行われている。つまりパチンコの出玉をまず特殊景品に交換し、それを店の外にある交換所に持って行けば買い取ってくれる。交換所はパチンコ店にそれを卸す。

いわば賭博行為ぎりぎりのグレイゾーンの行為である。

真藤が追いついてきた。スーツの上着をあわただしく引っかけている。

もらったばかりの現金、一万二千円と七百円を差し出した。真藤は一万円札だけを受け取り、残りをノンタにくれた。端金(はしたがね)なんぞ受け取ってうれしくもないが、文句もいえずに黙ってポケットに入れた。

停めていたカローラの助手席に乗るなり、真藤が訊いた。

「ところで何の事件じゃ？」

「サラ金に押し込みです。〝マル被〟は単独。凶器は刃物でした」

ふいに真藤の目が光った。

「場所は？」

「麻里布四丁目」

「国道二号線を走って、錦見五丁目にやってくれ」

唐突にいわれて面食らった。「なんでですか。現場に行かないと」

「ええけえ。俺のいうとおりに行けちゅうの」

頭を乱暴にはたかれた。

錦見五丁目の住宅地に平屋の長屋がふた棟あった。

周囲は夏草が枯れ残った荒れ地になっていて、錆びたトタン屋根は傾き、土壁はひび割れがあちこちに目立っている。ひと棟ごとに四つの居宅が並び、それぞれ風呂の煙突が斜めに取り付けられている。

長屋の前にカローラを停めると、ふたりは車を降りた。

真藤は迷わず手前の棟に向かって歩く。

扉の横に錆び付いた郵便ポストがあり、《有本(ありもと)》という名字が書かれた札がはまっていた。

その前に立って真藤が扉を乱暴に三度、叩いた。

返事がないので、ふうっとわざとらしく吐息を投げている。

「ここの住人がどうしたんですか」

ノンタが訊ねると、真藤はいった。

「岩国駅周辺で、二度ほどサラ金専門の押し込みをやっちょった被疑者の実家じゃ。本人も父親も無職。母親だけが夕方からスーパーにパートに出て働いちょる」

「検挙したことがあるんですか」

「いんや」真藤は首を振る。「どっちも証拠が挙がらんかったけえの」

「留守じゃないですか」

「居留守をいつも使うんじゃ。出てきたら、野田。お前が息子の居場所を訊いてみい。名前は伸二じゃけ」

「じ、自分がですか？」

「聞き込みは刑事の大事な仕事じゃけえの。お前もしっかり覚えんと」

真藤がまた扉を乱暴に叩いた。今度は五回。

ようやく足音が聞こえてきて、鍵が開けられる音がした。わずかに開いた扉から、前髪がほつれた中年女の不安そうな顔が覗く。

「どなたです？」

「東署の真藤じゃ。息子さんのことで来たんじゃが、ちぃとええかの？」

差し出された警察手帳を見て、仕方なく女が扉を開いた。

真藤に顎を軽く振られ、ノンタが恐る恐る中に入った。

狭い三和土に乱雑にいくつかの靴が投げ捨てられるように置かれている。その隙間に立って屋内を見た。部屋はふたつか三つのようだ。入ってすぐのところに流し台があり、どんぶりや皿がシンクに突っ込まれたままだ。畳敷き八畳ぐらいの部屋に卓袱台（ちゃぶだい）があって、汚れたシャツに紺色の腹巻きをつけた中年男が座っていた。

白髪交じりの髪に無精髭。すでに酔っ払っているらしく、赤ら顔である。

卓袱台には日本酒の一升罎と湯飲みがあり、乾き物のツマミが皿からこぼれて散らばっていた。応対した女は男の妻だろうか、モンペのようなズボンにエプロンを巻いていて、足音を殺すように男のところに戻って座った。ほつれた髪を手でいじっている。

躊躇していると、後ろに立っている真藤に背中を小突かれた。

仕方なく靴を脱いで上がり込む。

酒を飲んでいる男に向かうように卓袱台の前に正座した。

改めて警察手帳を提示した。

「東署の野田といいます。あの、有本伸二さんのご両親ですか？」

白髪頭に無精髭の男は湯飲みの酒をあおってから、不機嫌に彼をにらんだ。

「そうじゃ。伸二がどうかしたか」

濁声(だみごえ)とともに、酒臭い息が漂ってきた。

「ええと……今日のお昼過ぎごろ、息子さんはこちらにおられましたか」

「おらん。朝から出かけちょったけえ」

そういって一升罎をつかんで蓋を開け、湯飲みに酒を乱暴に注いだ。勢い余ってこぼれた酒が卓袱台に飛び、ノンタの袖にもかかった。それをハンカチで拭きながらいった。

「行かれそうな場所に心当たりはありますか」

「なして親父が息子が行く場所をいちいち知っちょらんにゃいけんのか。ああ?」

ノンタは言葉を失い、しばし考えた。

彼の隣にいる妻らしき女性にいった。

「奥様は何かご存じですか」

だが彼女はうつむいたまま、口を固く閉ざしている。

「とにかく伸二は朝からおらん。どこに行ったかも、わしらは知らん」

男がいって、げっぷをした。また、酒臭い息がむっと鼻腔(びこう)を突く。

「とにかくそういうことじゃ。帰ってくれ」

ノンタはふたりに頭を下げ、卓袱台の前から立ち上がった。

三和土で靴を履き、扉に手をかける。振り向くと、男は相変わらず酒を飲み、妻らしい女は立ち上がって、流し台の前で洗い物を始めている。ノンタは仕方なく扉を開き、外に出た。

長屋の外に真藤がいた。

ノンタを待っていたわけではなく、小さな子供ふたりと彼は遊んでいた。

この長屋の住人の子供たちらしい。顔立ちが似ているから姉弟なのかもしれないが、スカートを穿いた少女と坊主頭の少年とともに、地面にたくさんチョークで輪を描いた上で飛び跳ねながら、〝ケンケンパ〟をやっていたのである。

さすがにあっけにとられて、ノンタはその様子を見ていた。

子供好きなのか。真藤の意外な一面を見た気がして微笑ましく思った。

やがて真藤はにこやかに笑いながらふたりに手を振って、ノンタのところにやってきた。

「何(なん)かわかったか?」

ノンタは背筋を伸ばしてから、こういった。

「犯行時刻に有本伸二は在宅していなかったそうです。両親とも息子の所在は知らないといっています」

真藤は笑顔のまま、ノンタを見ていた。

ところが沈黙の時間がえらく長いので、ノンタはだんだんと不安になってくる。もしかしたら、今の真藤の表情は本当の笑顔ではないのかもしれない。そう思ったときだった。

「それだけか」

真藤が低い声でいった。真顔になっていた。

「はい。それだけ……ですが」

「警察の仕事をしちょらんがの」

「え？」

だしぬけに突き飛ばされ、ノンタはよろめいた。

真藤が有本家の部屋のドアの前に立ち、また、乱暴に数回、拳で叩いた。

やがてドアが開く。最前の母親が不安げな顔を覗かせたとたん、真藤は強引にドアを開いて中に入った。

「真藤さん！」

ノンタが続いた。

真藤は三和土で乱雑に革靴を脱ぎ捨てて、部屋に上がり込んでいた。母親はあっけにとられた顔で入口付近の壁に背中を押しつけている。湯飲みを持ったまま凝視している父親の前に立つと、真藤は無言で卓袱台を蹴った。一升罎や、柿ピーなどを入れた皿が派手に吹っ飛んだ。

「伸二はどこにおるんか」

あっけにとられて見上げている父親の頬を、真藤は平手で叩いた。

肉を打つ音とともに、右手から湯飲みが落ちて、畳の上に酒をぶちまけた。

父親の赤ら顔が、さらに赤みを増していた。

「お前の息子はのう、サラ金強盗の常習犯じゃ。お前もようわかっちょるはずじゃ。その酒も、息子が強盗をやって手に入れた金で買うたんじゃろうが。え？　ゆうことをちゃんといわんと、親子ともども刑務所にぶち込んだるけえの」

父親は目を大きく開いて、真藤の顔を見上げていた。開かれた口がわなないている。

「伸二はどこじゃ」

激しく目を泳がせていた父親が、かすれた声でいった。

「お、女のところにおる」

真藤は彼の胸ぐらをつかんだ。「詳しゅういわんか」

「平田二丁目の……浅岡団地……な、名前は……」

さらにグイッと強くシャツを絞る。生地が引き裂ける音がした。

「米松……瑞江……」

真藤は彼を離し、懐から手帳を出して名前の漢字を書き取った。父親は近くの壁にもたれて、呆然とした顔をしている。

母親がいきなり真藤の腕をつかんだ。涙に濡れた目で彼を見ていった。

「伸二を許してください！　お願いですけえ」

それを突き飛ばすようにして真藤がいう。

「警察が犯罪者を許すようになっちゃ、おしまいじゃけえの」

手帳を仕舞いながら歩き出した。呆然と立ち尽くすノンタの肩を乱暴に叩き、靴を履いて外に出た。

——何やっちょるんか。早ぅ来んか。

外から声がして、ノンタはあわてて外に出た。

屋外から振り向くと、ふたりの姿が見えた。父親は壁にもたれて呆けたまま、母親は床に突っ伏して泣き崩れていた。

眉間に深く皺を刻み、ノンタはその光景を振り払うように歩いた。

とたんに真藤に首根っこをつかまれた。

驚く間もなく強引に引きずられ、カローラの運転席に叩き込まれる。

乱暴にドアを閉めて真藤が助手席に乗ってきた。車がひどく揺れた。

「莫迦たれが。警察が正義の味方じゃと思うちょるんか」

そういわれたがノンタは何も答えず、歯を食いしばっている。フロントガラス越しにケンケンパを続ける子供たちの姿が見える。

「わしらみたいな叩き上げはしょせん、どう頑張っても出世には無縁じゃけえの。真面目一本でこすいこともやらんでおったら、周りに蹴落とされるだけじゃ。そのことをよう頭に叩き込んじょけ」

そういって真藤は煙草をくわえ、ライターで火を点けた。

「早う車を出さんか。〝マル被〟に逃げられちゃあどうしようもないけえの」

ノンタはつらい表情のまま、アクセルを踏んだ。

サラ金強盗の被疑者、有本伸二は真藤によって逮捕された。

父親がいったとおり、本人は犯行後に女の家にしけこんでいた。ノンタは真藤とともに、そこに踏み込んだ。サラ金から奪った現金がおよそ二百万円。すべてナップサックに入ったままで発見された。

犯行現場の防犯カメラに映っていたのは覆面の男性だったが、背格好や立ち居振る舞いが有本に酷似しており、さらに凶器のナイフを握った手が本人と同じ左利きだったことで追及すると、有本はじきに犯行を自白した。

36

カオルはずいぶんとやつれていた。

もともと小柄なわりに肉付きは良かったほうだ。なのに、今は体重がめっきり減って頬が落ちくぼんでいるように見えた。顔色も良くなかった。茶色に染めた髪の艶もない。ホステスの仕事も辞めて、ずっとマンションの部屋にひとりでいる。

半年前から水槽に熱帯魚を飼っていて、彼女はいつもその前に座っていた。日がな一日、煙草の煙をくゆらせながら、憑かれたような目でじっと魚たちを見つめている。

その夜、九時を回った頃にジンが帰ってきても、カオルは振り向きもしなかった。テレビも点いておらず、ラジオの音もない。水槽に酸素を送るポンプの、物憂げな駆動音だけが、マンションの部屋に響いている。

ジンはしばし佇立して、そんな彼女の姿を見つめていた。

コートを脱ぎ、ハンガーにかけた。

窓のカーテンが開けっぱなしなのに気づいて、閉めに行った。ちょうど岩国駅を出た電車が窓明かりを連ねながら、暗い闇夜を走っている。彼はそれをじっと見つめた。

昔からこうして列車が走るのを見ると、奇妙な既視感に襲われる。

いったいどうしてなのかわからないが、理由を考えることに意味はなさそうだった。つまり既視感というのはそういうものだろう。

「帰ってたの」

物憂げなカオルの声がして振り向いた。

「飯は食ったのか」

「うん」

返事を聞いて部屋を見回すと、カーペットの上に置いたガラステーブルにカップ麺の空容器があって、割り箸が突っ込まれたままだった。

「インスタントばかりじゃ、そのうち体壊すぞ。店屋物でもいいから、ちゃんとしたものを食わんと」

そういって、カップ麺の容器をキッチンの流し台に持って行き、食べ残しを棄ててから空容器と割り箸をゴミ箱に放り込んだ。洋酒棚からブランデーの罎とグラスをとって、ガラステーブルの前に行って椅子に座る。

腰のホルスターから拳銃を抜いて横たえた。

テーブルの下にいつも押し込んである、銃のメンテナンスツールの箱を引っ張り出す。グラスにブランデーを注ぎ、少し飲んでから弾倉をグリップから抜いた。七発の装弾を拇指で弾くように抜き取り、ドミノのようにテーブルの上に並べた。フレームからスライドを外し、スライドから銃身とリコイルスプリングを引き抜く。それらをたんねんにボロ切れで拭き、スプレーオイルを噴いた。

視線を感じて振り向くと、目が合った。カオルは水槽の傍からじっとジンを見つめたまま。指の間に煙草を挟んでいる。

「どうした」

「今日も誰かを殺してきたの？」

ジンは無表情にカオルを見返していた。やがて目を離した。

「いや」

「まさか私、殺し屋の情婦になるとは思ってもいなかった」

ジンはまたブランデーをなめるように飲んだ。グラスを置き、いった。

「殺し屋じゃない」

「ヤクザも殺し屋も似たようなものじゃない」

棘のある言葉だったが、ジンは無視することにした。

熱帯魚の水槽のあるテーブルに、細身のワイングラスが置かれていて、赤ワインの罎が倒れているのを見てしまったからだ。おそらくひとりで飲み干したに違いない。

「最近、純太さんたちが来ないよね」

ジンはちらと彼女を見て、また目を戻した。

汚れと皮脂を拭き終えた拳銃のスライドに銃身とスプリングを戻し、フレームに装着した。スライド先端にバレルブッシュを差し込んで回転させ、リコイルプラグに引っかけ、最後にスライドストッパーを装着して組み立てを終える。

スライドを前後に動かし、滑らかな作動を確かめた。起き上がっていた撃鉄に拇指の腹を当てながらゆっくり戻す。拳銃をテーブルの上にそっと横たえた。

「ふたりともどうしたの。どうして来なくなったの？」

煙草の煙の向こうで彼女がいった。

「俺の世話役から外れたからだ」

嘘をついた。

本当は奏太が死んだからだ。その話は彼女にはしたくなかった。

純太の弟を撃ったのはアキラだ。しかもジンはそのアキラを助けた――少なくとも警察に逮捕されないように、足が利かなくなった彼を、あの事務所ビルから連れ出したことはたしかだ。

その話は組の中でも知れ渡っていた。梶浦はあえて何もいわなかったが、噂は嫌でも広まる。

純太はそのことを知って、ジンを何度となく責めた。なぜ、弟を殺した奴を助けたのか、と涙に濡れた顔で叫び、ジンの服をつかんで離さなかった。

しかしジンは真実を彼に話せなかった。

おそらくどう話しても、自分たちのことは純太には理解できないだろうし、悲しみと怒りの塊のようになった純太を抑えるすべもない。

翌日から純太は組に顔を出さなくなった。

彼のことだからアキラを捜し回っているのだろう。

「私ね、沖縄に帰ることにした」

ふいにいわれ、ジンは唇を軽く嚙んだ。

いつか彼女の口から切り出される言葉だと覚悟はしていた。

「身寄りもないのにか」

「それでも故郷は故郷だからね。もうパスポートも必要ないし」

沖縄が日本に返還されたのは三年前だった。それまであそこは外国だったのだ。

「そうか」

沈黙が続いた。

気になって振り向くと、カオルの目尻から涙が流れていた。

それをジンは見つめていたが、また視線を離した。

七発の弾丸をひとつずつ弾倉に押し込み、それを銃把に差し込んだ。それからまた拳銃をテーブルの上に横たえる。

「どうして私を止めないの？」

ジンは答えなかった。

するとカオルが立ち上がり、彼のところに歩いてきた。

ジンの隣に座った。腕をつかんできた。

「ね、気づいてる？　あなた、凄く変わったよ。初めてお店で会った頃のジンくんは、もっと温かくて、他人思いの人だった。それなのに今はまるで氷でできた人形みたい」

ジンはなおも口を閉ざしている。

人間は変わるものだ。ましてや、夢を捨てて、こんな人生を選んでしまったのだから。

「ジンくん。お願いだから、私のことを見てよ！」

その悲痛な言葉を聞いても、ジンは振り向かない。

ふいにカオルがテーブルの上の拳銃をつかんだ。両手で握り、拇指で撃鉄を起こして、自分の胸に銃口を当てた。

その手から、無造作に拳銃をもぎ取ったジンは、スライドに手をかけて目いっぱい引いて戻し、銃口を彼女の額の真ん中に向けた。

「二度と俺の拳銃に触るな」

涙に濡れた顔のまま、カオルはジンを見つめている。

唇が青ざめて小さく震えている。しかし視線は揺るがず、にらむようにジンを見据えている。その濡れた瞳の中には、悲壮な決意があるように思えた。

しばしお互い、そのままでいた。

だしぬけに電話のベルが鳴り響いた。しかしふたりは動かなかった。

ベルが鳴り続けた。

一回――二回――三回。

ようやくジンが動いた。拇指でセフティをかけると、拳銃を腰のホルスターに差し込んだ。彼女の隣から立ち上がって、ラックの上にある電話の受話器を取った。

「もしもし」

――多賀（たが）です。

「どうした」

榎本一家の若衆のひとりだった。

――梶浦さんが……事務所で血を吐いて、さっき救急車で運ばれました。

ジンは驚いた。知らず、左の拳を握っていた。

「どこの病院だ」

――海土路（みどろ）の東洋（とうよう）病院です。

「すぐ行く」

受話器を置いて、壁のハンガーからコートをとった。

「出かけてくる」

そういい残すと、ジンは部屋を出た。

ドアを閉める前に、カオルを見た。ソファに座って、呆けたような表情で彼を凝視するカオルの姿がそこにあった。ジンは無表情のまま、ドアをゆっくりと閉じた。

37

〈麻里布町サラ金強盗事件〉が解決して、岩国東署のお手柄となった。

本来ならば山口県警から捜査員たちが出向して帳場（捜査本部）が立つ重要事件だったが、初動捜査の段階で刑事課の真藤が被疑者を確保できたため、県警は取り調べのための少数の捜査員を東署に残して引き揚げていた。

取り調べの結果、被疑者有本伸二は犯行を自供、被害額は二百万円と少々。動機は遊ぶ金欲しさだった。また、過去、二度にわたるサラ金の強盗未遂も起こしていて、どちらに関しても自分がやったと有本は自供した。

東署に近い居酒屋の座敷で、刑事課の祝賀会があった。

真藤巡査長は課員の刑事たちから祝杯を受け続けていて、すっかり酔っ払っている。ノンタも真藤に同行したことで誉(ほ)められはしたが、やはり被疑者に手錠をかけた真藤が会の主役となっていた。

秋山刑事課長もすっかり酩酊して、赤ら顔で壁にもたれている。

「それにしても真藤さん、真っ先に有本がやったとにらんだとは凄いですのう」

さっきから濁声でしゃべっている寺崎は、秋山課長の提灯持ちと陰で噂されている刑事だ。おそらく課長の片棒を担いで汚職にも手を出しているのだろうと、ノンタは見ていた。

「二度あることは三度あるちゅうてな。あいつじゃってピンときたんよ」

「さすがです」

冷や酒を飲み干した彼のコップに、寺崎が一升罎を傾けている。

しらけた顔で見ていると、ふいに肩を叩かれてびっくりした。

「ひとりで寂しそうじゃのう」

岡田満寿夫という刑事課の先輩刑事だ。少し離れた座布団に座っていたはずが、いつの間にかやってきたようだ。

いかにも罪のない、人の良さそうな顔をしていて、刑事としての凄みはないが、逆に地取り、鑑取りといった聞き込みで相手が安心して話してくれるという長所もあると、本人が笑っていっていた。

「いや、別に」

ノンタがとぼけていると、岡田は隣に胡座をかいて、小声でいった。

「嫌な奴と組まされたと思うちょるんじゃろう」

図星を突かれて黙っていると、岡田がまた笑う。

「ほいじゃが、ああいう奴といっしょにおるほうがためになるど。警察官のええところも悪いところも学べるけえの」

「なんか自分、刑事に向いてない気がしてきました」

「なしてそんなことをいう」

「真藤さんについていけんのです」

岡田はふうっと息を投げ、いった。

「あいつのやり方は強引じゃけえのう。たしかに捜査のためなら多少の暴力はいとわんし、汚い金のやりとりもする。その代わり、確実に成果を出しちょる。あいつのそういうやり方についていけんちゅうのはわかる。無理に迎合せいとはいわんが、いっしょにおったらいろいろわかってくるじゃろうて」

「秋山課長って、本当にヤクザから裏金もらってるんですか？」

思い切ってそう訊いてみた。

岡田は少し困った顔をしていたが、仕方なく頷く。

「真藤さんもですか」

「ああ。たぶんのう。あいつや課長だけじゃのうて、上もいろいろちゅう話じゃ。副署長も、もしかして署長もかもしれん。市会議員にもいろいろ組に通じちょるのがおって、何かありゃあ、目立たんように圧力かけてくるしの」

「そんなことでいいんですか」

「ええことはちぃともない。が、だからっちゅうて何をどうできるもんでもないじゃろ」

「けっきょく、長いものには巻かれろってことですか」

「そのうち世の中もだんだん変わってくるっちゃ」

そういって岡田はまたノンタの肩を叩き、別の課員のところに移動して飲み始めた。

ふと目を戻すと、真藤と視線が合った。

長テーブルの向こうから、にらむようにノンタを見ていた。


十一時過ぎ。宴会がひけてから、真藤に誘われた。

駅前の行きつけの店でもう少し飲もうといわれて、やはり断れなかった。

酔歩蹌踉（すいほそうろう）という言葉が似合うほど、真藤は酔っ払って足がもつれていた。ことのほか上機嫌で、ときおり歌を口ずさみ、右に左に揺れながらシャッターがほとんど下りた本通り商店街の歩道を歩き続けた。

向かった先はビルの三階にある〈ＬＵＮＡ〉という店名のクラブだった。

ノンタは初めてだが、真藤は常連らしく、店内に入るとコンパニオンの女性たちがやってきて、奥のブースに誘導した。真藤が座るとドレスの娘たちが左右についた。全員で五名。ノンタも隣の長椅子に座ると、娘がひとり、隣に座る。

彼女たちは注文も取らずにキープボトルを持ってきて、勝手に水割りを作り始める。

真藤が煙草をくわえると、すかさずひとりがライターで火を点けた。

「お前もとことん真面目じゃの」

煙をくゆらせながら真藤がいう。「まるで大学出のボンボンみたいじゃろうが」

どう返したらいいかわからず、ノンタは黙っていた。

「この店はのう、ヤクザもけっこう来よるし、なにかと情報を得るにはええところじゃ。奴らと適当に付き合うての、利用し利用される関係を続けることじゃ」

ノンタが黙っていると、大股を広げて座っていた真藤が、ふんぞり返って足を組んだ。

「しょせん警察もヤクザもおんなじじゃ。お互いの立場がちぃと違うだけでのう。えげつないぐらいでちょうどええんよ」

グラスのウイスキーを飲み干し、氷がカランと鳴る。すかさずコンパニオンの娘がお代わりを作る。真藤はほぼひとりでしゃべりながら、酒を飲み続け、煙草を吸った。

五人の娘たちはほとんど真藤を相手にしていた。ノンタの隣に座る娘は、事務的にウイスキーの水割りを作るが、彼との会話はほとんどない。

真藤が立ち上がってトイレに行くと、ノンタは取り残されたように心細くなる。

コンパニオンの娘たちも、とたんに寡黙(かもく)になるからだ。

それは真藤に気を遣っているのか、それともノンタに対するシラケなのか、判然としなかった。

真藤が戻ってくると、たちまち彼女たちは生き返ったようにはしゃぎだし、おしぼりを真藤に出す。酒をすすめ、煙草をくわえたとたん、二、三人が同時にライターの火を差し出す。

だんだんとノンタはいたたまれなくなってきた。

「そろそろ帰ります」といいたいのだが、そういう雰囲気でもなく、嫌々ここにいなければならない。いつしか真藤はひとり語りに露骨な猥談(わいだん)を放言し、娘たちはわざとらしく恥ずかしがったり、笑ったりしている。

それからしばらくすると、真藤はまた席を立った。

「サキちゃん、悪いがちぃと付き合(お)うてくれんか。さっき男子トイレのドアのカギがしっかりかからんかったけえの。他の誰かが入ってこんように、表で見張っちょってほしいんじゃが」

真藤からふたり目のところにいた、二十歳そこそこぐらいの長い髪の娘だ。鼻筋が通っていて、とびきり美人だった。突然、そんなことをいわれ、きょとんとした顔をしていたが、ふいに視線を左右にさまよわせた。

明らかに戸惑いと不安がうかがえた。

「いいですけど……」

そういって立ち上がると、真藤に続いてトイレに歩いて行く。

他の娘たちが不安な顔でふたりを見ているのに気づいた。


悲鳴が聞こえたのは五分も経たないうちだった。明らかに店のトイレのほうからだ。

ノンタは一瞬、迷った。が、すぐに立ち上がった。

周囲に座っていた娘たちが怯えたような顔をそろえている。彼女たちは何が起こっているのかわかっている――ノンタはそのことに気づいてショックを受けた。

店の奥から白のシャツに蝶ネクタイの中年男性が姿を見せた。ノンタのいるブースを見てから、あわててトイレに向かった。

ノンタもそのあとを追って走った。ドアを開くと、男子トイレに飛び込んだ。

――お客さん。やめてください！

男の声がした。

店長なのだろうか、くだんの蝶ネクタイの男が狭いトイレに立っている。その向こうに真藤の後ろ姿が見えている。ズボンを膝までズリ下ろし、サキという娘を壁に押しつけてドレスをまくり上げ、下腹部を密着させていた。

「うちはそんな店じゃないんですから！」

その声に真藤が振り向いた。明らかに不機嫌な表情だ。

サキという娘の横顔も見えた。涙に濡れた目が何かを訴えている。

「何やってるんですか！　真藤さん。やめてください！」

真藤がノンタをにらんだ。

娘の体を離し、ズボンと下着をたくし上げた。ジッパーを閉め、ベルトを装着すると、やおらノンタたちに向き直り、悠然と歩いてきた。

「邪魔するんかい。こらぁ」

濁声で怒鳴りざま、蝶ネクタイの男の顔を拳で殴った。

男が横様に吹っ飛んでタイルの上に倒れ込んだ。

「真藤さん！」

ノンタの声に向き直って、彼を見た。

血走った目が異様だった。まるで別人のようだ。

「せっかくのところじゃったのに、お前らは――！」

怒声を放ちざま、真藤はノンタに近づき、腕をつかみながら足払いをかけた。たまらず倒れたノンタの背中を、真藤は革靴で容赦なく蹴りつけた。

激痛に身をよじりながら逃れようとするが、真藤はなおもノンタの太腿や腰を蹴った。

「俺の部下ならのぅ、ちったぁ、気を利かせぇや！」

冷たいタイルの上を這いつくばるようにして、ノンタは逃れようとした。

しかし真藤は反対側に回り込み、なおも蹴ってきた。

なんとか俯せになって、両手で自分の頭をかばいながら歯を食いしばった。

足音がして、横目で見た。

サキという娘が逃げ出す姿、そのあとに蝶ネクタイの男が続いた。

「この、くそ莫迦たれが！」

真藤がまた野太い怒声を放ち、ノンタの腹を蹴った。

38

タクシーを呼んで、深夜の国道一八八号線を走らせた。

後部座席にもたれて、ジンは真っ暗な車窓の外をぼんやりと見つめている。街灯が前から後ろへと流れ、ときおり対向車がすり抜けるばかりだった。

カオルの額に銃口を向けたことを思い出していた。

彼女はそれを恐れるでもなく、思いつめたような目でジンを見返していた。

カオルは出て行くだろう。自分でいったとおり、故郷の沖縄に戻るのか。あるいは別の街に流れてゆくのか。とにかくジンの元を去るに違いない。

あのときの彼女の目が、はっきりとそういっていた。

友沢直子、そしてカオルこと志良堂ヨリ。けっきょくふたりには愛ではなく、不幸しか与えられなかった。彼女たちと接するときの自分は、あまりに身勝手だったし、相手の心を考えるだけの余裕もなかった。夢を失い、道を踏み外し、元に戻れぬまま、ただ闇雲に修羅の道をたどってきただけだった。

それはもしかしたら、自分の死に場所を求めていたのかもしれない。

そんな生き方の向こうには、常にアキラという存在があった。

初めてあいつに出会ったときから、自分はアキラになりたかったのだろう。無節操で、いつも何かに向かって突っ走っているような奴だった。そんな姿に憧れていたのである。

しかし同じアウトローの世界に入ったというのに、自分たちはそれぞれ違った道を歩むようになってしまった。しかもいずれ近いうちに、お互いに銃口を向け合うことになる。

それは一種の自己否定なのかもしれない。

南岩国の市街地を抜け、やがて国道を外れる。なだらかな丘を登ったところに東洋病院が建っている。車回しでタクシーを降り、コートの裾をひるがえしながら歩いた。夜間通用口の看板を見つけて、そこから院内に入る。

ちょうど夜勤の看護婦とすれ違ったので、梶浦の居場所を訊いた。

すでに治療室から一般の病室に運ばれたということだった。

エレベーターに乗って病棟に向かう。通路の向こう、開け放たれた扉の周辺に組の顔ぶれがいたのですぐにわかった。

ジンが駆けつけると、個室の中央に置かれた病床に梶浦がいた。

酸素吸入器の半透明なマスクが鼻と口を覆っていて、見るからに痛ましい姿だ。

室内には数名。組長、榎本康三の姿もあったので、ジンは一礼する。

「行ってやれ。さっきからお前を呼んどった」

榎本に静かにいわれ、病床の前に膝を落とした。

閉じられていた梶浦の瞼がゆっくりと開き、うつろな目で彼を見てきた。

「ジンか……」

黙って頷いた。

「マスク、外してくれんかの」

梶浦がいうと、ジャージ姿の若衆のひとりが頭を下げ、そっと酸素マスクを外した。

思ったほど呼吸が苦しそうではないが、顔色は明らかに青ざめていて、やつれがいっそう増しているのがわかった。

「ホンマはこんとな情けない姿……誰にも見られとうなかったんじゃがの……」

老人のようにしゃがれた声でいって、梶浦は目を細めた。笑ったのだとわかった。

「お前をこっちの世界に引き込んだのは俺じゃけ、最後にゆうとかんといけん」

シーツの下から痩せ細った手が出てきて、ジンの手首をそっとつかんだ。まるで死人のそれのように冷たい感触だった。

ジンはその手の甲の上に自分のもうひとつの掌を重ねた。

「お前のことは息子じゃと思うちょった」

その話は聞いたことがあった。梶浦にはジンによく似た息子がいたそうだ。たしか病気で亡くし、のちに妻とも別れたという話だった。

「あんときはただ、亡くなった息子の面影ばっかしが頭にあっての。ほいじゃけ、お前のことを、あいつの代わりにしようと思うた。斬った張ったの中で、いつ死ぬかわからんのに、お前をこんとな世界に引きずり込んでしもうた。実の息子なら、そんとなことはせんじゃったろうし、勝手な思い込みで、お前には悪かったと今は思うちょる」

「いいんですよ。俺が断ることもできたんですから」

「そういうてもらえたら救われるがの。ほいじゃが、いつまでもお前がおるようなところじゃないど。相手の首をなんぼとっても、名誉も栄光もない。ただ、ドブの中で自分の血にまみれて野垂れ死んでいくだけじゃ。それがヤクザちゅうもんじゃけ」

「よくわかってます」

そういうと、梶浦はかすかに頷いたようだった。

やがてジンの腕をつかんでいた手を自分から外し、シーツの中に入れた。

「失礼します」

まるで兄貴分の煙草に火を点けるように、ジャージの若衆が頭を下げ、半透明の酸素マスクを梶浦の鼻と口を覆うかたちで装着する。また一礼して、壁際まで下がった。

床に膝を突いていたジンは、ゆっくりと立ち上がった。

梶浦は眠ったのか、目を閉じていた。

酸素マスクの樹脂が、呼吸のたびに白くなったり透明に戻ったりしているのを、彼はしばし見つめていた。

ノンタが昏睡に陥ったとき、同じ光景を見ていた。

ふと、そのことを思い出した。

全員で病室を去り、ゆっくりと病院の通路を歩く。

エレベーターに乗り込んで一階に下りると、夜間通用口を抜けた。全員で駐車場に向かった。大型ベンツの後部座席、組長の隣でいいといわれたので、ジンは頭を下げて榎本に並んで座り込んだ。やがてベンツが滑るように走り出す。

車の揺れの中で、ジンは黙っていろんなことを考えている。

梶浦の姿。アキラ。カオル、そして……ノンタ。

「安西」

組長の声に、我に返る。

隣で、榎本がいった。

「柏木純太はまだ見つからんのかの」

「すみません」

そういって、頭を下げた。

「実は今朝、桜会で内紛があっての。檜垣修吾会長が亡くなられた」

そんな話にジンは驚いた。

「まさか？」

榎本が渋面で頷く。「クーデターみたいなもんじゃ。けっきょく、松尾さんが跡を継いだそうじゃ」

ジンは広島で何度か幹部時代の松尾泰蔵と会ったことがある。

太り肉で目の小さな男だ。いつもふてぶてしい笑みを顔に張り付かせ、虎視眈々として、他人の足をすくうことばかり考えているような人物だった。

あの男が、桜会の会長になった——。

「広島のほうは、まだすったもんだやっちょるらしいし、しばらく落ち着くまでこっちも事を荒立てんほうがええ。こんとなときに、純太の奴が稲田組の誰かを弾いてしもうたら、またえらいことになるが」

組長の懸念は理解できた。

今の純太ならやりかねなかった。

「わかりました。あいつをなんとしても捜します」

榎本が煙草を取り出してくわえる。

「失礼します」

ジンと反対側の窓際に座っていた若頭補佐の篠塚という男が、ライターで火を点けた。

榎本は煙草の先を赤く光らせ、立ち昇る紫煙の中で目を細めた。

「梶浦はもう長うない。あいつが死んだら、安西、お前が俺の片腕になって組を引っ張っていけ」

ふいにそういわれてジンは驚く。

ここでそんなことをいうのかと、まず思った。今まで組に尽くしてきた梶浦のことを、組長はそんな見方しかしていなかったのか。一方、篠塚もあっけにとられた顔で組長を見ている。順番からいえば、梶浦の跡を継ぐのは彼のはずだからだ。

「自分はまだ、ひよっこですし」

ジンがそういうと、榎本が苦笑した。

「ええんじゃ。これからは若いモンの時代じゃけえ」

そういって組長はジンの肩を叩いた。


それから三日後、梶浦克巳は息を引き取った。

葬儀は〝組葬〟というかたちで、室木にある大きな寺で執り行われた。当日は組員のみならず、広島の桜会からも幹部が何人かやってきた。榎本一家は桜会からすれば末端だし、梶浦は組長でもない幹部のひとりだったが、もともと桜会の幹部として知られた人物だったため、〝義理かけ〟を外せなかったようだ。

喪服を着て組員の中に立つジンの頭の中に、榎本組長の言葉がリフレインする。

しかし梶浦の代わりになるつもりはなかった。

彼がいなくなってしまった組はとても空虚に思え、自分の居場所ではないと思えた。

ただひとつ、気になっているのは純太のことだ。

弟の奏太があっけなく殺されてしまった後悔と、それがゆえに組を飛び出した彼のことをずっと考えていた。そのケジメは自分自身がつけねばならない。

だったら自分の手でアキラを撃てるのだろうか。

——俺もただ黙ってお前に取られるわけにはいかんな。

そういったときのアキラの顔を思い出した。

39

ここ数日、アキラはいつも身近に視線を感じていた。

繁華街を歩いているとき。夜道をひっそり歩いているとき。

そのたびに振り向くが、誰もいない。しかし、どこかにその存在はある。自分に向けられた目に見えない殺気のようなものが、ありありと感じられる。


冬の雨が夜の街を激しく叩いていた。

八時過ぎ。

アキラはひとり、傘を差しながら岩国駅前を歩いている。米軍の放出品である中古のMA-1フライトジャケットにジーパン。左足はいつもの鋼鉄のギプス。靴底の厚いワークブーツを履いている。

土砂降りの雨のおかげで、路面は川の浅瀬のようになって泥水が激しく流れていた。

中央通りを少し歩いて路地に入ると、繁華街に近い住宅地にある五階建てのマンションが前に見えてきた。二カ月前から、アキラはひとりで最上階の部屋にすんでいる。

出入口に向かって歩き出したそのとき、背後に靴音がして振り向く。アスファルトに水しぶきを散らしながら、人影が走ってきた。青と白のスタジアムジャンパーが街灯の光の下にくっきり見えた。

その顔に見覚えがあった。

たしか――尾方組が壊滅したとき、ジンとともに組事務所に侵入した榎本一家の若いヤクザだった。アキラはそいつを撃ったはずだった。

生きていたのかと驚いた。

その気の迷いが隙となってしまった。

相手の右手に何かがギラッと光る。匕首だと気づいたとたん、激しくぶつかってきた。躱(かわ)す余裕もなく、左の腹に刺し込まれていた。痛みはなかった。ただ、衝撃だけがアキラを貫いた。

アキラの右手から落ちた傘が、路上で柄を上に向けて揺れている。

「弟の仇じゃ――！」

雨に濡れた顔が、すぐ目の前にある。歯を食いしばりながら、そいつが叫んだ。

「弟……」

自分の記憶の間違いに、ようやく気づいた。

匕首が引き抜かれた。相手が飛びすさった。

互いの距離が空いたとたん、アキラはジャケットの後ろから拳銃を抜き、そいつに銃口を向けた。ダブルアクションで引鉄を引いて、リボルバーを撃った。

青白い銃火が闇を切り裂き、派手な銃声が雨の中に轟く。

その残響の中、硝煙がゆっくりと真横に流されていく。

スタジャンの若いヤクザがあんぐりと口を開け、しばしアキラを凝視していた。その手から匕首が滑り落ち、濡れた舗装路の上で音を立てた。ふいに自分の右胸を見下ろし、真っ赤に血塗れたジャンパーを見つめていたが、ガックと路上に両膝を落とした。

アキラは右手にリボルバーを握ったまま、しばし立っていた。

「急所は外した」

彼は若いヤクザに向かっていった。「帰ってジンに……伝えてくれ。今夜、互いの決着をつけるから……川下の井堰で待ってると」

相手は膝を突いたまま、じっとアキラを見つめていた。

逆さになって落ちていた傘を拾うと、アキラは黙って歩き出した。左足のギプスをギシギシと軋ませながら歩く。百メートルばかり歩を進めてから、マンションの出入口に立った。

濡れた前髪からポタポタと滴が垂れ落ちている。

ジーパンがどす黒く染まり、ワークブーツの下からタイルに血が流れている。

扉に手をかけ、振り向く。

最前の場所にまだ彼の影があった。

たしか路上に膝を落としていたはずだが、今は立っている。こちらに背を向けながらよろよろと歩き出したところだった。

その後ろ姿をしばし黙って見ていた。

やがてアキラは向き直り、マンションに入った。


自分の部屋に入ってドアに鍵をかけた。

小さな長椅子とテーブル。冷蔵庫と衣裳棚。最小限の家具しかない閑散とした部屋だった。古い木造りのロッキングチェアだけが異彩を放っている。古道具屋でたまたま見つけて気に入り、即金で購入したものだった。

濡れたMA-1ジャケットを脱ぎ、ベルトに挟んでいた拳銃を長椅子に放った。いつも持ち歩くドライバーでギプスのネジを外し、左足から取り去った。血の染みたジーパンと下着も脱いで裸になって、片足を引きずりながらバスルームに入る。

左脇腹に縦一文字の刺し傷がくっきりとあった。鏡で見ると、背中に抜けた傷口もある。左にずれているため、おそらく内臓は無事だろう。

出血が続いているので、しばらくガーゼをあてがって圧迫した。

止血を確認してから包帯を巻き付けた。

その頃になって、だんだんと痛みが感じられるようになった。深い傷は当初、神経が麻痺しているものだ。化膿止めの抗生物質を胃薬といっしょに口に放り込み、水で流し込んだ。

冷水で何度も顔を洗い、左足を引きずって居間に戻ってくると、冷蔵庫から冷えた缶ビールを出してきた。板張りの床に置いているお気に入りのロッキングチェアに座り、喉を鳴らして飲んだ。むせそうになりながら、一気に半分空けると、足元にそれを置いた。

ゆっくりと椅子を揺らした。

カーテンを開けっぱなしの窓の外、雨音以外は静かだった。

銃声が轟いたはずだが、サイレンの音はしなかった。今は冬でどの住宅も窓を閉めているし、この土砂降りの雨音の中、たった一発の銃声だから、車のバックファイアだと思われたのかもしれなかった。

床に置いていた缶ビールを取って、また飲んだ。そして椅子を揺らした。

すべて飲み干すと、口元を拭い、吐息を洩らした。

腹の傷は相変わらず痛むが、薬が効いているのか、思ったほどの激痛ではない。

ふうっとまた息をつくと、アキラは背もたれに背中を預けた。

しばし目を閉じた。

三十分ぐらい、眠っていた。

やがて目を覚ますと、ゆっくりと椅子から立ち上がる。素足に当たって空のビール缶が転がったが気にならない。

長椅子に投げ出されたままの拳銃。隣に座ってそれを手にした。

スミス&ウェッソン、M19と名付けられたリボルバー。口径は・三五七マグナムだが、威力の小さな・三八スペシャル口径弾を六発、装塡していた。そのうち一発を撃ったばかりだった。

雨に濡れていた拳銃を、アキラは乾いた布でたんねんに拭いた。

相手は榎本一家の若いヤクザ。兄弟だといったが、顔がそっくりだから双子かもしれなかった。急所は外したが、冷たい氷雨(ひさめ)に打たれながら、彼はどれだけ歩いただろうか。低体温症か、あるいは失血によるショックで命を落とす可能性が大きかった。彼の伝言がジンに届くかどうかわからない。

しかし行くしかなかった。

シリンダーを振り出した。六発の装弾のうち、ひとつの雷管に小さくぼんだ打痕がある。エジェクターを操作して弾丸を抜いた。木造りのテーブルの上に、六発が無秩序に転がる。発砲した一発だけが空薬莢になっている。

テーブルの下に隠していた弾丸の紙箱をふたつ取り出す。

どちらの箱にも、ウィンチェスター社の文字があった。・三八スペシャル口径のほうを脇にどけて・三五七マグナムの箱を開いた。青いプラスチックケースに五十発の真鍮の薬莢が整然と並んで光っている。・三八スペシャルよりも明らかに薬莢が長い。

あいつと決着をつけるにはこれしかない。

そう思った。

アキラはそれを一発ずつつまみ、リボルバーのシリンダーを回しながら装塡していく。

40

カオルが黙って荷造りをしていた。

ジンは少し離れたソファに座ったまま、それをただ見つめている。

梶浦の葬儀から戻り、しばらく組事務所に顔を出していなかった。ここ何日か、ずっとこのマンションの部屋にいて、明るいうちは窓から外の景色を眺め、夜は酒を飲んでいた。

カオルは沖縄への帰郷の準備を進めていた。

飛行機を手配し、必要のなくなったものを質屋に持って行き、古着などをまとめてゴミに出した。ふたりして食事を淡々ととったが、その間、ろくに会話もなかった。

純太のことがさすがに気になっていた。が、外に出て行く気力がなかった。

なぜか、アキラのことばかり考えていた。

その日は午後から雨が降り始め、夕方を過ぎて土砂降りになっていた。まるで台風のように横殴りの風が吹いて、マンションの窓を大粒の雨が絶え間なく叩いていた。

チャイムが鳴った。

ジンがソファから立ち上がろうとすると、カオルがいった。

「いいよ。私が出る」

小さな足音を立てて入口まで歩いて行くと、「はぁい」と声を出した。

ドアのロックを解除したカオルが、ふいに二、三歩、後退(あとずさ)ったのが見えて、ジンは素早く立ち上がった。

テーブルの上に横たえていた拳銃をつかみ、走った。

三和土の手前に立ち尽くすカオル。その向こう、開かれたドア越しに青と白のスタジアムジャンパーが見えた。

「純太――!」

ジンが彼の名を叫んだ。

外の雨に打たれていたらしく、頭から靴先までずぶ濡れになっていた純太が、うつろな目を開いたまま、いった。

「兄貴……ちぃと中に入れてくれますか」

「いいから、入れ！」

ジンがいったとたん、純太はよろりと体を揺らしながら入ってきて、三和土の土間に崩れるように倒れ込んだ。それをあわてて抱きかかえた。

血の臭いが鼻を突いた。

純太のスタジャンの右胸の辺りが真っ赤に染まっていて、ジーパンも同じ色をしている。

「何があった！」

ジンは焦って怒鳴るようにいった。

「さんざん捜しまわって、ようやくあんなぁを見つけました」

それを聞いてジンは眉根を寄せた。「アキラか？　杉坂晃のことか！」

純太は頷いた。

「奏太の仇を討った。ドスであいつを……刺してやった」

いいかけて、純太がふいにしわぶいた。何度か咳き込んで、ようやく落ち着いた。

「アキラは、死んだのか」

純太が顔を起こす。口元が血に濡れていた。

「急所を……外してしもうた。あいつを殺せんかった」

「お前、アキラに撃たれたのか」

あわてて濡れたスタジャンのジッパーを下ろし、中のシャツをまさぐった。ボタンが飛ぶ勢いで引き裂くと、右鎖骨の下辺りに銃創がある。急所は外れているが、出血がおびただしく、おまけに冷たい雨の中を打たれながらずっと歩いてきたらしく、体が氷のように冷え切っていた。顔色は蠟のように白く、唇が紫色だった。

低体温症。そして大量出血。命の灯火が消えかかっていた。

「あいつ……今夜、川下の井堰で兄貴を待っちょるちゅうて……ゆうちょりました」

かすれた声。ジンは驚いて純太の顔を見つめる。

「今夜、井堰で？」

「互いの決着をつけるっちゅうて……」

ふいに純太が寄り目になった。体が痙攣したかと思うと、ひゅうっと最後の呼気を吐き、ぐったりとして動かなくなった。ジンの腕の中で純太の体重が石のように重くなった。

「純太！」

すぐ傍にいるカオルに叫んだ。

「救急車だ。早く呼んでくれ！」

彼女はさっきからずっと壁にもたれ、大きな目を開いたまま、ジンを見ていたが、ハッと我に返ったように居間に向かって走り出した。

純太に視線を戻す。

蒼白な顔。うつろに開かれた目はすでに光を失っている。

呼吸が止まっていた。

「純太、お前……」

ジンは歯を食いしばり、純太の頭をかき抱くようにして、濡れた顔に自分の頰を押しつけた。そして肩をふるわせながら泣いた。

ようやく顔を上げ、振り返った。

カオルは壁掛けの電話の受話器を持ったまま、蒼白な顔でジンを見ていた。

「もういい」

力なく、ジンがいった。「純太は逝っちまった」

カオルが呆然としたまま、ゆっくりと受話器を戻した。

その場にしゃがみ込んで泣き崩れた。

純太の遺体はソファに横たえ、シーツを顔までかけてある。

その傍で、ジンはバーボンをグラスに注ぎ、ストレートであおった。

GIコルト――コルト・ガバメントM1911A1をテーブルの上に置いた。銃把から弾倉を抜き、七発の装弾を確かめて戻した。スライドを引いて初弾を薬室に装塡、起き上がった撃鉄に拇指を掛けながら、ハーフコックの位置まで戻した。

一連の動作を、少し離れたカーペットに座り、膝を抱えたまま、カオルが見つめている。

「行くの？　こんなひどい雨の中を」

ジンは頷いた。

「その人、友達なんでしょ」

「友達だから、あいつを撃つ」

「どうしてなの？」

ジンはしばし考えた。

「なんでかな……俺にもわからん。だが――」

長椅子でシーツを掛けられた遺体を見つめる。「奴に純太を殺されたんだ。兄貴として舎弟の仇は取らなきゃいけない」

拳銃を腰のホルスターに差し込み、ホックを留めた。

立ち上がり、壁に掛けてある黒いコートをとった。

玄関の三和土で靴を履いていると、後ろからカオルの声がした。

「帰ってきて」

ジンは振り向いた。

涙に濡れた目で、彼女はジンを見つめている。

「私、ここで待ってるから」

ジンは頷いた。

「ああ。きっと帰ってくる」

ドアを閉めてから、エレベーターに乗った。

地下駐車場でトヨタ・セリカ1600GTに乗り込む。

エンジンをかける前に、カオルの言葉が脳裡によみがえる。

——私、ここで待ってるから。

その声を振り払うように、ジンは車を出した。

41

中央通り近くの住宅街で銃声のような音がした。

そんな通報が東署に入ったのは、夜の八時を回った時刻だった。パトカーが現場に急行し、外勤課の警察官二名が通報した市民に接見、その周囲を調べて回ったが、けっきょく何も発見できず署に戻ってきた。

報告を聞いて、ノンタは不安を感じた。

悪い予感といってもいい。

自分の勘はよく当たる。二年の昏睡から目覚めたあと、それを自覚することがまれにあった。たいていは悪い予感だったが、誰かの死だとか、大きな事故だとか、事実を前にして妙に胸が塞がれるようなことがあり、なぜか決まって的中していた。

真藤のデスクを見た。

彼はいなかった。夕方に「食事に行く」といったきり、ずっと帰ってこない。

時刻は十時を回っている。

ふたりが夜勤の日だったから、明日の朝までは勤務扱いだ。それなのに、どこかでまた飲んでいるのだろう。

クラブでの出来事が記憶によみがえる。

あのとき、真藤から暴行を受けた。その傷がまだ、体のあちこちで疼いている。背中や腰、太腿。胸もさんざん靴先で蹴られた。医者に行くと、肋骨にヒビが入っていると診断された。とくに治療はされず、コルセットを着けて安静にしたほうがいいと医者にいわれただけだ。

暴行した当の本人――真藤は、翌日になってもまるで知らん顔をしていた。

謝るどころか、そのことに話が触れるわけでもない。本人の中では、当夜のことがまったくなかったことになっているようだ。

ノンタは刑事課でやっていく自信がなくなっていた。

というか、さすがに愛想が尽き果てていた。

ここの課員でまっとうなのは岡田ただひとりだった。何度か相談してみたが、やはりいい答えは返ってこない。組織のやり方には逆らわない、それが岡田の信条というか、諦めのようだった。下手に刃向かえば、とんでもないしっぺ返しがくる。

だとしたら、退職願を出すしかないのか。

せっかくここまで頑張って刑事になれたというのに——。

そんな悩みを抱えて外勤課に行って、デスクワークをしているとき、その一一〇番通報があった。

ノンタは外勤課に行って、警察官二名からあらためて出動に関する報告を受けた。車のバックファイアを銃声だと思って通報してくる者がいる。今回もきっとそうだろうと、外勤課の警察官たちは笑い合っていた。

しかし、なぜだか心に引っかかっていた。忘れて仕事に没頭したかったが、どうしても意識から追い出せない。それどころか夏場の入道雲のようにどんどん膨れ上がってくるばかりだ。

刑事部屋に課長がまだ残っていたので、外出の許可をもらった。食事もすませていなかったし、理由としては都合が良かった。

署を出て、雨の中を駐車場に走った。

カローラに乗って出発した。


雨は相変わらず激しく、やむ気配がない。

ワイパーを最大にしながら、ノンタはカローラで中央通りを走った。あらかじめ通報者の住所を聞いていたので、路地に車を入れて徐行させる。

水はけの悪い路面は、側溝からあふれた真っ黒な水でまるで川のようになっていた。スナックやクラブが並ぶ飲み屋街の前には酔客たちの姿もなく、袖看板やスタンド看板のいくつかの明かりが、暗闇にぼうっと幻のように浮き出して見えた。

通報のあった住宅地を何度か往復してみた。

人けのない狭い道路が街灯の下で雨に叩かれている。そこに何があるわけでもない。誰が彼を待っているわけでもない。

滝のような雨の中に車を停めたまま、ノンタはそれをぼんやりと見つめる。

雨がルーフを叩く音に混じって、ワイパーのせわしない往復の音が続いている。

やはり思い過ごしだったのか。

肋骨がキシキシと痛み始めた。

胸に装着したコルセットの下で、神経をむしばむように疼いている。

仕方なくウインカーを出し、車を切り返した。徐行のままカローラをしばらく走らせていて、ふとヘッドライトの光に浮かび上がったものがある。

狭い道の路肩に、それはやけに白く目立って見えた。

その手前にカローラを停め、ドアを開けて外に出た。そこに落ちているのは白木の鞘だった。雨に濡れながら、ノンタは腰をかがめて拾い上げた。

ヤクザが使うような匕首の鞘だった。

車内からライトを取り出し、光をめぐらせながら周囲を見渡した。少し離れたところに本身が落ちていた。ノンタは足早に歩み寄り、それを拾った。

刃渡りは四十センチぐらい。

雨に打たれているが、よく研がれた刃に血糊のようなものが付着している。

ノンタは周囲を見た。

まっすぐ続く道路の左右に住宅が並び、その先に鉄筋コンクリート造りらしい、五階建てのマンションがあった。各階の窓明かりが点っている。

背後で車の音。気づいて振り返ると、曲がり角からタクシーが路地に入ってきた。

ヘッドライトのハイビームに眩惑(げんわく)されて、思わず掌で目を覆ったとたん、光を落としてタクシーがやってきた。ノンタのカローラの傍を通り抜けると、赤い尾灯を光らせながら五階建てマンションの前に停まった。

ハザードランプを点滅させながら、アイドリングを続けている。

ノンタが見ていると、マンション最上階の五階の明かりがふっと消えた。しばらくすると出入口の扉が開き、黒い人影が姿を現した。土砂降りの中を足早にタクシーに向かう。左足を引きずっているのがわかった。ギプスを装着しているようだ。

後部座席のドアが開いた。

客席に乗り込む人物の顔が、一瞬、車内のわずかな明かりに浮かんで見えた。

間違いない。アキラだった。

驚いて立ち尽くすノンタの前で、タクシーはハザードを消し、ゆっくりと走り出した。

ハッと我に返り、彼はカローラに走った。

42

土手道に十一本も並ぶ楠の巨樹群が枝葉をいっせいに踊らせ、無数の枯れ葉や木っ端を飛ばしている。

その向こうを、増水した錦川が轟然と音を立てて流れていた。

岩国市内を蛇行しながら流れる大河、錦川。

それが海に注ぐ手前で今津川と門前川に分かれ、川下地区――すなわち瀬戸内海に面した大きなデルタ地帯を形成している。その上流側の突端にこの井堰が作られ、門前川に注ぐ水を堰き止めている。

アキラはしばし土手道に立って、暗い川を見下ろしていた。

さっきまで続いていた土砂降りの雨は、いつしかすっかりやんでいたが、大粒の雨に打たれて、髪の毛から靴の中まで濡れそぼっている。しかも風に吹きさらされていて、低体温症になっても不思議ではないが、まったく寒さは感じなかった。意識が高揚している。

体の中で炎が燃えているようだった。

左の腹の刀傷も、今は痛みがだいぶ引いていた。

ジンはきっとここにやってくる。

それは勘というよりも確信だった。

十五のとき、巡り会って以来、自分と彼との運命が結びついた。

ふとしたことで友となった。そして夢を語り合った。

八年もの間、塀の中でつらい日々を送っていたときですら、常にジンのことが頭の中にあった。あいつとはきっとまた会うことになる。

果たしてそのとおりとなった。

どちらも夢破れ、同じヤクザの世界で、それも敵味方という立場での再会。

それをアキラが従容と受け入れたのは、やはり運命だと思ったからだ。たまさか手にした銃という凶器、人殺しの道具がふたりを操り、破滅へと導こうとしている。俺たちはそれにあらがうことができない。

だったら——やはり決着をつけるまでのことだ。

泥水が濁流となった道路のスロープを伝って下りると、そのまま井堰に向かう。左足のギプスを軋ませ、引きずりながら、ゆっくりと歩く。

増水した川の轟音が前方に迫ってきた。

井堰は高さのない堰堤だ。だから雨で川の水嵩が増えると、全長二八〇メートル以上ある堰堤全体にわたって水がオーバーフローし、コンクリの斜面全体を洗うようにゴウゴウと音を立てながら流れる。だから井堰自体は完全に水の下になってしまい、そこだけ川に段差ができているように見える。

何年か前、こんな増水した井堰を自転車で無理に渡ろうとした少年が押し流され、行方不明となった。消防団などが川ざらいをし、遺体が見つかったのは数日後。ずいぶんと下流まで流されていた。

いつだったか、新聞の片隅に見つけた記事を思い出しながら、アキラは井堰の手前に立っていた。

川の轟音に混じって、車の音がかすかに聞こえた。アキラは振り向いた。

暗い空を背景に楠の並木のシルエットが揺れている。そこにヘッドライトのきらめきがあった。

ジンが来たのだ。

アキラはそう思って向き直った。

車は土手道からスロープを下りてきて、そこで停まった。

ヘッドライトのまばゆい光芒(こうぼう)がこちらを向いているせいで、車種はわからなかった。やがてライトが消され、ドアの開閉音がして人影が外に立った。

車は白のカローラらしい。

小さな電灯の光を手にしたまま、人影が井堰のほうへと下りてきた。

近づいてくるその人物を見て、アキラは驚く。

ベージュのスーツ姿。短く切った髪。雨に濡れた顔がアキラのすぐ前で笑みを作る。

記憶にある彼の姿からすると、ずいぶんと痩せ細っていた。

しかし、見まがうはずがなかった。

「ノンタ……」

アキラがつぶやいた。

「マンションからずっと尾行してきた。銃声がしたって通報があったが、お前か」

アキラは頷いた。「相手は榎本一家の若衆だった」

「殺したのか」

「いや」

「お前は？」

アキラは少しつらそうに笑う。「腹を少し刺された」

「因果な商売だな、ヤクザってのは」

「覚悟の上だ。それにしてもお前、久しぶりだな」

「いや、実は何度か会ってる」

ノンタはつらそうに表情を歪めた。「最後は尾方組の事務所の前だ。襲撃のあとで、建物から出てくるお前とジンの姿を見た」

アキラは驚いた。「あそこにいたのか？」

ノンタが頷いた。

「ヤクザの出入りを前にして、俺たちは何もできずにいた」

「だが……本当に警察官になったんだな」

「この秋からは刑事になれた」

「夢をかなえたのはお前だけだな」

突然、ノンタが視線を離して、つらそうに眉間に皺を刻んだ。

「思ってたほど、理想の職場じゃなかった。賄賂と利己主義が蔓延(まんえん)して、まともな者はよ

ってたかって潰される。夢も希望もない。お前らヤクザのほうがよっぽどまともに思える
ぐらいだ」

アキラは何も返せなかった。

「ところでお前はこんとな場所で何してる。自殺でもするかと思ったぞ」

ノンタにいわれ、アキラはかぶりを振った。

「ジンを待ってる」

「あいつが……ここに来るのか」

「来るよ、たぶん」

そういったとき、ふいにどこかからサイレンの音が聞こえ始めた。

43

セリカを停めたジンは、エンジンを切った。
遠くでサイレンが鳴っていた。
火事ではないだろうと思った。だったら——ダムの放水に違いない。この大雨による増
水で貯水の限界まで達しているのだろう。
しばし車内で背もたれに身を預けていた。

すぐ近くに白いカローラが停まっている。車内に人けはない。

アキラはもう来ているはずだ。どこにいるのだろうか。

腰のホルスターから拳銃を抜いた。薬室に初弾が装塡され、撃鉄が安全位置であるハーフコックのところまで起きている。

暗い車内でジンは拳銃を見つめている。

たしかに自分は憑かれていた。妖刀のように人を殺したいという衝動や誘惑に駆られることはないが、彼自身の運命がこの銃によって操られているという自覚はあった。

元の持ち主であるアキラを、この銃で殺す。純太たち仲間を殺されたことに対する報復という動機。やはりケジメをつけなければならない。

撃鉄をフルコックに起こして拇指でセフティをかけ、拳銃をホルスターに戻した。

ドアを開けて、外に出た。

雨はやんでいたが、ときおり風が強く吹き、楠の巨木群の葉叢をざわつかせている。深い闇が冷気をたっぷりと含んでいた。増水した錦川の轟音が耳朶を打っている。

少し歩いて、川面を見下ろす場所に立った。

サイレンはまだ続いていた。

闇の彼方から執拗に叫ぶように聞こえている。

真っ暗な錦川が井堰を越してゴウゴウと流れている。水嵩はかなり増していたが、ダムが放水した流れがここまで到達したら、さらに凄絶なことになるだろう。

流れの手前の岸辺に人影がふたつ見えた。ジンが凝視していると、そのふたりもこちらを見上げているのに気づいた。

ひとりは濃紺のジャケットを着ている。もうひとりはスーツ姿。

ジャケットのほうはアキラだ。左足にギプスをつけているのが見えた。ジンの銃弾に膝を砕かれ、おそらく元通りにならなかったのだろう。いまさら同情はしない。

しかし、もうひとりは誰だ？

ジンは拳銃を抜いた。

セフティを解除し、トリガーガードに人差し指をあてがいながら握り、急ぎ足に斜面を下りていく。

増水した濁流の手前に、アキラは立っている。

純太が匕首で腹を刺したといったが、思ったとおり、重傷ではなかったようだ。

ジンは向かい合って足を止めた。右手の拳銃をまっすぐかまえ、アキラの顔に向けた。

しかし、アキラは両手をだらりと下げたままだ。

まさか、武器を持っていないのか？

だったら撃ち殺すだけのことだ。ジンはトリガーを引こうとした。

「やめろ！」

もうひとりの男が怒鳴った。

ジンはその顔を見た。そのとたん、体が硬直したように動かなくなった。

「お前、ノンタか……」

彼はジンに向かって少し足を踏み出してきた。

至近距離で向かい合った。

やはりノンタだった。少年時代の面影はほとんどなかった。しかし、たしかにノンタに間違いなかった。目鼻立ちを見ているうちに、昔のことを思い出した。今は背が伸びてすらりとした体格。スーツ姿が似合っていた。

「アキラとふたりで決着をつけるために来た。それなのに、なんでお前がいる？」

当然の疑問だった。

「俺が勝手にアキラを尾行してきた」

ノンタはそういった。

「それは警察としての仕事か。それとも――」

「友としてだ」

ノンタは静かにそういった。「あんとき、約束しただろ。三十年後にみんなで会おうって。まだ二十年もある。ここでお前らに果たし合いをさせるわけにはいかん」

ジンはたじろいだ。しかし、ここで引くわけにはいかなかった。

アキラを撃つ。だが、射線上にはノンタが立っている。

「そこをどけ！」

ノンタは動かない。

拳銃を両手でかまえ直した。

「どかんとお前から先に撃つ！」

ノンタがつらそうな顔で首を振った。

「拳銃を捨てろ。そんなことはやめて、昔のように戻れないのか」

「無理だ」

ジンは歯を食いしばっていった。「今さら戻れっこない」

「ノンタ、どいてくれ」

ノンタの背後にいるアキラがそういった。ジャケットのジッパーを下ろし、上着の下からリボルバーを引き抜いた。その銃口をジンに向けた。

「俺もここで決着をつけたい」

ノンタが驚いて振り向いた瞬間、アキラは彼の体を左手で突き飛ばす。ノンタがよろけた隙に、アキラが前に踏み出した。同時にジンも。

ふたりは至近距離から銃口を向け合った。尾方組の事務所のときの再現だった。

「お前ら、やめんか！」

ノンタの悲痛な声がした。

そのとき、だしぬけに川の音が地震のように激しくなった。

驚いて三人は上流を振り向いた。

まるで津波が押し寄せるようだった。増水していた急流が、轟然と音を立てながら盛り上がっていた。水嵩がみるみるうちに増して、彼らの立っているところまで水の壁が押し寄せてきた。

ダムの放水が、ここまで届いたのだ。

激流に包まれて、たちまち足首の上辺りまで水に浸かり、膝上へ、さらに腰の下まで達した。流れのすさまじい勢いに下半身が捉えられそうになった。

「ここから逃げよう。ふたりとも川に呑まれて死ぬぞ！」

水圧によろけながら、ノンタが叫んだ。

「先に逃げてろ、ノンタ」

そういってジンが拳銃をかまえ直す。向かい合ったアキラが、リボルバーの撃鉄を起こす。六連発の輪胴が金属音とともに六分の一回転した。

互いの銃口が互いの額に向けられている。

「アキラ……ジン……」

ノンタが力なくいった。「お前らがいなくなったら、この先の世界に何の意味がある。俺が、あの長い眠りから目覚めたのは、いったい何のためだったんだ！」

その声にジンが向き直った。

アキラも。

突如、彼らを包んでいた激流の水嵩がさらに増した。

その瞬間、ノンタが流れにさらわれて、背中から流れに落ちた。

ゴウゴウと渦巻く川に呑み込まれ、その姿が闇に溶け込むように、たちまち見えなくなった。

「ノンタ！」

アキラが叫んだ。その刹那(せつな)、彼自身も水圧にすくわれて、真っ暗な水に呑まれていた。

渦巻く流れに吸い込まれていく。

ジンはふたりが流された下流に向き直ると、躊躇なく、川に身を躍らせていた。

冷たい水がジンを押し包み、すさまじい流れが彼を錐揉(きりも)みにもてあそんだ。

終章――平成七年　夏

井堰の上を八月の風が渡っていた。

川下側に立っている楠の並木の向こうに、白い大きな入道雲が湧き上がっている。

気温は三十度を超え、コンクリートがその熱気を含んで熱くなっている。

子供たちの歓声がさっきからさかんに聞こえていた。

上流側の浅瀬で、小さな子らが浮き輪で波間に遊び、坊主頭の中学生たちは下流側の深みで飛び込みをやっている。テトラポットにかがみ込むようにゴリ釣りをしている大人たちの姿もあった。

私は緩傾斜のコンクリートの上に座り、煙草の煙を風に流していた。

傍らにはゴールデンレトリーバーのルーシーが停座し、気持ちよさそうに目を細めながら大きな体を小刻みに揺らしている。その背中に手をかけて、被毛をそっとさすった。

この年の一月、阪神・淡路大震災があった。

関東大震災以来の大規模な都市直下型地震であり、震源に近い淡路島や神戸市、西宮市などを中心に、その被害は甚大で、建物の倒壊や大規模な火災が発生、六千人以上の死者を出した。

その被災による復興途中の三月、今度はカルト教団オウム真理教による地下鉄サリン事件が発生。

都内にある複数路線で運転していた地下鉄車両内で神経ガスのサリンが散布され、死者十三人、五千八百人を超える負傷者を出して、それまで類を見ない大都市における無差別テロ事件として国内はおろか世界を震撼させた。

以来、半年――大いなる災厄はそれで終わり、また平和な日々が続いていたはずだった。

しかしながら海の向こうでは相変わらず戦争や紛争が勃発し、多くの人々が死に、幾多の悲劇が生まれていた。

ゴウッと音がして、私は振り向く。

楠の並木のずっと向こう、海のほう――米軍基地からだった。アフターバーナーを噴かしてF-14トムキャット戦闘機が飛び立っていくのが芥子粒のように小さく見えた。まるで雷鳴の残滓のように、轟音がいつまでも空の彼方に響いていた。

いくつかの記憶を抱きながら、私は川面をじっと見つめた。

浅瀬に白鷺がたたずんでいた。

長い首を曲げて、水面に映る自分の姿に見惚れているかのように、じっとそのまま動かなかった。

嵐のような夜だった。ここ井堰で私たち三人は再会した。

アキラとジン。そして——私。

まだ十五歳——高校一年生だった頃のあの夏のような友情は失われ、それぞれの運命に翻弄されながら、みんな二十代半ばになっていた。三人が三人とも文字通りボロボロだった。ゆえに、あの悲劇は起こるべくして起こったのかもしれない。

あのあと、気がついたとき、私はずぶ濡れになって岸辺の草地に横たわっていた。井堰からずいぶんと離れた下流の、門前川の川岸だった。

濁流に呑まれて意識を失い、溺れかけていた私を助けてくれたのはジンだった。私の体を陸に上げて心肺蘇生を試み、息を吹き返させてくれた。

しかしアキラはその場にいなかった。

私ひとりを救うのが精いっぱいだったと、ジンはいった。

——この手であいつの手を握ったのに、離れて流されていってしまった。

そう叫んでジンは泣いた。

おそらく左膝を砕かれ、ギプスをはめていたアキラは、濁流の中で泳ぐことができなかったのだろう。

アキラの遺体は後日、だいぶ下流にある愛川橋付近で見つかった。

錦川が今津川と門前川に分かれるこの場所で、まさに彼らはそれぞれの運命を分かつことになったのである。

その翌年、私は警察を離職した。

以来、建築関係、運送業などいくつかの職を転々としてから、たまさか知人の紹介があって広島にあった小さな広告代理店に雇われた。そこでコピーやデザインの勉強をし、やがて独立、東京でデザイン事務所を作り、広告や出版事業などに携わっていた。

気がつけばそれから二十年近くが経っていた。

四十五歳――三十年後に再会しようと約束したその年が来て、ついに八月十七日がやってきた。

昭和四十五年の春、平家山は大規模な山林火災で、全山が文字通り焼け野原となった。私たちが将来の夢を抱きながら、それぞれの名を刻んだあの樫の木は、おそらくそのときに焼けてしまっただろう。今さらあそこに行って何になる。

そう思いつつも、なぜか未練があった。

たとえそれがなくなってしまっていたとしても、私はあそこに行くべきではないだろうか。あのとき、みんなで見下ろした岩国の街。失われつつある記憶を求めて、あの山にゆくべきではなかろうか。

約束は約束なのだから。

傍らのルーシーを見た。

長い舌を出して、下流の川面を眺めていた犬が、ふいに私を振り返る。

「山へ……行こうか」

声をかけたとたん、豊かな尾をパタンと振って応えた。

麻里布小学校の傍を通り、室の木二丁目の住宅地の坂を登って道路が尽きた。

シビックを停め、ルーシーとふたりで下りた。

そこから見上げる平家山は編み笠を伏せたようなかたちで、こんもりと盛り上がっていた。山火事から二十五年を経て、今では緑がすっかり山を覆っていたが、平家山独特の突兀とした大小の岩が、木々の間から顔を出している。

ルーシーを連れて山道を登った。

気温三十度以上、シャツの袖を肘までまくり、前のボタンを胸の辺りまで外した。

ときおり立ち止まってペットボトルの水を飲み、ルーシーにも舐めさせた。

やがて木立の間に岩の群れが露出するようになった。

背後を振り返ると、岩国の市街地が遥かに霞みながら見下ろせる。

さらに急傾斜地をあえぎながら登り、ようやく山頂に到達した。

巨人が積み重ねたような奇岩、大岩が点在していたが、私にはまったく見覚えのない風景だった。

三十年前、たしかに仲間ふたりとともにここに立っていたはずだが、やはり長い年月と、何よりも山林火災での森林焼失があって、景色はすっかり一変してしまったのだろう。

私はハンカチで汗を拭い、息をつきながら、岩のひとつに座り込んだ。

しばし眼下に望める岩国の町並みを見ていた。

あの頃とは違う故郷の景色だった。駅前周辺はビルがいくつか建っていたし、道路も拡張され、賑わいが増していた。右に目を転じると、今津川と門前川に挟まれた川下のデルタ地帯が見えていて、その沖合に米軍基地の滑走路が横たわっている。

さらにその向こうには青い瀬戸内の海が広がり、いくつかの島嶼が沖合に浮かんでいた。

ルーシーは私に寄り添い、太腿の上に顎を載せていた。その頭を撫でながら、私は懐かしい景色を楽しんだ。

ふと、汽笛が聞こえたような気がした。

遥か遠くの水平線上を、貨物船らしい船影がゆっくりと動いている。しかし船の汽笛ではなかった。それはおそらく幻聴だったのだろう。

幾度となく夢に見た蒸気機関車が、市街地の中、幻のように煙をたなびかせながら走っている気がした。

私が警察を辞めた半年後、ジンこと安西仁は亡くなった。

彼は極道の世界から足を洗い、カタギになっていた。営林署に勤め、中国山地の山奥で、森林の伐採や造林といった仕事をしていたらしい。

ある日、飯場に泊まり込んでいたとき、酔った勢いで同僚たちが喧嘩を始めた。ジンは仲裁に入ったのだが、ひとりが包丁を持ちだしてきて、ジンの喉を突いた。

即死だったそうだ。

事件のことは新聞記事で知った。

けっきょく私だけが残ってしまった。

こうしてひとり悲しく思い出に浸るばかりである。

ふと傍らを見て、ルーシーがいないことに気づいた。周囲を見回すと、少し離れた藪の中にいて、ふたつの前肢をさかんに動かしている。

何か臭いのするもの――動物の死骸でも嗅ぎ当てたのかもしれない。

立ち上がってそこに行ってみた。二十五年前の山火事の名残だろうか、腐葉土の中、斑状に黒土があって、炭化した木切れなどが雑草の中に見え隠れしていた。

ルーシーが夢中で何かを掘っていた。

私はそこを覗いた。地面の下に何か興味を引くものがあるらしい。周りを見ると、いくつか土がこんもりと盛り上がったところがある。モグラが地表に出てきた痕、いわゆるモグラ塚だと気づいた。

苦笑いしてルーシーの行為を止めようとしたときだった。

さかんに掘っていた黒土の中に、白っぽいものが見えていた。よく見れば、それは木肌のようだった。表面に何か文字のようなものが刻まれている。

A——そう読めた。

私はあっけにとられていたが、次の瞬間、ルーシーの隣にしゃがみ込んだ。

犬に負けぬようなせわしなさで、無我夢中になって黒土をどけた。倒木が土の中に深く埋もれているのだとわかった。山火事のとき、この樹木は焼けずに倒れ、長い歳月の間に土中に埋もれていったのだろう。

その硬く乾いた樹皮にナイフで刻んだ文字が読める。

《AKIRA》

呆然として、それを見つめていた。

さらに土をどけた。埋まっていた木肌を大きく露出させた。

《JIN》

《NONTA》

私は憑(とりつ)かれたように、その朽ちかけた文字に見入っていた。

その隣にこうあった。

――1995・8・17

その刻み痕の上に、そっと掌(てのひら)を当てた。歯を食いしばった。

涙が頬(ほお)を伝っていた。

止めどなく流れ落ちて、黒土の上にしたたっていた。

その場に膝(ひざ)を突いたまま、私は泥に汚れた掌で顔を覆った。

体を震わせ、むせび泣いた。

ふと、顔を上げた。

汽笛が聞こえたからだった。

それは過去から届く慟哭(どうこく)のように、私には思えた。

長く残響を引きながら、その音は私の心の中からゆっくりと遠ざかっていった。

後記

私の幼少期、フェンスの向こうにアメリカがあった。

米軍機が爆音とともに発着し、川向こうの堤防に沿って、屈強な海兵隊の男たちの隊列が走る姿がごま粒のように小さく見えた。ラジオをつければ〈極東放送（ＦＥＮ）〉から最新の全米ヒットチャートが流れ、テレビのＵＨＦでは、アメリカの人気テレビ番組や英語で吹き替えられた日本のアニメ番組を観ることができた。

まだ一ドルが三六〇円の固定相場だったあの頃、街中には米兵たちがあふれ、街娼たちと練り歩き、赤ら顔でビールを飲みながらオープンカーを飛ばしていた。どこか粗暴だったが、愛すべき時代だった。

時が過ぎゆきて、すべては時間の流れの彼方にある。しかし、あの街に生きてきた記憶は、私の中で、今も決して色褪（いろあ）せることのない一冊の、心のアルバムである。

本書の執筆にあたり、母校である岩国中学校のかつての同級生、懐かしき友たちの惜しまぬ協力があった。末筆ながらここに感謝を捧げたい。

著　者

主要参考文献

『川下ものがたり』弘本陽一著、自費出版
『ふるさとの想い出写真集　明治大正昭和　岩国』大岡昇編、国書刊行会

（この作品は書下ろしです。また本書はフィクションであり、登場する人物、および団体名は、実在するものといっさい関係ありません）

ストレイドッグス

一〇〇字書評

切り取り線

購買動機（新聞、雑誌名を記入するか、あるいは○をつけてください）	
□（　　　　　　　　　　）の広告を見て	
□（　　　　　　　　　　）の書評を見て	
□ 知人のすすめで	□ タイトルに惹かれて
□ カバーが良かったから	□ 内容が面白そうだから
□ 好きな作家だから	□ 好きな分野の本だから

・最近、最も感銘を受けた作品名をお書き下さい

・あなたのお好きな作家名をお書き下さい

・その他、ご要望がありましたらお書き下さい

住所	〒				
氏名		職業		年齢	
Eメール	※携帯には配信できません	新刊情報等のメール配信を 希望する・しない			

この本の感想を、編集部までお寄せいただけたらありがたく存じます。今後の企画の参考にさせていただきます。Eメールでも結構です。

いただいた「一〇〇字書評」は、新聞・雑誌等に紹介させていただくことがあります。その場合はお礼として特製図書カードを差し上げます。

前ページの原稿用紙に書評をお書きの上、切り取り、左記までお送り下さい。宛先の住所は不要です。

なお、ご記入いただいたお名前、ご住所等は、書評紹介の事前了解、謝礼のお届けのためだけに利用し、そのほかの目的のために利用することはありません。

〒一〇一－八七〇一
祥伝社文庫編集長　清水寿明
電話　〇三（三二六五）二〇八〇

祥伝社ホームページの「ブックレビュー」からも、書き込めます。
www.shodensha.co.jp/bookreview

祥伝社文庫

ストレイドッグス

令和 3 年 8 月20日　初版第 1 刷発行

著　者　樋口明雄（ひぐちあきお）
発行者　辻　浩明
発行所　祥伝社（しょうでんしゃ）
東京都千代田区神田神保町 3-3
〒101-8701
電話　03（3265）2081（販売部）
電話　03（3265）2080（編集部）
電話　03（3265）3622（業務部）
www.shodensha.co.jp

印刷所　萩原印刷
製本所　ナショナル製本
カバーフォーマットデザイン　芥 陽子

本書の無断複写は著作権法上での例外を除き禁じられています。また、代行業者など購入者以外の第三者による電子データ化及び電子書籍化は、たとえ個人や家庭内での利用でも著作権法違反です。
造本には十分注意しておりますが、万一、落丁・乱丁などの不良品がありましたら、「業務部」あてにお送り下さい。送料小社負担にてお取り替えいたします。ただし、古書店で購入されたものについてはお取り替え出来ません。

Printed in Japan ©2021, Akio Higuchi　ISBN978-4-396-34751-2 C0193

祥伝社文庫の好評既刊

樋口明雄　ダークリバー

あの娘に限って自殺などありえない。真相を探る男の前に、元ヤクザの若者と悪徳刑事が現れて……？

柴田哲孝　完全版　下山事件　最後の証言

日本冒険小説協会大賞・日本推理作家協会賞W受賞！　関係者の生々しい証言を元に暴く第一級のドキュメント。

柴田哲孝　渇いた夏　私立探偵　神山健介(かみやまけんすけ)

伯父の死の真相を追う神山が辿り着く、「暴いてはならない」過去の亡霊とは⁉　極上ハード・ボイルド長編。

柴田哲孝　早春の化石　私立探偵　神山健介

姉の遺体を探してほしい――モデル・佳子(けいこ)からの奇妙な依頼。それはやがて戦前の名家の闇へと繋がっていく！

柴田哲孝　冬蛾(とうが)　私立探偵　神山健介

神山健介を訪ねてきた和服姿の美女。彼女の依頼は雪に閉ざされた会津(あいづ)の寒村で起きた、ある事故の調査だった。

柴田哲孝　下山事件　暗殺者たちの夏

昭和史最大の謎「下山事件」。「小説」という形で、ノンフィクションでは書けなかった〝真相〟に迫った衝撃作！

祥伝社文庫の好評既刊

柴田哲孝　Mの暗号

推定総額30兆円。戦後、軍から消えた莫大な資産〈M資金〉の謎。奇妙な暗号文から〈獅子〉が守りし金塊を探せ！

柴田哲孝　KAPPA

何かが、いる……。河童伝説の残る牛久沼で、釣り人の惨殺死体が発見された。はたして犯人は河童なのか⁉

柴田哲孝　Dの遺言

戦後、日銀から消えた二〇万カラットのダイヤモンドの行方を追え！『Mの暗号』に続く昭和史ミステリー第二弾。

柴田哲孝　RYU（りゅう）

沖縄で発生した不可解な連続失踪事件。米兵を喰ったのは、巨大生物なのか？『KAPPA』に続く有賀シリーズ第二弾。

柴田哲孝　DANCER（ダンサー）

本能の殺戮者、謎の生命体〝ダンサー〟とは。ルポライター有賀雄二郎が遺伝子研究の闇に挑むサイエンスミステリー。

柴田哲孝　五十六 ISOROKU　異聞・真珠湾攻撃

ルーズベルトの陰謀、チャーチルの思惑、そして山本五十六の野望……。真珠湾攻撃の黒幕は誰だ？　究極の戦史小説！

祥伝社文庫の好評既刊

渡辺裕之 **傭兵代理店**

「映像化されたら、必ず出演したい。比類なきアクション大作である」――同姓同名の俳優・渡辺裕之氏も激賞！

渡辺裕之 **悪魔の旅団（デビルズ・ブリゲード）** 傭兵代理店

大戦下、ドイツ軍を恐怖に陥れたという伝説の軍団再来か？　孤高の傭兵・藤堂浩志（こうじ）が立ち向かう！

渡辺裕之 **復讐者（リベンジャーズ）たち** 傭兵代理店

イラク戦争で生まれた狂気が日本を襲う！　藤堂浩志率いる傭兵部隊が、米陸軍最強部隊を迎え撃つ。

渡辺裕之 **継承者（けいしょうしゃ）の印（しるし）** 傭兵代理店

ミャンマー軍、国際犯罪組織が関わるかつてない規模の戦いに、藤堂率いる傭兵部隊が挑む！

渡辺裕之 **謀略（ぼうりゃく）の海域（かいいき）** 傭兵代理店

海賊対策としてソマリアに派遣された藤堂。渦中のソマリアを舞台に、大国の謀略が錯綜する！

渡辺裕之 **死線（しせん）の魔物（まもの）** 傭兵代理店

「死線の魔物を止めてくれ」――悉（ことごと）く殺される関係者。近づく韓国大統領の訪日。死線の魔物の狙いとは⁉

祥伝社文庫の好評既刊

渡辺裕之　**万死(ばんし)の追跡(ついせき)**　傭兵代理店

米の最高軍事機密である最新鋭戦闘機を巡り、ミャンマーから中国奥地へと、緊迫の争奪戦が始まる！

渡辺裕之　**聖域(せいいき)の亡者(もうじゃ)**　傭兵代理店

チベット自治区で解放の狼煙(のろし)を上げる反政府組織に、藤堂の影が!? そしてチベットを巡る謀略が明らかに！

渡辺裕之　**殺戮(さつりく)の残香(ざんこう)**　傭兵代理店

最愛の女性を守るため。最強の傭兵・藤堂浩志が、ロシア・アメリカの謀略機関と壮絶な市街地戦を繰り広げる！

渡辺裕之　**滅びの終曲**　傭兵代理店

暗殺集団〝ヴォールグ〟を殲滅させるべく、モスクワへ！ 襲いくる〝処刑人〟。藤堂の命運は!?

渡辺裕之　**傭兵の岐路**　傭兵代理店外伝

〝リベンジャーズ〟解散後、平和な街で過ごす戦士たちに新たな事件が！ その後の傭兵たちを描く外伝。

渡辺裕之　**新・傭兵代理店**　復活の進撃

最強の男が還ってきた！ 砂漠に消えた人質。途方に暮れる日本政府の前にあの男が……。待望の2ndシーズン！

〈祥伝社文庫　今月の新刊〉

江上　剛

庶務行員　**多加賀主水（たかがもんど）の凍（い）てつく夜**

雪の夜に封印された、郵政民営化を巡る闇。一個の行員章が、時を経て主水に訴えかける。

小路幸也

夏服を着た恋人たち
マイ・ディア・ポリスマン

マンション最上階に暴力団事務所が!?　元捜査一課の警察官×天才掏摸の孫が平和を守る！

数多久遠

ルーシ・コネクション
青年外交官　芦沢行人（あしざわゆきと）

ウクライナで仕掛けた罠で北方領土が動く!?　著者新境地、渾身の国際諜報サスペンス！

安東能明

聖域捜査

いじめ、認知症、贋札……理不尽な現代社会、警察内部の無益な対立を抉る珠玉の警察小説。

柏木伸介

バッドルーザー　警部補　剣崎恭弥

生活保護受給者を狙った連続殺人が発生。貧困が招いた数々の罪に剣崎が立ち向かう！

樋口明雄

ストレイドッグス

昭和四十年、米軍基地の街。かつての仲間たちが暴力の応酬の果てに見たものは――。

あさのあつこ

にゃん！　鈴江三万石江戸屋敷見聞帳

町娘のお糸が仕えることになったのは、鈴江三万石の奥方様。その正体は……なんと猫!?

岩室　忍

初代北町奉行　米津勘兵衛　**峰月（ほうげつ）の碑（ひ）**

激増する悪党を取り締まるべく、米津勘兵衛は〝鬼勘の目と耳〟となる者を集め始める。

門田泰明

汝（きみ）よさらば（五）　浮世絵宗次日月抄

宗次自ら赴くは、熾烈極める永訣の激闘地。最愛の女性のため、『新刀対馬』が炎を噴く！

黒崎裕一郎

街道（かいどう）の牙（きば）　影御用・真壁清四郎

時は天保、凄腕の殺し屋が暗躍する中、密命を受けた清四郎は陰謀渦巻く甲州路へ。